Anke Cibach

Rat der Raben

... Die Persenning, mit der das Boot abgedeckt war, saß nur locker. Als ich die Plane an einer Ecke anhob, steigerte sich das Geschrei der Blesshühner zu einem unangenehmen Crescendo. Als wenn sie mich vor etwas warnen wollten ...

Zu spät. Unter der Persenning entdeckte ich einen Arm. Einen behaarten, menschlichen Arm. Nur einen Moment dachte ich an Karls Schauergeschichte von der Affenpfote, flüsterte wider jede Hoffnung mein *Eins, zwei, drei, Spuk vorbei* und zog dann die Plane mit einem heftigen Ruck zur Seite.

Er war nackt bis auf ein blutiges Tuch, das sein Geschlecht verhüllte. Der noch muskulöse Körper eines nicht mehr jungen Mannes, den ich auf Mitte 50 schätzte. Gepflegte Nägel, markante Gesichtszüge, dunkle, gewellte Haare, an den Schläfen graumeliert, kein Bart. Gutaussehend, wenn man den Clark-Gable-Typ mochte. Die Augen waren geschlossen und einen kurzen Moment dachte ich, er schliefe nur. Aber als ich nach seinem Puls tastete, war nichts zu spüren. Die Haut fühlte sich kühl an, und die Glieder waren nicht anzuheben, wahrscheinlich durch einsetzende Leichenstarre. Seltsamerweise wirkte er auf mich weniger schockierend als der sterbende Dachs. Nur die Aussicht auf das, was sich unter dem blutigen Tuch verbergen würde, ließ mich frösteln. Überlass das der Spurensicherung und der Rechtsmedizin, riet ich mir, aber wie unter Zwang musste ich das Tuch entfernen ...

Die Autorin Anke Cibach lebt und arbeitet freiberuflich als Dipl.-Psychologin und Autorin in Stade. Sie ist Verfasserin und Herausgeberin mehrerer Kriminalromane, Krimianthologien und Kinderbücher und schätzt beim Schreiben vor allem schwarzen Humor. Ihr Motto: Bücher sind Schokolade für die Seele.

Sie ist Mitglied im „Syndikat" der Vereinigung deutscher Krimiautoren. In ihrem Ferienhaus im Wendland findet sie die Ruhe und Inspiration für ihre Krimis.

Anke Cibach

Rat der Raben

Wendland Krimi

Prolibris Verlag

Die Handlung des Buches ist frei erfunden. Ähnlichkeiten mit lebenden oder toten Personen sind rein zufällig und nicht beabsichtigt.

Originalausgabe 1. Auflage 2004

Tel.: 0561/602 70 71, Fax: 0561/666 45
www.prolibris-verlag.de

Titelbild: Wolf-Rüdiger Marunde
Lektorat: Anette Kleszcz-Wagner
Druck: Thiele & Schwarz, Kassel
ISBN: 3-935263-23-6

Für Bernd, langjährigen Testleser und Sparring-Partner

„... die stolze Rose ein Schaudern packt,
die Herbstzeitlose tanzt stumm und nackt.“
(Heinz Erhardt)

1

Fassungslos starrte ich auf den zuckenden Körper, der sich noch einmal aufbäumen wollte, bevor er hilflos in die dunkle Lache zurücksank, die sich unter ihm ausbreitete. Teile des Gedärms drängten nach außen, und ich kämpfte mit aller Kraft gegen die aufsteigende Übelkeit an.

Ganz entspannt im Hier und Jetzt, ließ ich meine innere Stimme sagen und zählte bis fünf. Dabei stellte ich mir pflichtgemäß eine idyllische Insel mit Palmen und Äffchen vor. Umsonst. Mein Mageninhalt wanderte in die falsche Richtung, und ich befand mich immer noch am Tatort. Am schlimmsten waren seine Augen. Anklagend und um Hilfe heischend.

„Nicht sterben. Bitte nicht sterben", flüsterte ich geschockt und nahm gerade noch wahr, dass sich ein stumpfer Gegenstand in meinen Rücken bohrte. Es fühlte sich wie ein Gewehrlauf an, obwohl mir da die Erfahrungswerte fehlten.

„Ich war's nicht", versuchte ich mich für alle Fälle zu verteidigen und drehte den Kopf vorsichtig nach hinten. Das Gewehr wurde jetzt mit einem Klicken entsichert.

„Zur Seite", herrschte mich der Mann an und richtete die Waffe auf das Opfer am Boden.

„Sie können doch nicht ...", protestierte ich hilflos.

„Sie haben Recht. Da ist nichts mehr zu machen." Er ließ das Gewehr sinken und stieß den ausgewachsenen, toten Dachs mit dem Fuß an. Dann zog er das Tier und schließlich auch mich an den Straßenrand. Komisch, meine Zähne klapperten, obwohl es erst Anfang Oktober war. In der Dämmerung stieg der Nebel feucht aus dem dichten Eichenwald. Geheimnisvolles, nächtliches Wendland, auf den ersten Blick empfand ich die Landschaft des Elbe-Urstromtals wie ein archaisches Naturschauspiel, inszeniert von einem Regisseur, der gerne mit Gruselelementen arbeitete.

„Er lag schon mitten auf der Straße, ich wollte nur erste Hilfe leisten", beteuerte ich und verwünschte meine zittrige Stimme. „Mein Name ist Bea Puvogel."

„Ist schon in Ordnung." Der Mann im grünen Rock klopfte mir beruhigend auf die Schulter. „Sie können es gar nicht gewesen sein. Mit dem Spielzeugauto lägen Sie jetzt neben dem Dachs."

Aber hallo! Der Waldschrat sprach von meinem besten und vermutlich einzig wahren Freund, der mir nach der Scheidung geblieben war: Smartie, ein Smart & pulse in Aqua green mit automatisiertem, sequenziellen 6-Gang-Schaltgetriebe und Crashmanagement-System. Seine 599 cm^3 enthielten stramm gepackt fast meine gesamte Habe, die ich für den neuen Job im Wendland brauchte.

Ach was, neuer Job, ein neues Leben, wenn möglich. Falls ich an diesem Sonntag noch am Ende der Welt ankommen würde. Meuchefitz, Waddeweitz, Pretzetze, Witzeetze, Klein Gusborn, Groß Gusborn - so hießen die Dörfer im Wendland, wer konnte das je auseinander halten? Dieses Wendland erstreckte sich längs der Deutschen Fachwerkstraße, der Niedersächsischen Mühlenstraße und einer Spargelstraße, wie ich gelesen hatte. Der Landkreis Lüchow-Dannenberg lag am Ende vom Ganzen. Elbtalaue, Flusslandschaft zwischen Elbe und Jeetzel, Biosphärenreservat, das hörte sich theoretisch sehr idyllisch an. Oder nach dem Arsch der Welt. Die *für die Gegend typischen Rundlingsdörfer*, klang das nicht nach Steinzeit oder Schutzwällen vor angreifenden Indianern?

„Wenn du im Elbholz landest, nachdem du über Meetschow und am Gartower See entlang gefahren bist, dann ist es zu spät, und du bist bei uns schon vorbei", hatte meine Freundin Ulli am Telefon erklärt und lakonisch hinzugefügt: „Abends um 22.00 Uhr geht die Straßenbeleuchtung aus. Dann ist hier tote Hose. Sieh zu, dass du vorher da bist. Immer den Raben- oder Eulenrufen nach."

Ja, wenn meine verflixten Phobien nicht gewesen wären ... Wie zum Beispiel Paralipophobie, die Angst vor Pflichtversäumnis. Ich kam nie zu spät, vergaß nie den Muttertag, bremste für Igel und hielt bei jedem toten Dachs an. Wie sich das gehörte. Nun ja, in Hamburg-City gab es nicht so viele Igel oder Dachse. Und diesen Dachs hatte ich zuerst für ein Riesen-Stinktier gehalten.

„Gibt es im Wendland Stinktiere?", erkundigte ich mich misstrauisch. Besser dem Feind ins Auge schauen.

„Wenn Sie die auf zwei Beinen meinen, das sind die Zugereisten. Die waren früher hinter der Mauer."

Ups, ein Patriot. Ich beschloss, neutral zu bleiben und mir lieber den genauen Weg auf der Karte zeigen zu lassen. Der Waidmann hatte es eilig.

„Passen Sie beim Fahren gut auf. Hier herrscht starker Wildwechsel." Ich musste ihn wie ein hypnotisiertes Kaninchen angestarrt haben, denn er belehrte mich: „Damwild. Säue. Wildschweine. Hoch- und Niederwild." Ich hätte bei Hochwild zwar eher auf Gemsen getippt, aber spielte es eine Rolle, durch wen oder was ich bei einem Zusammenstoß ins Jenseits befördert wurde?

Nichts gegen potenzielle Leichen, sie passten im weitesten Sinne zu meinem neuen Beruf als Privatdetektivin. Mit dem druckfrischen Diplom, für teures Geld im Fernkurs erworben, wollte ich Ulli überraschen, die mir schon lange zu einer beruflichen Veränderung geraten hatte.

„Lass endlich die altmodische Psycho-Kacke, die Zukunft liegt im Mystischen. Experimentelle Kommunikation mit Bäumen und Sternen, die heilenden Kräfte im Selbst wecken, zurück zu den Ursprüngen des Universums ..."

Ulli und ich hatten uns damals während des Psychologiestudiums in Hamburg eine Bude geteilt und bei billigem Rotwein über mein strenges Über-Ich und ihre polygame Veranlagung diskutiert. Nach dem Diplom trennten sich unsere Wege. Ulli driftete in die esoterische Richtung ab, lief barfuß über Feuer und bald ganz davon. Ich verdiente meinen Lebensunterhalt mit Testkonstruktionen und heiratete Rolf, einen Polizeibeamten, den erstbesten Mann, der sich in mich verliebt hatte. Zwei durchschnittlich glückliche Jahre folgten. Dreimal pro Woche lag ich auf der Couch eines Psychiaters, um meine diversen kleinen Ticks und Ängste abzuklären.

In der Zeit lernte Rolf eine alleinerziehende Mutter von drei Kindern kennen und lieben. Aus Anstand willigte ich sofort in die Scheidung ein und überließ Rolf die Wohnung, den Freundeskreis und sogar meinen Psychiater.

Die Werbeanzeige für das Detektiv-Diplom hatte ich zerknüllt auf dem Fußboden einer öffentlichen Toilette gefunden, während ich kriechend eine meiner Kontaktlinsen suchte. „Brauchen Sie Durchblick?" Wenn das nicht Schicksal war! „Verfügen SIE über Menschenkenntnis? Einfühlungsvermögen?" Wer, wenn nicht ich? Das mit Rolf war sicher nur eine Ausnahme gewesen.

„MÖCHTEN SIE NEUE KONTAKTE KNÜPFEN, SELBSTÄNDIG ARBEITEN UND FINANZIELL UNABHÄNGIG SEIN?" Ja, und immer wieder ja, genau das wollte ich! Mein Geld reichte gerade noch für die letzte Rate des Kurses, die Lizenz und Smarties Unterhalt, deshalb hatte ich auch ohne zu zögern Ulli zugesagt, ihre Praxisvertretung für unbestimmte Zeit zu übernehmen, während sie eine längere Fortbildung in Kalifornien absolvierte.

„Du brauchst nur an drei Tagen zu arbeiten. Alles Privatzahler, ein sympathischer Menschenschlag." Das hörte sich gut an, nebenbei könnte ich sicher noch erste Ermittlungsfälle übernehmen. Das Wendland als Teststrecke auf dem Weg zu lukrativeren Gefilden.

Der Weg. Von Hamburg aus über die Autobahn bis Lüneburg, dann quer durch das Waldgebiet der Göhrde, in der man, wie ich mich leider gut erinnerte, einen unheimlichen Parkplatzmörder bis heute nicht gefasst hatte. Laase, Gorleben, Meetschow - ich ließ den Gartower See hinter mir und bog scharf in Richtung Rienswalde ab. Ein schmaler, von Kopfweiden gesäumter Holperweg, an dessen Ende der besagte Eulenbaum neben einem langgestreckten Gebäude stand. Wie versprochen, keine Straßenbeleuchtung. Auch sonst kein Licht, nirgends. Ich brachte meinen Lebensgefährten zum Stehen, stieg aus und bildete mir hundert glühende Augenpaare ein, das machte, Moment mal, rein rechnerisch, 50 scharfe Schnäbel. Bloß nicht mit der Taschenlampe provozieren. Eine Panikattacke konnte ich mir nicht leisten, also tastete ich mich bis zum Eingang vor und beleuchtete das Praxisschild:

Praxis für Esoterik und Lebensberatung.
Keine Kassen. Alle Lebewesen.

Darunter noch handschriftliche Zusätze wie:

Bemalte Gänseeier
Tarot und Engelsbotschaft
Geisterjäger und Didgeridoo

Wen oder was sollte ich da vertreten? Ulli war mir schleunigst eine Erklärung schuldig!

2.

Die Tür stand weit offen, und ich vermied es tapfer, an einen gähnend schwarzen Schlund zu denken. Dann endlich ein Lichtschalter, der eine Wohnküche erhellte. Auf dem Holztisch registrierte ich eine leere Flasche Wein, benutzte Gläser und ein rostrot verschmiertes Messer.

„Kuckuck", sagte es hinter mir. Ich spürte eine pelzige Hand oder Tatze auf meiner Schulter und hatte starke Zweifel, ob mein Herz das verkraften konnte. Mit einer Herzneurose war nicht zu spaßen, auch wenn es laut Facharzt keinen organischen Befund gab. Mit sprechenden Bären war garantiert auch nicht zu spaßen.

„Ich bin der Harald", sagte der Bär und entpuppte sich als ein ungewöhnliches Lebewesen. Nackter Oberkörper, zottelige Fellhosen und Schuhe, die wie Bocksfüße geformt waren. Dazu dicke Pelz-Fäustlinge. „Ein lüsterner Faun. Beschützer der Herden, aber Schrecken der Menschen." Er zwinkerte mir zu. „Wir haben für die Körper-Performance geprobt. Die Aufführung ist beim nächsten Vollmond auf dem Hexentanzplatz. Oben auf dem Höhbeck."

„Wo ist Ulli?" Meine Stimme klang ein wenig hysterisch.

„Ulli? Ach so, Sie meinen Amanda? Die hatte es plötzlich ganz eilig. Sie wissen ja, diese Last-Minute-Flüge. Kann es sein, dass Sie Ihr Handy nicht angestellt hatten? Es soll ja Leute geben, die sich keine Freisprechanlage leisten können. Jedenfalls ist die gute Amanda schon weg und lässt Sie grüßen. Aber kein Problem, ich weise Sie persönlich ein."

Was für ein Empfang, ich konnte es nicht fassen! Das war wieder einmal typisch für Ulli, mich hier hängen zu lassen. Wenn sie jetzt hier wäre, würde ich ihr den Hals umdrehen. Ach Quatsch, dann hätte ich ja keinen Anlass dazu. Na gut, dann später! Der falsche Faun musterte mich kritisch. „Wir zwei sind ganz alleine. Haben Sie gute Nerven?"

„Brauche ich die?" In diesem Fall hielt ich Angriff für die beste Verteidigung. Er war Anfang 30, klein und stämmig. Ganz unauffällig ballte ich eine Faust. Ob mir im Notfall meine WenDo-Kenntnisse weiterhelfen konnten? Schocker, Knock out oder Exitus, es gab da bestimmte Zielpunkte am männlichen Körper. Für alle Fälle behielt ich das verschmierte Messer im Auge. Zur Not würde ich den Faun schlachten, wenn es um mein Leben ging. Und falls er mir zuvorkommen sollte, verließ ich mich darauf, dass mein Körper rechtzeitig Adrenalin ausschüttete, das würde den Schmerz lindern.

„Sind Sie bereit? Kommen Sie bitte mit in die Scheune. Sie müssen mit anpacken."

„Wobei denn?" Ein gesundes Misstrauen schadete nie.

„Die Leiche. Ich schlage vor, wir holen sie gemeinsam rein."

„Sie sprechen von einem toten Dachs?", erkundigte ich mich hoffnungsvoll, denn auf diesem Gebiet fühlte ich mich bereits kompetent. Harald, der falsche Faun, starrte mich entgeistert an.

„Karl May ein Dachs? Wie kommen Sie darauf?"

„Natürlich, Karl May", erwiderte ich forsch und überlegte fieberhaft, ob es hier in der Nähe ein Landeskrankenhaus mit geschlossener Abteilung gab. Denn ganz sicher hatte mein Gegenüber handfeste Probleme, und vielleicht war er sogar ein Ex-Patient von der armen Ulli, die bereits irgendwo verscharrt in den Wäldern lag. Sollte ich diese Nacht überleben, würde ich gleich morgen nach Spuren suchen.

Harald wickelte sich in eine Art Sofaüberwurf und zauberte eine Stablampe herbei.

„Vorsicht, der Hof ist matschig. Karl hat seine Schafe hier." Wir bahnten uns den Weg zur Scheune durch lustlos weichende Wollspender, die blökend ihren Protest über die Ruhestörung anmeldeten. Die Scheune ließ sich nur spärlich beleuchten. Aber am Rande eines Strohhaufens konnte ich ein dunkel gekleidetes Bündel erkennen, das - ganz untot - ein kräftiges Schnarchen von sich gab.

„Eine echte Absynthleiche", erklärte Harald und schüttelte Karl May, den das nicht aus seinem Zustand reißen konnte.

„Amanda stellt das Gesöff selbst her. Wenn man dann dazu noch Katzenminze raucht ..."

„Ist er hier nicht am besten aufgehoben?", schlug ich aus praktischen Gründen vor, denn was sprach schon dafür, eine Absynthleiche quer durch eine Schafherde und Morast im Dunkeln ins Haus zu schleifen?

Harald kratzte sich ausgiebig im Schritt seiner Fellhose.

„Also, ich weiß nicht. Hier kriegen wir ihn nicht wach." Vergeblich zerrte er an dem schnarchenden Karl May herum, der nur unwillig grunzte.

„Mensch, Karl, ein Teil deiner Herde ist abgehauen, du musst früh raus, sonst gibt es Ärger."

Karl warf sich stöhnend herum, bis er eine bequeme Bauchlage gefunden hatte.

„Vielleicht hilft ein Eimer kaltes Wasser?" Harald schaute mich vorwurfsvoll an.

„Wie unsensibel, das wäre eine Schocktherapie, sozusagen ein Kunstfehler. Bedenken Sie doch, er ist mitten in einer Traumphase, seine Seele wandert auf unbekannten Pfaden. Wenn man ihn abrupt zurückholt, könnte ein Stück von ihm verloren gehen. Wollen Sie dafür die Verantwortung übernehmen?"

Nein, wollte ich nicht. Das hatte mir noch gefehlt, eine Anklage wegen Seelenverlusts im Jenseits. Mit einer unehrenhaften Entlassung aus dem therapeutischen Berufsverband als Folge, nebst Entzug meiner Detektiv-Lizenz. („Warum haben Sie das verlorene Seelenstück nicht aufgespürt? Eindeutig Pflichtversäumnis!")

„Amanda hätte gewusst, was zu tun ist." Harald schaute mich schon wieder vorwurfsvoll an. Ja, Ulli wusste immer für alles eine Lösung, auch wenn diese Lösungen meist nicht der Norm entsprachen. Ab morgen würde ich meine Freundin offiziell vertreten, da konnte ich auch jetzt schon die Initiative ergreifen.

„Wir decken ihn mit Stroh zu und treiben ein paar Schafe rein, dann hat er es warm. Wenn er seinen Rausch ausgeschlafen hat, koche ich ihm Kaffee."

„Lieber einen Wermut-Tee", maulte Harald. „Koffein verdirbt die spirituellen Körperressourcen."

„Von mir aus auch das." Ich fühlte mich erschöpft und hoffte, dass es im Haus ein frisch bezogenes Bett für mich gab. „Wohnen Sie hier?", erkundigte ich mich höflich.

„Kommt drauf an", meinte Harald vage. „Amanda, Karl und ich bilden eine Art lockerer Wohngemeinschaft. Amanda nimmt keine Miete, und wir gehen ihr dafür zur Hand. Ich leite die Performance-Gruppe und den Männerkreis. Für heute reicht's mir, ich habe nur noch auf Sie gewartet. Ich schau morgen mal vorbei, sorgen Sie bitte dafür, dass die Schafe aus dem Kürbisgarten verschwinden."

Eins nach dem anderen, zuerst musste Karl May versorgt werden.

„Mit gebrochenen Gliedern liegst du im Staube.
Dann kommt der Herbst, du vermoderst im Laube",

deklamierte der Faun, bevor er sich endgültig auf den Weg machte. „Das ist aus unserem neuen Stück. Schlussszene, erster Akt, gefällt es Ihnen?"

„Sehr, es klingt so schön morbide und dekadent, ist der Text von Ihnen?"

„Nein, meinen wollten sie nicht. Das Zitat stammt von Heinz Ehrhard aus der ‚Libelle'. Aber jetzt muss ich gehen." Er drückte mir schmatzend einen feuchten Kuss auf die Wange. „Kannst ruhig du zu mir sagen. Wir leben im selben Universum."

3.

Inzwischen war ich so müde, dass ich keinen Gedanken mehr an Eulen, Gespenster oder untote Absynthleichen verschwendete. Es war an der Zeit zu relaxen, wie mir mein Körper unmissverständlich mitteilte.

Nach einer kurzen Erkundungstour durch die kalten oberen Räume ließ ich mich in der Küche nieder, nicht ohne vorher den Kühlschrank inspiziert zu haben: Ziegenkäse, Schafskäse und ein Einweckglas, das in Ullis Handschrift das Etikett ‚Lammpresssack' trug. Dazu angebrochene Gläser mit Hagebutten-Schlehenpaste (das rostrote Messer?) und Wildrosengelee. Mehrere Flaschen mit Flüssigkeiten in abenteuerlichen Farbtönen von sonnenuntergangsrot bis giftschlangengrün. Ich beschloss lieber mit einem Kräutertee anzufangen und mir dazu ein Butterbrot zu gönnen. Ulli hatte eine ganze Sammlung von Teebüchsen auf dem Küchenbord stehen. Passioflora incarnata bestand erst den Schnupper- und dann den Geschmackstest. Ein wohliges Gefühl breitete sich in mir aus, ich war endlich im neuen Leben angekommen! Nach mir die Sintflut, vor mir ... das würde ich morgen klären.

Als mein Handy klingelte, dachte ich zuerst an Rolf („Bist du auch wirklich glücklich und trägst mir nichts nach?") oder Ulli („Herzlich willkommen, bin gleich da"). Aber es war Vera. Meine stets muntere, leicht überkandidelte Mutter. Die keinem Streit aus dem Weg ging, ohne ihr Tageshoroskop keine Entscheidung traf und sich nur alle paar Monate an die Existenz ihrer einzigen Tochter erinnerte. Aber dann gründlich und unerbittlich!

„Bea-Mäusel, geht es dir gut? Was macht die Landpraxis, soll ich dir beim Einrichten helfen? Deine Sterne stehen günstig, aber hüte dich in nächster Zeit vor spitzen Gegenständen. Der Einfluss von Uranus und Saturn, du weißt schon." Nach Mitternacht lief Vera zur Hochform auf.

„Ich bin heute erst im Wendland angekommen", erklärte ich ihr geduldig.

„Und? Hast du schon einen netten Mann kennen gelernt?"

„Gleich drei." Einen Jäger mit entsicherter Flinte, einen falschen Faun und einen gewissen Karl May im Tiefschlaf, aber diese Information würde das Telefonat unnötig verlängern.

„So schnell? Schätzchen, hast du vielleicht getrunken? Wie geht es der lieben Ulli?" Tee getrunken, Ulli verschwunden. Zum Glück erwartete Vera selten Antworten auf ihre Fragen. „Vielleicht komme ich dich bald besuchen. Meine neue Bekanntschaft handelt mit Antiquitäten, da könnten wir alle zusammen eine Flohmarkttour machen, wie findest du das?"

„Nett", meinte ich unverbindlich. Seit meiner Kindheit gab es für meine attraktive Mutter regelmäßig ‚neue Bekanntschaften', derer sie schnell überdrüssig wurde. Auch mein Erzeuger war einer davon gewesen. Zur See gefahren und auf den Weltmeeren verschollen, Kaffeeplantage in Afrika - mir waren reichlich Varianten vorgesetzt worden, um zu erklären, warum ich ohne Vater aufwachsen musste. Erst später begriff ich, dass mein Vater nach der Zeugung ganz einfach seine Adresse nicht hinterlassen hatte.

„Vielleicht war es nur ein Versehen, oder er fand damals keinen Kugelschreiber", informierte ich meinen Psychiater hoffnungsvoll, der meine Worte mit einem „hmm" quittierte, aus dem ich eine gehörige Portion Skepsis heraushörte.

„Ich hoffe, du hast bei mir nichts vermisst", hatte Vera einmalig mit gezücktem Taschentuch erklärt und von da ab das Thema nicht mehr angeschnitten. Ihr Friseurgeschäft („Haarstudio Véronique") sicherte bis heute ihren Lebensunterhalt, und aus der männlichen Kundschaft wurden die wechselnden Bekanntschaften rekrutiert, eine praktische Sache.

„Hast du das neue Shampoo ausprobiert?" Meine Mutter war inzwischen bei ihrem speziellen Thema angekommen, das Aufpeppen ihrer spitzmausähnlichen Tochter mit den leberwurstfarbenen Haaren.

„Mache ich gleich morgen", ich gähnte demonstrativ, „wir hören voneinander, versprochen. Mein Akku ist gleich leer."

„Haarspitzen nicht bei zunehmendem Mond schneiden lassen, sonst ..." Ich legte auf und trank meine vierte Tasse Tee. Das Flackern des Feuers erschien mir besonders farbenprächtig, über die

Küchenwände krochen Schatten von Fabelwesen, und auf dem Karomuster eines Handtuchs entdeckte ich tanzende Schachfiguren. „Bea, du bist echt geschafft, reiß dich zusammen oder geh schlafen." In krisenträchtigen Zeiten führte ich gerne laute Selbstgespräche, das verhalf meist zu einem klaren Kopf.

Diesmal nicht, also entschied ich mich für einen Absacker, in meinem Beruf musste man flexibel sein. ‚Wormwood, friedliches Wohlbefinden', stand auf der Flasche mit dem giftgrünen Inhalt. Ich füllte damit zwei halbe Wassergläser und prostete mir zu. „Auf dein Wohl, Bea-Boa". So hatte Rolf mich gerne genannt. „Auf die Scheidung", ergänzte ich mit einem Hauch des Bedauerns, um gar nicht erst überflüssigen Katzenjammer aufkommen zu lassen. „Auf meinen Smartie und alle, die mich lieben." Ich durfte die Hoffnung nicht aufgeben, dass es diese Menschen irgendwo gab. Erst mal nachschenken. „Lass es dir gut gehen, Bea, hier im Wendland". Wenig später, bei dem Toast „auf die steile, geile Berufskarriere", wurde mir dann speiübel.

4.

Vorsicht mit dem Schwimmer, stand auf Ullis Notizzettel am Klo, und genau diesen Zettel hielt ich noch krampfhaft umklammert, als am Montagmorgen Tageslicht durch die geblümten Vorhänge sickerte. Von draußen tönte die Musik australischer Ureinwohner, gepaart mit dem Blöken von wendländischen Schafen.

Der Schäfer! Ich hatte versprochen, mich um Karl May zu kümmern. Und um den Kürbisgarten, die Praxis – wo war ich überhaupt? Im Bett, das stand fest. Nackt bis auf einen nicht vorzeigefähigen Schlüpfer, der Rest meiner Kleidung war verschwunden. Vorsichtig betastete ich meinen dröhnenden Kopf. Die morastige Seele im Sumpf des Grauens, hatten Ulli und ich früher diesen Zustand nach Absacker-Nächten genannt.

„Tee oder Kaffee?“ Einer der zotteligen Ureinwohner tauchte lautlos in meinem Zimmer auf und blickte mit einem breiten Grinsen auf mich herab. „Wie geht es der kleinen Absynthleiche heute?“

„Ich doch nicht“, sagte ich empört, weil mir dämmerte, dass mein Gegenüber eine verdächtige Ähnlichkeit mit dem Schnarcher aus der Scheune hatte. „Sie sind die Leiche, oder waren es letzte Nacht“, fügte ich lahm hinzu, denn der Mensch wirkte im Gegensatz zu mir frisch geduscht und quicklebendig. „Wo hab ich bloß meine Sachen hingelegt?“, grummelte ich ablenkend und zog die Decke bis ans Kinn.

„Tut mir Leid, aber ich hielt es für angebracht, Ihnen die vollgekotzten Klamotten auszuziehen, bevor ich Sie ins Bett brachte. Es war ganz dunkel im Zimmer, ich habe nicht hingeschaut“, fügte er beschwichtigend hinzu, vermutlich wirkte ich altjüngferlich geschockt. „Die Sachen sind draußen im Trog eingeweicht. Soll ich Ihnen Ihren Koffer bringen und irgendwie helfen?“

„Danke, das schaffe ich schon selbst. Kann man diese Musik abstellen?“

„Nein, die ist live. Harald hält seine Didgeridoo-Stunde in der Scheune. Die Schafe mögen die Musik, sie wirkt anregend.“

„Auf mich nicht.“ Bea, Bewegung ist grundsätzlich nur eine Frage des Willens. Mit Schwung und vorgehaltener Bettdecke sprang ich auf, um mich sofort hilflos an meinem Betreuer festzukrallen, weil mir der Fußboden entgegenkam. Wir fielen gemeinsam aufs Bett zurück.

„Na, jetzt versuchen Sie es schon wieder“, meinte er ironisch und dachte nicht daran, von mir runterzusteigen.

„Gar nichts versuche ich.“ *Nicht besonders schlagfertig, Bea.* Taktlos war er, der Landmensch. Hoffentlich hatte ich ihm in der vergangenen Nacht keinen Anlass zu diesem Verhalten gegeben. Ich wand mich samt Decke unter ihm hervor und setzte mein strenges Akademikergesicht auf.

„Wir sehen uns in der Küche.“

„Verstehe, ich bin entlassen.“ Er verbeugte sich übertrieben. „Darf ich Ihrer Kundschaft melden, dass Sie wenigstens die Nachmittagssprechstunde abhalten werden?“

Die Praxis! Ich hatte bereits am ersten Tag meine Pflichten vernachlässigt, trotz Paralipophobie. Es war zwölf Uhr mittags, ich hatte den schlimmsten Kater meines Lebens und sollte psychologisch-esoterische Beratungen durchführen, von denen ich nicht mehr verstand als von bemalten Gänseeiern.

5.

Die Dusche war kalt, die Klospülung mit der altmodischen Ziehkette defekt. Vorsicht mit dem Schwimmer, lautete Ullis Warnung, und ich erinnerte mich schwach daran, gestern halbherzig von einem wackligen Schemel aus in Richtung Spülkasten geturnt zu haben. Ein Versuch, den ich wegen Gleichgewichtsstörungen vorzeitig abgebrochen hatte und jetzt wieder aufnehmen musste. Und dann konnte ich auch gleich eine der ersten Lektionen meines Detektivkurses anwenden - Waffensuche in Spülkästen - angeblich ein beliebtes Versteck, vor allem in den 30er Jahren in Chicagos Unterwelt. Warum sollte das nicht auch für das dritte Jahrtausend im Wendland gelten? Mit neuem Selbstbewusstsein überwand ich meine Höhenangst und tastete nach dem Deckel. Meine suchende Hand stieß tatsächlich auf etwas Ungewöhnliches. Waffe, Rauschgift oder Bombe? Vorsichtig fischte ich ein in Plastikfolie gewickeltes Notizbuch vom Spülkasten. Auf dem schwarzen Ledereinband war mit Mühe ein geprägter Vogel zu erkennen, vielleicht ein Rabe? Egal, ob Vogelkundlerbuch oder geheime Tagebuchnotizen, es musste sich in jedem Fall um wichtige Informationen handeln, wie *„das Skelett liegt unter dem Flieder“* oder ähnlich, sonst hätte sich der Eigentümer nicht so viel Mühe mit dem Versteck gegeben. Bea Puvogel, du übernimmst hiermit den Fall zu Übungszwecken, keine Widerrede, spornte ich mich an.

„Wieder auferstanden?“, empfing mich der Schäfer, der auf den zweiten Blick nüchtern recht attraktiv wirkte. Sportlich mit Brustkasten zum Anlehnen, ich liebte dieses Klischee. Für mich sprach auch nichts gegen Knitterfalten bei Männern, und immerhin trug er keine Fellhosen oder Bocksfußschuhe.

Wenn eine Frau fast 30 und geschieden war, sollte sie ihre Anspruchshaltung kritisch überdenken, pflegte Vera mir wenig charmant zu sagen.

„Wie sind Sie so schnell wieder fit geworden?", das konnte ich mir nicht verkneifen und hoffte auf einen Geheimtipp, wie literweise Gurkensud oder einen speziellen Schnaps zur Wiederauferstehung.

„Ich bin gut im Training. Amanda nutzt mich regelmäßig als Testperson für ihre Kräutertränke." Er lächelte mich gewinnend an. Aus braunen Augen mit gelben Pünktchen, meine Lieblingsvariante bei Männern. „Gestern habe ich wohl die falsche Mischung erwischt, und Sie?"

„Ich habe mich an Passionsblume und Wormwood gehalten, reine Naturprodukte. Aber vielleicht reagiere ich auf einige Kräuter allergisch", gab ich widerwillig zu.

„Sie waren voll wie zwei Eimer", korrigierte mich der Mann takt- und gnadenlos.

So schön waren seine Augen eigentlich doch nicht. Ich hielt es für besser, das Thema zu wechseln. „Ihr Name, ist das so eine Art Künstlername?"

„Nur zum Teil, der Vorname stimmt. Als ich das erste Mal ins Wendland kam, las ich gerade ein Buch über *Reisende Dichter*. In der Gartower Hauptstraße entdeckte ich dann die Holztafel. *Hier weilte Karl May April/Mai 1898*. Wussten Sie, dass man May hier als französischen Spion verdächtigt hat?"

Mit Karl May hatte ich bisher nur Winnetou und Hadschi Halef Omar assoziiert, und seit neuestem einen wuscheligen Schäfer, dem ich Bildung nach dem ersten Eindruck nicht zugetraut hätte. Stolz oder Vorurteil?

„Dann sind Sie ein Literaturwissenschaftler?"

„Nein", er machte eine wegwerfende Handbewegung. „Ich bin Biologe. Seit ich die alternative Szene im Wendland kenne, haben sich meine Ziele geändert. Ökologisch bauen und biologisch wirtschaften, auf vernünftige Art die Natur erhalten, gemeinsam die Menschen wachrütteln, darauf kommt es im Leben an."

„Wahrscheinlich", schloss ich mich höflich seiner Meinung an und dachte dabei an meine zukünftige Klientel. Ökologische Bauberatung konnte ich nicht bieten, aber Selbstfindungsprozesse begleiten war eine meiner Spezialitäten, zumal ich mich gerade jetzt akut mit meiner eigenen Selbstfindung beschäftigte.

„In welcher Beziehung stehen Sie zu Ihren Schafen?" Das war ein neutraler Eröffnungszug für ein therapeutisches Gespräch. Vorerst kostenlos.

„Ich pausiere gerade ein Jahr und verdiene mir mein Leben als Aushilfsschäfer. Das sollte jeder Biologe einmal getan haben, es lässt mir Zeit für eine andere Lebensqualität. Außerdem mag ich Schafe. Sie sind so liebenswert, nicht wahr?"

Als Bettvorleger wärmten mir die Felle dieser Geschöpfe schon mal die Füße, aber liebenswert? Da Harald gerade in die Küche stapfte, konnte ich mich um eine Antwort drücken. Im Tageslicht sah er recht unscheinbar aus, keine Spur mehr vom mystischen Faun.

„Lat di dat smecken. Wo sind die Gänseeier? Ich hatte schon zwei Anfragen von Radlern. Bea, bist du zufällig künstlerisch begabt?"

„Nein", stellte ich energisch klar und griff schnell nach dem letzten Brötchen, das Harald schon begehrlich fixierte.

„Auch als Ghostbuster bin ich ungeeignet, das kann Ulli bestätigen. Wer in der Gegend glaubt denn an solchen Mist?" Außer mir vielleicht, ich musste kurz an den Dachs denken und daran, dass ich mir grundsätzlich alles ausmalen konnte, ob gruselig, unwahrscheinlich oder einfach nur abgehoben, eine Begabung, die manch einer als neurotische Veranlagung bezeichnen würde. Aber das musste ich nicht hier und jetzt auf den Präsentierteller packen.

„Du solltest dich nicht darüber lustig machen", mahnte Harald mit Grabesstimme. „Es gibt einige Dinge zwischen Himmel und Erde, die auch Psychologen nicht erklären können.

„Schon möglich. Aber in solchen Fällen sind der Pfarrer oder die Polizei zuständig." Ich gab mich beherzt und routiniert, es war wichtig, mir beruflich von Anfang an Respekt zu verschaffen.

„Glauben Sie etwa auch an Geister?“, wollte ich von Karl May wissen.

„Man sieht viel, wenn man über die Deiche zieht“, meinte er nachdenklich. „Hier sind in letzter Zeit Menschen in den Wäldern verschwunden und nie wieder aufgetaucht. Eine Frau hat sich im Nebel am See verirrt und von einem Mann mit Affenpfote berichtet. Da gab es auch ein Pferdegerippe, das im fahlen Mondlicht ...“

„Der Schimmelreiter vom Wendland. Storm und Edgar Allan Poe lassen grüßen.“ Nein, ich würde mich nicht von zwei Spinnern mit Spukgeschichten reinlegen lassen. Die Pflicht rief, ich wollte endlich die Praxis inspizieren und nebenbei einen Blick auf das geheimnisvolle Notizbuch mit dem Raben werfen.

„Ich mache mich an die Arbeit“, kündigte ich an.

„Geh bitte besonders sorgfältig mit Magengeschwüren um. Es gab ein bisschen Gerede in letzter Zeit. Dieser mysteriöse Todesfall, du weißt schon.“ Der Faun war plötzlich ganz ernst.

„Nichts weiß ich“, musste ich eingestehen.

„Ach, hat Amanda dir das nicht erzählt? Sie hat's ja nicht nur mit Psychokram versucht, auch schon mal Heiltees empfohlen, und die schlagen bei jedem anders an. Die einen bringt es wieder auf die Beine, den anderen schlägt es auf den Magen. Bis zum Exitus, wie bei dem Mann aus Prisser.“ Er verzog das Gesicht. „Kurz und gut, der Verblichene war Amandas Patient, das hat natürlich auch meinem guten Ruf geschadet“, schloss er anklagend.

„Auf dem Dorf wird immer viel geredet“, beruhigte ihn Karl. Warf er ihm nicht sogar einen warnenden Blick zu? *Bea, du hörst die Flöhe husten.*

„Das kommt davon, wenn man sich mit diesen komischen Weibern einlässt. Alles krächzende Raben.“

„Harald, es reicht jetzt. Jag ihr gefälligst keine Angst ein.“ *Mein Freund, mein Hirte.*

„Schon gut, schon gut“, Harald zog einen zerknitterten Umschlag aus seiner Latzhose. „Das hatte ich ganz vergessen. Ein Brief von Amanda für dich. Kochst du heute Abend?“ Vier Augen sahen mich erwartungsvoll an. Also das verstand man vor Ort unter freier Kost und Logis.

6.

Die Luft draußen war angenehm klar. Ein Schwarm verfrühter Zugvögel flog in Richtung sonnige Gefilde, aber ich hatte nicht den Wunsch, mich ihnen anzuschließen. Keine Fluchttendenzen, ein gutes Vorzeichen. Der ehemalige Hof bestand aus mehreren Gebäuden, von denen bisher nur ein Teil renoviert worden war. Im Giebel des langgestreckten Wohntrakts entdeckte ich einen kunstvoll geschnitzten Balken mit der Inschrift: To wat du wüllst, de Lüüt snackt doch.

Ulli hatte sich mit ihrem Sprechzimmer in einem efeuumrankten Gartenpavillon mit Anbau einquartiert. Ich bahnte mir einen Weg durch die Schafe und wich einem hysterisch wirkenden, flügelschlagenden Gänserich aus, der in Gesellschaft seines Harems gerade meinen Smart begutachtete. „Hallo, Smartie, wie war deine erste Nacht in freier Wildbahn?", flüsterte ich ihm zu und nahm mein kostbares, selbstentworfenes Schild aus dem Stauraum.

„Private Ermittlungen auf psychologischer Basis". Das klang seriös und hielt mir verschiedene Tätigkeiten offen, ganz auf die Bedürfnisse meiner ratsuchenden Kunden zugeschnitten. Da noch kein Klient anwesend war, überflog ich zunächst Ullis Brief.

Bea, meine Retterin!

Ich verlasse mich ganz auf dich, so wie früher. Es würde zu weit führen, dir zu schildern, warum ich gehen musste. Glaub mir, ich **musste***! Schließlich wollte ich nicht auf dem Scheiterhaufen landen. Es hat etwas mit den Raben zu tun, sei bitte vorsichtig. Mit der Arbeit, das packst du! Bitte nicht den Kräutergarten vernachlässigen. Lass beim Kaufmann anschreiben oder tausch die Gänseeier ein. Auf Harald und Karl ist Verlass, halte sie nur nüchtern. Am Dienstag tagt die Frauengruppe, freitags ist Jagdhornblasen. Mit dem vergifteten Pfau kannst du dich profilieren, der Dorfsheriff ist ein Arschloch.*

Alles Liebe, ich melde mich, deine Ulli (Amanda)

Ulli hatte sich kein bisschen verändert. Sprunghaft in jeder Beziehung, mit grenzenlosem Optimismus ausgestattet. Versprochen hatte sie mir eine Woche Einarbeitung und einen angemessenen Vorschuss zum Überleben. Wie lautete überhaupt ihre genaue Adresse in den Staaten? Ich wusste nur von einer obskuren Fortbildung, die über mehrere Monate gehen sollte. Spirituelle Energiearbeit durch Aura-Clearing. Garantiert nicht wissenschaftlich anerkannt, da lobte ich mir doch meine Bodenständigkeit als seriöse Ermittlerin.

Nur mühsam ließ sich ein Zusatz unter dem Brief entziffern.

Trau keinem, der dich aushorchen will, um etwas über mich rauszukriegen.

7.

„Es war ein Bisam, nicht ein Biber." Erschreckt fuhr ich herum. Die recht alte, aber rüstig wirkende Frau, die ihre Worte mit gezücktem Krückstock unterstrich, musste lautlos durch die Hintertür gekommen sein.

„Hatten Sie für heute einen Termin vereinbart?" Ich bemühte mich um einen freundlichen, empathischen Tonfall. Meine erste Klientin sollte es besonders gut bei mir haben.

„Termine mach ich nur aus, wenn die Kuh besamt wird. Ich will, dass Sie meinen Nachbarn hinter Gitter bringen, diesen Mörder!"

Hier lag ein Missverständnis vor, ich war nicht im Besitz einer Polizeibefugnis, und die nächste zuständige Mordkommission hatte ihren Sitz in Lüneburg.

„Was genau ist wann passiert?" Die klassischen W-Fragen.

„Dietrich Behncke, dieses Scheusal, erzählt überall rum, ich knalle Biber ab. Dabei war es nur einer von den lausigen Bisams, die die Uferböschung unterwühlen. Man kann es am Schwanz sehen, wenn Sie einen toten Biber und einen toten Bisam nebeneinander legen." Sicher, das musste ich demnächst mal ausprobieren.

„Können Sie die üble Nachrede beweisen?", gab ich mich fachlich kompetent.

„Ich merk schon, Sie sind nicht von hier. Hier weiß jeder, dass Behncke lügt, sobald er sein Maul aufmacht. Da hilft es ihm auch nicht, dass er im Gemeinderat sitzt. Alles Verbrecher!"

„Kommen wir nun zum Mord, den Sie erwähnten." Noch hatte ich keine Ahnung, worauf sie hinauswollte. Also nahm ich meinen Notizblock und kritzelte außer einem bisamähnlichen Geschöpf, das verdächtig Ähnlichkeit mit meiner ersten Klientin hatte, eine Reihe von Fragezeichen.

„Hören Sie zu. Es war am Tag der Beerdigung von Behnckes Schwiegermutter. Ich hab ihm ins Gesicht gesagt, dass der Streuselkuchen das Trockenste war, was ich jemals gegessen habe." Sie schaute mich auffordernd an. „Gehört sich das, an den Toten zu sparen? Als Gastwirt?"

„Nein", bestätigte ich im Brustton der Überzeugung, denn das wurde von mir erwartet.

„Zwei Tage später war er tot."

Behncke? Das ließe sich leicht nachprüfen.

„Nicht Behncke. Der verfault von innen. Nein, mein Pfau. Krallen nach oben, so lag er auf dem Rasen. Gerade noch gebalzt und Würmer gepickt, und schon mausetot. Keine äußeren Verletzungen. Ich tippe auf Giftmord!" Aha, Ullis angekündigte Profilierungschance.

„Selbst wenn, haben Sie einen Beweis? Zeugen? Obduktionsbericht?" Das verschlug ihr für einen Moment die Sprache.

„Einen toten Pfau für Geld aufschneiden lassen? Ich weiß nicht, wo Sie herkommen, aber bei uns macht man das nicht. Außerdem war er weg."

Toter Pfau entwendet, notierte ich mir.

„Nicht der Pfau, Behncke. Er hatte eine Ortsbesichtigung mit seinen Ratsbrüdern an diesem Tag. Der wollte sich die Hände nicht selbst schmutzig machen. Ich möchte, dass Sie seine Helfershelfer finden."

„Das wird nicht ganz einfach sein. Theoretisch könnte es jeder getan haben", gab ich zu bedenken. Keiner konnte von mir erwarten, einen so wirren Fall aufzuklären, der nur auf Mutmaßungen beruhte.

„Gehasst haben sie ihn alle. Den Pfau", fügte sie erklärend hinzu, was mir eine weitere, dumme Nachfrage ersparte.

„Er hat viel geschrien, das war so seine Art. Man gewöhnt sich dran", meinte sie achselzuckend. „Ich konnte ihn auch nicht besonders leiden, aber diesmal geht's ums Prinzip. Der Behncke soll nicht meinen, dass er mich einschüchtern kann." Das konnte ich endlich nachvollziehen.

„Warum will er Sie einschüchtern?"

„Der ist schon lange auf mein Grundstück scharf, aber wenn Sie mich fragen, verkaufe ich es lieber an die Naturschützer. Ich habe nämlich wirklich nichts gegen Biber. Nur die Bisamratten, die müssen weg. Was ist nun, übernehmen Sie den Fall? Aber gezahlt wird erst, wenn Sie dem Kerl das Handwerk gelegt haben."

„An sich ist bei meiner Tätigkeit ein Vorschuss üblich." Ein Versuch konnte nicht schaden.

„Sie nehmen's also von den Lebenden, das habe ich mir gedacht." Umständlich kramte sie in ihrer braunen Kunstledertasche und zog ein feuchtes Päckchen heraus, das in einfaches Zeitungspapier gewickelt war. „Ich habe ihn gestern erst geschlachtet, den ollen Hahn. Bei den Hühnern war er zu faul, aber für die Suppe taugt er noch, am besten lassen Sie ihn drei Stunden auf kleiner Flamme köcheln."

Bea, denk positiv, bei diesem Geschäftsgebaren brauchte ich zumindest nicht verhungern. „Danke", rief ich der großzügigen Spenderin nach, die es plötzlich sehr eilig hatte, den Pavillon zu verlassen.

„Ach, entschuldigen Sie bitte, ich möchte mir eben noch der Ordnung halber Ihren Namen notieren."

„Behncke Elli. Ich bin seine Tante, aber die Verwandtschaft kann man sich nicht aussuchen. Sie finden mich am anderen Ufer des Sees." Schon scheuchte sie den heftig protestierenden Ganter aus dem Weg und stapfte die Einfahrt in Richtung Wäldchen herunter.

Noch während ich mein Praxisschild befestigte, näherte sich ein Mädchen mit einem Blumenstrauß, den sie mir schüchtern entgegenstreckte. Sie war etwa acht Jahre alt und sah aus wie ein zerrupfter, kleiner Vogel. Die strähnigen, dünnen Haare zu zwei mickrigen Rattenschwänzen gebunden, die am Ende von einfachen Gummibändern zusammengehalten wurden. Dazu eine am Bügel geflickte Brille, die kaum das auffällige Schielen verbergen konnte.

„Sind Sie Frau Puvogel? Ich soll den Tee für meine Mutter abholen. Damit mein Vater abends schneller einschläft."

„Weißt du zufällig, wie der Tee heißt?", erkundigte ich mich ratlos.

„Nein, aber Frau Amanda hat ihn selbst gesammelt. Es ist nicht der, den die Hunde bei Durchfall kriegen, sondern der andere", beharrte sie. Da musste ich leider passen. Ich notierte mir ihren Namen – Gitti Breezel – und die Telefonnummer.

Meine nächsten Klienten, ein älteres Paar, setzten sich dicht nebeneinander auf das wackelige Korbsofa und schauten mich erwartungsvoll an. Als das Schweigen peinlich wurde, unterbrach ich es mit einem gewinnenden „Was kann ich für Sie tun?"

Die beiden scharrten unruhig mit den Füßen. „Wir geben nichts ums Gerede. Sie sehen ja, wir kommen trotzdem. Und es ist immer noch wegen unserm Sohn."

Wir legten eine längere Gesprächspause ein.

„Ob er nun zum Winter die Schlachterei übernehmen soll oder nicht." Die Frau hatte das Sagen, während der Mann stur auf den Boden starrte.

„Wünschen Sie eine geschäftliche Beratung? Das ist nicht gerade mein Spezialgebiet", lachte ich gekünstelt, aber keiner lachte mit.

„Von wegen seinem Sternzeichen", schaltete sich der Mann ein. „Die Frau glaubt dran. Es soll in den Karten stehen." Er schielte zu einem Pappkarton rüber, in dem mehrere Päckchen mit Tarot- und anderen Karten lagen.

„Ich arbeite lieber mit konventionellen Methoden." Hier half mir nur die nackte Wahrheit. Die Frau wirkte enttäuscht.

„Wann kommt die Chefin zurück?" Auch das noch, Zweifel an meiner Kompetenz!

„Das kann mehrere Monate dauern. Wollen Sie den Sohn einmal mitbringen?" Ich würde diesen Leuten meine Kompetenz beweisen!

„Wozu denn?" Blankes Misstrauen schwang in der Stimme. Man beriet sich flüsternd auf Plattdeutsch.

„Sind Sie in einer Bürgerinitiative?"

„Nein", antwortete ich wahrheitsgemäß.

„Kommen Sie morgen zur Frauengruppe?"

„Sehr gerne." Hoffentlich war das die gewünschte Antwort.

„Sie hören von uns." Leider hatte ich keine Ahnung, ob ich im Verhör durchgefallen war oder nicht.

Die restliche Zeit des Nachmittags verbrachte ich mit dem Stöbern in Ullis Unterlagen. Eine dicke Kladde enthielt Eintragungen mit Datum und Art der Behandlungen. Über Gespräche, Entspannungstanz, Heiltee bis zu astrologischem Kartenlegen und Traumtherapie hatte Ulli eine bunte Palette von mehr oder weniger bekannten Heilmethoden angewandt. Die meisten von ihnen waren nicht in den Lehrbüchern der Schulmedizin verzeichnet, aber meine Freundin hatte nie vorgehabt, eine Kassenzulassung zu beantragen. Die Bezahlung war in einer Extra-Rubrik verzeichnet. Es überraschte mich nicht, auf Posten wie ein Korb Tomaten, Blumensamen, Apfelkuchen oder Gutschein für Wildbret zu stoßen. Nur die Heiltees nach ‚R.-Rezept' waren ausschließlich gegen Bargeld abgegeben worden, was immer das heißen sollte. Bei einigen Terminen gab es den Zusatz *überwiesen an H.* Darum würde ich mich später kümmern, jetzt wollte ich endlich einen ersten Blick in das mysteriöse Rabenbuch werfen.

Es war ziemlich alt, das sah man am Einband und den Beiträgen in gestochen feiner Handschrift, die teilweise noch in deutscher Schreibschrift mit Tinte verfasst waren. Einwecken von Gemüse, Gartenbeobachtungen im Laufe der Jahreszeiten, Pflanztipps nach dem Mondrhythmus und die alphabetisch geordnete Beschreibung von Heilkräutern machten überwiegend den Inhalt aus. Im letzten Teil gab es gekritzelte Kommentare und Ergänzungen, hier fanden sich auch diverse Teerezepte.

Neugierig schlug ich unter „Passioflora" nach, meinem Tee von gestern. *Wirkt stimmungsaufhellend und erzeugt ein entspanntes High. Bei größeren Mengen kann sich eine halluzinogene Wirkung einstellen.*

Daher also die tanzenden Schachfiguren! Unter „Wormwood" fand ich den Eintrag: Wermutkraut, wirkt leicht narkotisierend. In Alkohol eingelegt, kann eine Art von Absinth, ein berauschender Likör des Mittelalters, hergestellt werden. Vorsicht! Gesundheitsschädlich bei zu hohen Dosen.

Das hatte ich am eigenen Leib gespürt, über die Spätfolgen las ich lieber nicht nach. Auch den Abschnitt über „tantrische Sexualmagie mit den Beeren der Zwergpalme" hielt ich nicht für relevant, während das Rezept für Ringelblumentee bei Gelegenheit durchaus nützlich sein konnte. Vielleicht handelte es sich um Geheimrezepte, die Ulli exklusiv verwerten wollte? Ehe ich eine Antwort auf diese Fragen fand, schlug der Ganter aufgeregt an.

8.

„Ich bin's, Britta." Ein Gesicht voller Sommersprossen, leicht vorstehende Augen und leuchtend rote Haare. Die junge Frau war in meinem Alter und wirkte relativ normal. Eine Zugereiste?

„Du musst Bea sein. Ich wollte dich gleich heute kennen lernen, Ulli meinte, du könntest vielleicht Hilfe brauchen." Sie streckte mir beide Arme entgegen und zog mich unbekümmert an sich. „Als ich vor drei Jahren hier hergezogen bin, kannte ich kein Schwein aus dem Dorf. Es hat Monate gedauert, bis die Einheimischen meinen Gruß erwidert haben. Na, wie war dein erster Tag, hat man dich als Detektivin bereits gefordert? Lass mich raten, du bist auf der Suche nach einem Pfauen-Ripper."

Ich musste lachen. „Als Lebensberaterin habe ich jämmerlich versagt, aber immerhin, ein Hahn als Vorschuss, das hat was."

„Ich habe euch einen großen Topf Suppe in die Küche gestellt. Harald frisst sich reihum durch, und Karl lebt von Luft und Liebe."

„Tut er das?" Ich konzentrierte mich beiläufig auf Gittis Blumenstrauß.

Britta warf mir einen erstaunten Blick zu. „Die Liebe zur Natur und seine Ideale, das reicht ihm." Sie hakte sich trotz meines Widerstrebens bei mir unter. „Komm, ich zeig dir die Umgebung."

Sie wies auf einen weiteren Schuppen. „Das war früher meine Werkstatt, als ich noch getöpfert habe. Ulli hat mir damals Asyl gewährt, als ich hier nach einer Demo für länger bleiben wollte. Ursprünglich hatten wir mit Harald und Karl eine Vierer-WG geplant, als Selbstversorger in Richtung alternative Lebensformen und so, aber das hat sich nicht bewährt." Sie runzelte kurz die Stirn. „Vor allem in finanzieller Hinsicht. Heute male ich und habe mein eigenes Atelier."

„Kann man davon leben?"

„Natürlich nicht, ich arbeite nebenbei im ‚Seehof', dem ersten Haus am Platz. Grünkohlessen der Kreisjägerschaft, Versammlung des Rindviehzuchtvereins, bei jedem der gesellschaftlichen Höhepunkte bin ich dabei." Sie lachte unangenehm laut auf.

„Bei den Bürgerinitiativen geht es hoch her. Ein Wunder, dass die sich nicht die Köpfe einschlagen. Und unter der Hand wird gekungelt, geklüngelt, bis die Schwarte kracht. Da gibt es Hierarchien, Begünstigungen und Abstimmungen per Handschlag an der Theke. Kommst du morgen zur Frauengruppe?"

„Wer oder was erwartet mich da?" Ich dachte an meine unzufriedene Klientin, die Schlachtersfrau.

„Alle Frauen, die ohne ihren Mann abends vor die Tür gehen dürfen. Eine bunte Mischung, man kann es nie genau sagen. Geschäftsfrauen, gestandene Mütter, Touristen aus dem Feriendorf und Kulturschaffende aus der alternativen Szene, so wie ich", schloss sie stolz.

„Wen rechnest du hier zur alternativen Szene?"

„Genau genommen, alle Menschen, die sich im Wendland gegen den Atommüll wehren, und das seit 25 Jahren. Ist doch verständlich. ‚Wi wullt den Schiet nich hebben', heißt es, aber wer will das Zeug schon? Natürlich gibt es ein paar radikale Gruppen, aber wir versuchen es immer wieder mit einer friedlichen Form des Widerstands, und dazu gehört eben auch die Kunstszene."

Ja, auch Ulli hatte es nach einer *Kulturellen Landpartie* ins Wendland verschlagen. „Bea, diese Auswahl", hatte sie mir vorgeschwärmt, „Holz-Skulpturen auf den Feldern, Workshops für keltische Harfe in Scheunen, Happenings im Rundlingsdorf oder magisches Trommeln unter dem Taufengel, es ist herrlich verrückt, ich passe genau in diese Ecke. Nie wieder Großstadt, es lebe die freie Republik Wendland!"

Dann hatte sie den Resthof billig gekauft und an das Haupttor ein „X" aus gekreuzten, gelben Latten genagelt, ein „X" für „nix" - nix Castor, nix Atomkraft. Das gehöre sich schließlich so in ihren neuen Kreisen.

„Hier leben nicht nur Spinner", fuhr Britta fort, als ob sie meine Gedanken lesen konnte. „Die Bauern haben sich mit akademischen Aussteigern aus Hamburg und Berlin verbündet, dazu die Naturschützer, seit 1989 auch die Leute von drüben, wir sind ein buntgemischtes Völkchen, das hoffentlich irgendwann mal zusammenwächst. Für die meisten Menschen von außerhalb ist das Wendland entweder nur mit der Atomgeschichte verbunden oder ein unbekannter Fleck auf der Landkarte."

„Wie kommt es, dass Ulli für dich nicht Amanda ist?"

„Frau Amanda, das war doch nur eine billige Masche. Ich fand ihre Methoden nicht immer ganz astrein. Hoffentlich nimmst du das jetzt nicht persönlich?", fragte sie besorgt.

„Aber nein", wehrte ich ab und fühlte mich trotzdem stellvertretend verletzt. Auf meine Freundinnen ließ ich nichts kommen. Obwohl und gerade weil Ulli meine einzige war. Dann gab es da noch Rolf, Vera, meinen Psychiater und - die netten Leute aus dem Smart-Center. Waren das wirklich schon alle? Da hatte ich meinen Bekanntenkreis seit gestern um 100% erweitert. *Du bist immer noch ein kommunikativer Analphabet, Bea. Kein Wunder, dass du unbedingt Psychologie studieren wolltest,* warf ich mir vor und war erstaunt, als Britta mich anstieß.

„He, führst du Selbstgespräche?"

Wie peinlich, ertappt, besser schnell ablenken. „Kennst du eigentlich die alte Behncke?"

„Behncke Elli, die Tante vom mutmaßlichen Pfauen-Ripper?"

Hier bot sich die Gelegenheit zu unauffälligen Recherchen.

„Sie ist in Ordnung. Ein bisschen spinnert, aber harmlos. Ihr gehören die schönsten Grundstücke in Laasdorf. Man sagt, sie brütet auf ihrem Geld, bis sie goldene Dukaten scheißen kann. Aber bei den Frauen im Dorf ist sie eine sehr angesehene Person. Der Neffe würde ihr gerne das Land abluchsen und verhökern."

„Warum sollte sie ihm das Land geben? Sie scheint ihn zu hassen."

„Ja, er hat sie schon mal mit einem spottbilligen Grundstückskauf reingelegt. Angeblich sollte dort ein Biotop mit Naturlehrpfad und Aussichtsturm errichtet werden, aber schwups – schon hatte der schöne Dietrich hinter ihrem Rücken das Land an die Mobilfunkgesellschaft verscherbelt. Die errichtete dann einen Sendemast, der uns alle langsam aber sicher mit Elektrosmog verseucht. Mit uns kann man's ja machen! Übrigens, wir haben vor kurzem eine Bürgerinitiative gegründet, um das Ding wieder los zu werden. Hast du Interesse?" In erster Linie hatte ich dazu noch keine Meinung, ich war ein Stadtkind und gegen Smog jeder Art bestimmt immun.

„Wie ist der schöne Dietrich denn so?", lenkte ich das Gespräch um.

„Gierig, in jeder Beziehung, der kann den Hals nicht voll kriegen. Ihm gehört der „Seehof", er sitzt im Samtgemeinderat und kungelt alles aus, was zu seinem Vorteil ist. Mal gibt er sich als Naturschützer, dann wieder arbeitet er der Atomindustrie zu, eine Wetterfahne erster Güte. Wer sich ihm in den Weg stellt, wird hintenrum gnadenlos fertig gemacht. Dabei kann er sehr charmant sein, unser Dorfgigolo." Sie verdrehte die Augen. „Es gibt viele Frauen, bei denen er mit seinem Clark-Gable-Charme gut ankommt. Dietrichs Frau Inge trägt alles mit Fassung. Kinderlos und im Tennisverein, ich nehme an, sie holt sich, was sie braucht."

„Hand aufs Herz, würde er einen Pfau umbringen oder nicht?"

„Zuzutrauen wäre ihm das schon. Er ist der einzige Verwandte von Elli, und die ist schon über 80. Wenn es mit der biologischen Lösung bei der Erbschaft nicht so klappt, versucht er vielleicht, den Vorgang mit Psychoterror zu beschleunigen."

9.

Nach einer Tasse Rosmarin-Tee (*leicht aufputschend, spornt zu neuen Leistungen an*) fuhr ich Britta ins Dorf zurück, Smartie sollte noch bewegt werden. Vorbei an Fachwerkhäusern, auf deren Dächern Wendenknüppel in den Himmel ragten, wuchtige Holzschnitzereien.

„Dort drüben liegt das gräfliche Barockschloss. Ein klasse Mann, der Graf. Setzt sich sehr für die Umwelt ein, aber Berge versetzen kann er auch nicht. Schau, da ist der See."

Wir hielten an und gingen ein Stück am Ufer entlang. Schilfkolben und Reetgras spiegelten sich im Wasser, während zwei dunkle Schwäne stolz um ein Inselchen mitten im See ihre Kreise zogen. Kleine, schwarze Wasservögel stießen klagende Rufe aus.

„Das sind Blesshühner," erklärte Britta, „sehr scheu und bleiben das ganze Jahr auf dem See. Wenn sie zu viel schreien, gilt das als schlechtes Omen, dann soll der Tod nicht weit sein. Aber keine Sorge, meistens schlägt nur das Wetter um."

„Sind die Menschen hier wirklich so abergläubisch?"

„Nicht mehr als in anderen ländlichen Gegenden. Wälder, Heide, Wasser und dünne Besiedlung, das leistet dem Vorschub, Nebel und Schatten, die Geschichten der Alten ... Aber denk mal an die Bauernregeln, ein Körnchen Wahrheit steckt immer dahinter."

Also doch, ich verspürte einen starken Drang mich umzuschauen, gab diesem Zwang aber nicht nach. Noch nicht! Ich musste spontan an die Leute denken, die den guten Harald beauftragten. „Harald ist also wirklich als Geisterjäger tätig?"

Britta schnitt eine Grimasse. „Frag mich nicht, was er da genau macht. Ich habe den Verdacht, dass es sich um ein abgekartetes Spiel handelt. Ulli braut betäubende Getränke, die sie verkauft, und wenn die Leute dann dreiäugige, karierte Männchen sehen, ist Harald an der Reihe, der diese Männchen wieder vertreibt. Der Gewinn wird geteilt."

Ich erinnerte mich flüchtig an eine Phase in Ullis Leben, als sie Horoskope aus Zeitschriften abschrieb und diese auf Bauernmärkten zusammen mit je einem ‚magischen Schneewittchenapfel zur Abwehr von bösen Blicken, Strahlen und Krankheiten' verkaufte. Der Erlös von zwei Wochenenden bescherte uns damals einen neuen Teppichboden. Sogar meine eigene Mutter hatte einen ganzen Korb voll für ihren Salon erstanden. „Schaden kann es ja nicht, Bealein, auf jeden Fall sind die Vitamine echt."

Mein strenges Über-Ich hatte etwas von Betrug geäußert, aber diesmal einigte ich mich mit ihm stumm auf Vorspiegelung falscher Tatsachen, das klang netter. Und wer sagte, dass die magische Geisterjagd Ullis Idee gewesen war? Vielleicht steckte auch der falsche Faun dahinter. Ehe ich weiter spekulieren konnte, schoss ein schwarzweißer Hirtenhund den Deich herunter, gefolgt von den angeblich so liebenswerten Geschöpfen und ihrem Schäfer.

„Karl, das trifft sich gut." Britta flog ihm in die Arme, und es versetzte mir einen Stich, als ich sah, wie die beiden sich küssten, auch wenn es vielleicht nur freundschaftlich war. Bea, mach dich nicht lächerlich. Wenn dir ein Mann beim Kotzen hilft, heißt das noch lange nicht, dass ihr eine Beziehung eingegangen seid, vergiss deinen Notstand, sagte Bea zu Bea.

„Morgen tagt unsere Gruppe parallel zu den Frauen. Kannst du rechtzeitig kommen?" Britta strich Karl May durch die Haare, gleich würde er zu schnurren anfangen.

„Mal sehen, ob ich nicht woanders dringender gebraucht werde." Braune Augen mit gelben Pünktchen lächelten mich an, ein Arm winkte mich näher, und ich hatte nichts dagegen, als er mich an sich zog, und ich so den ranzigen Geruch seines Wollcapes in tiefen Zügen einatmete. Out of control oder déjà vu, das würde ich später analysieren.

„Na, endlich richtig angekommen?“ Karl tätschelte mich wie seinen Hund oder ein liebenswertes Schaf. Auch Britta legte einen Arm um mich, und so standen wir für einen langen Moment zusammen, bis ich mich leicht befangen aus der Umarmung löste.

„Ich werde mich noch mal alleine im Dorf umschauen“, gab ich betont munter bekannt.

„Tu das, wir sehen uns dann morgen Abend im Seehof.“ Britta winkte mir fröhlich nach.

„Wenn du willst, komme ich später noch mal vorbei“, bot Karl ruhig an.

„Danke, aber das ist wirklich nicht nötig.“ Bea, du blöde Zicke, bist du von allen guten Geistern verlassen, dieses Angebot abzulehnen?

10.

Im Dorf unweit des Sees gab es nichts Bemerkenswertes. Die letzten Touristen der Saison schlenderten über die Hauptstraße und blieben vor der Gedenktafel an den echten Karl May stehen. Schlachter und Bäcker schlossen gerade, und im kleinen Eiscafé hatte sich die Dorfjugend einquartiert. Ein Teil von ihnen stand auf der Straße und grölte um die Wette, sie hatten einen Kreis um jemanden geschlossen und überboten sich in prahlerischen Kommentaren.

„Das ist der kleine Bastard von der anderen Seeseite.“

„Die hat bestimmt wieder geklaut.“

„Hat jemand eine Schere?“

Bei den letzten Worten beschleunigte ich meine Schritte. Es gibt in jedem Leben Momente, in denen alte Erinnerungen hochkommen, begleitet von starken Gefühlen, die man unter festem Verschluss wähnte. Bei mir war es die Erinnerung an ein einsames, kleines Mädchen, das im Frisiersalon störte und nach draußen zum

Spielen geschickt wurde. Als einige große Jungs ihr „aus Spaß“ die Zöpfe abschnitten, ließ sie es sich starr gefallen und vergoss keine Träne. Der verärgerten Mutter gab sie keine Erklärung, denn Petzen machte auf der Straße alles noch schlimmer. Trotzdem musste sie mit dem Gefühl der Demütigung fertig werden. Einen ganzen Sommer lang zerstach sie immer wieder mit einem Kartoffelmesser die Fahrradreifen der Rädelsführer und wurde nie erwischt.

Diesmal war Gitti Breezel das Opfer. Ihre hässliche Brille lag bereits zertreten am Boden, aber sie kämpfte verbissen gegen die Übermacht der Älteren, trat den einen gegen das Schienbein, spuckte wie ein Feuer speiender Drachen in alle Richtungen ... und sagte kein einziges Wort.

Ich packte zwei ihrer Widersacher am Kragen und riss sie von ihr weg. „Kleine Mädchen quälen, ihr solltet euch schämen. Lasst sie sofort in Ruhe!“

„Die hat mir Geld geklaut“, behauptete ein bulliger Junge und machte mit seinen Kumpels einen drohenden Schritt in meine Richtung. Er war höchstens 16, aber mindestens einen Kopf größer als ich. Ich entschied mich für einen diplomatischen Rückzug und nahm zehn Euro aus meiner Tasche.

„Geht ein Eis essen, Jungs, und lasst sie in Ruhe.“ Pädagogisch gesehen, eine haarsträubende Lösung, aber Entscheidungen aus dem Bauch heraus können bei Kindern so manches Mal Bauchweh verhindern. Und abgeschnittene Zöpfe.

Gitti griff hastig nach ihrem Rad, während ich die traurigen Überreste der Brille aufsammelte.

„Ich hab ihm nix geklaut“, sagte sie leise und schaute dabei auf den Boden.

„Wirst du öfter von denen geärgert?“, forschte ich nach.

Sie antwortete nicht und zuckte nur mit den Achseln.

„Hast du es deinen Eltern erzählt?“ Die Frage war an sich überflüssig, die kleine Bea hätte die Antwort auch so gekannt. Aber die große Bea wollte es wieder einmal besser wissen. „Wenn du willst, bringe ich dich nach Hause und erkläre deiner Mutter, was passiert ist.“

„Zu uns soll keiner nach Hause", flüsterte sie, um mich dann flehend anzuschauen. „Bitte sagen sie nichts weiter."

„Also gut", gab ich nach, „aber versprich mir, dass du beim nächsten Mal um Hilfe rufst oder rechtzeitig wegläufst."

„Wo soll ich denn hin?" Ein trostloser Blick aus Augen, die ohne kümmerliche Brille doppelt so groß wirkten, und schon verschwand sie in Richtung See.

11.

Nachdenklich fuhr ich in der einsetzenden Dämmerung nach Rienswalde zurück. Wie am Vorabend stieg der Nebel aus den Wäldern, und als ich am Eulenbaum einbog, lag bereits zum zweitenmal ein klobiges Hindernis auf meinem Weg. Dachse pflastern ihren Weg? Abrupt bremste ich, stieg aus und zählte versuchsweise bis drei. ‚Eins, zwei, drei, Spuk vorbei.' Aber dieser Spruch hatte schon in Kindertagen meistens nicht geholfen.

„Vorsicht, nicht da parken, ich muss erst den Dachs wegräumen." Harald – diesmal in Menschengestalt – kam gestikulierend aus dem Haus.

„Ich war's nicht", beteuerte ich erneut, aber mit festerer Stimme als gestern, ein erfreulicher Fortschritt auf meinem Weg zur Persönlichkeitsentfaltung.

„Willst du mich verarschen? Das ist deiner von gestern. Ich habe ihn dem Jäger spottbillig abgekauft. Präpariert bringt er 500 Euro oder mehr. Hilfst du mir, ihn ..."

„Nein, schlepp deine Leichen alleine, ich habe Feierabend."

Dachte ich. Aber in der Küche saß eine unbekannte Frau, die sich hastig erhob, als ich eintrat. Eine letzte Klientin? Verlegen wischte sie ihre Hände am Rock ab und streckte sie mir dann zögernd entgegen. Irgendetwas an ihrer Körperhaltung war mir vertraut.

„Entschuldigen Sie, dass ich so spät komme, aber ich musste erst noch den Laden abschließen. Außerdem braucht keiner zu wissen, dass ich sie aufsuche. Unterliegen Sie wirklich der Schweigepflicht?" Der letzte Satz klang wie mühsam eingeübt und auswendig gelernt.

„Ich schlage vor, wir machen uns erst einmal bekannt", schlug ich vor und dachte dabei sehnsüchtig an eine warme Mahlzeit und traumlosen Schlaf.

„Natürlich, ja, Entschuldigung. Gisela Breezel, von Breezel und Sohn, Schlachterei."

In diesem Moment sah ich Gitti vor mir, wie sie verbissen und stumm kämpfte, zäh und verloren zugleich. Der bestellte Tee, damit der Vater schneller einschlief, die Schwiegereltern, die nach den Tarotkarten entscheiden wollten, ob der Sohn das Geschäft übernehmen sollte oder nicht. Eine komplizierte Beziehungskiste über mehrere Generationen, das forderte meine letzten Reserven, was aber irgendwie auch ein gutes Gefühl war.

„Sind Sie wegen des Tees gekommen?", fragte ich sie behutsam.

„Das hat zur Not noch Zeit. Ich kann auch ein Schlafpulver für ihn nehmen." Sie kramte in ihrer bauchigen Handtasche und zog einen Umschlag heraus, den sie mir über den Tisch schob.

„Wenn Sie mehr wollen, muss ich in Raten zahlen, aber ich bin noch keinem was schuldig geblieben."

Damit setzte sie sich zurück und verschränkte die Arme vor der Brust.

Bargeld statt Suppenhuhn, ein enormer Gewinn, aber ich wurde das mulmige Gefühl nicht los, eine schwierige Aufgabe vor mir zu haben, gegen die der tote Pfau nur ein Kinderspiel war. Neugierig warf ich einen Blick in den Umschlag. Ein stattliches Bündel von Euroscheinen, dafür begingen böse Menschen sogar einen Mord.

„Es sind genau 2.500 Euro", erklärte mein Gast stolz.

„Ich weiß nicht, was Sie dafür von mir erwarten", fing ich vorsichtig an.

„Es geht um meinen Mann."

„Wenn es wegen der Schlachterei ist, da müssen Sie mit Ihren Schwiegereltern reden."

„Da gibt es nichts zu reden. Ich weiß, was ich will."

„Gut, dann sagen Sie es mir einfach."

„Verführen Sie meinen Mann."

Frau Breezel hatte sich aufgerichtet und schaute mir gerade in die Augen. Ihr verhärmtes Aussehen konnte nicht verhehlen, dass sie früher einmal sehr gut ausgesehen haben musste.

„Wenn es um eine Scheidung geht, Frau Breezel, da kann ich Sie beruhigen. Das Schuldprinzip gilt heutzutage nicht mehr. Sie brauchen keinen Seitensprung als Scheidungsgrund. Wenn eine Ehe zerrüttet ist, kräht kein Hahn mehr nach den Gründen. Sicher gibt es auch im Wendland fähige Anwälte, die Ihnen den Ablauf genauer erklären können."

„Ich liebe meinen Mann und will keine Scheidung."

„Das freut mich, ehrlich, aber warum dann dieser, nun, ungewöhnliche Auftrag?"

„Weil ich keine von hier will, das schafft nur Ärger. Und mein Mann soll wissen, wie das ist."

Worum geht es? *Bea, streng dich an und kombiniere, der Mann bekommt ein Schlafmittel und soll von einer Auswärtigen verführt werden, daraus schließt man logischerweise – was?* „Ich bin mir nicht sicher, ob ich Sie richtig verstanden habe", versuchte ich Zeit zu gewinnen.

„Wünschen Sie einen Treuetest?"

„Keinen Test. Ein Verhältnis. Er soll sich schuldig fühlen und am eigenen Leib spüren, dass so was jedem passieren kann. Ich möchte ihm verzeihen können", setzte sie leiser hinzu, „dann wird er auch mir verzeihen."

„Mögen Sie mir erzählen, was er Ihnen zu verzeihen hat?", forschte ich behutsam nach. Alleine das Reden darüber würde sie seelisch entlasten. Aber sie schüttelte stumm den Kopf.

„Das tut nichts zur Sache. Erledigen Sie nur den Auftrag. Und bitte bleiben Sie dabei diskret. Nächste Woche fährt Heinrich alleine zur Zuchtrinder-Erzeugergemeinschaft nach Hannover, da täte es passen. Wenn Sie mehr Zeit brauchen, ginge es auch bei der Fahrt zur Europakuh nach Thüringen, oder wäre Ihnen das zu aufwändig?"

„Ich fürchte, ich kann Ihnen in dieser Angelegenheit nicht helfen, Frau Breezel, aber wenn Sie möchten, suche ich zusammen mit Ihnen nach einer besseren Lösung."

„Ist es das Geld?"

„Nein. Ich will ganz offen sein, ich bin für Seitensprünge nicht begabt. Mein Mann schon eher, deshalb haben wir uns auch getrennt."

Mein Gott, Bea, was bist du geschwätzig und zwingst der armen Frau dein verkorkstes Privatleben auf! In Psychologie ein Mangelhaft und als Privatdetektivin gerade zwei Monatsgehälter in den Wind geschossen, was soll bloß aus dir werden?

„Das tut mir sehr Leid", sagte Frau Breezel schlicht und nahm meine Hand. „Ich verspreche Ihnen, es bleibt unter uns."

„Ja, das wollte ich auch gerade sagen", stimmte ich zu und meinte das andere Problem, aber sie ließ mich nicht weiterreden.

„Wir wollen nichts überstürzen, schlafen Sie bitte eine Nacht darüber und denken noch einmal über die Angelegenheit nach." Sie ließ nur zögernd meine Hand los. „Was ich noch sagen will. Dieser Tote aus Prisser, der hat es schon lange am Magen gehabt. Nur, falls Amanda nachfragt. Das hat nichts mit den Raben zu tun."

Erst, als sie die Küche verlassen hatte, bemerkte ich, dass der Umschlag mit dem Geld noch immer auf dem Tisch lag.

12.

Harald schleifte den tiefgefrorenen Dachs in die Küche.

„Stört es dich, wenn ich ihn auf dem Küchentisch bearbeite? Sonst muss er über Nacht in die Truhe."

„Da bitte ich drum! Sag mal, kennst du eigentlich die Breezel-Sippe näher?"

„Na klar. Was ist dir eine Auskunft wert?"

„Ich kann das Huhn kochen", bot ich großzügig meinen Tageslohn an.

„Ach ja, sorry, ich hatte kein Wechselgeld bei den Gänseeiern, da musste ich auf das Tierchen zurückgreifen."

Wie gewonnen, so zerronnen.

„Aber weil du es bist, frag nur, eine Hand wäscht die andere. Ich rechne nächste Woche fest mit dir auf unserer Performance." Er musterte mich kritisch. „Für eine der Waldköniginnen bist du zu wenig – imposant."

„Sag doch gleich farblos", schlug ich vor.

Harald fuhr mir besänftigend durch die leberwurstbraunen Haare. „So war das nicht gemeint. Du könntest die Tauträgerin sein, eine stumme Rolle. Oder eine der Hüterinnen des Feuers, die spielen nackt, da brauchst du kein Kostüm."

„Dann lieber die Tauträgerin. Was trägt sie?"

„Auf jeden Fall ein Körbchen und eine Efeuranke. Also abgemacht, jetzt frag mich zur Sache."

„Was führen die jungen Breezels für eine Ehe?"

„Eine alltägliche, nehme ich an. Da lässt sich doch keiner in die Karten schauen. Stammen beide aus der Gegend hier. Heinrich schuftet neben dem Laden noch auf seiner Bauernklitsche, seine Eltern halten den Daumen aufs Geschäft und wollen nicht freiwillig aufs Altenteil. Vor allem die Mutter gönnt der Schwiegertochter nicht das Schwarze unter dem Fingernagel. Heinrich ist ein Weichei, der hält sich raus und flüchtet in die Arbeit."

„Das kann nicht leicht für die Frau sein."

„Na und? Eines Tages ist sie die Chefin vom Ganzen, Heinrich ist der einzige Sohn, und ihr Kind hat er auch angenommen, was will sie mehr?"

„Dann ist Gitti nicht die gemeinsame Tochter?"

„Sag ich doch."

Ich dachte an Gitti, die Außenseiterin, an die rauhen Sitten, die bei der Dorfjugend herrschten und dass es sie hoffentlich stark machen würde, was sie in ihrer Kindheit erlebte. Nicht alle mussten hilflose, neurotische Versager werden ... – Schluss mit der Grübelei, ich hatte Pflichten.

„Zeigst du mir morgen den Kräutergarten, den ich versorgen soll?“, fragte ich gähnend. Harald sah mit offenem Mund wenig attraktiv aus.

„Warum willst du dich um jeden Dreck selbst kümmern? Das mach ich schon.“

„Danke, aber ich schaue ihn mir wenigstens mal an. Wann ist denn Erntezeit?“ Diese Frage fand Harald noch empörender.

„Du kommst aus der Stadt, verstehst nichts davon und willst gleich mitmischen. Schuster, bleib bei deinen Leisten.“

„Wenn ich nur wüsste, bei welchen“, seufzte ich ratlos, und Harald wurde wieder zum freundlichen Tröster.

„Gib den Leuten das Gefühl, dass sie sich bei dir was holen können, egal was.“

„Nein, das wäre Betrug.“

„Ich nenne es eine Form von Kunst.“

„Und ich nenne es Täuschung.“

„Mancher hat schon aus lauter Anstand die Löffel abgeben müssen“, beendete Harald das Gespräch und machte sich an seinem Dachs zu schaffen.

Wie üblich, konnte ich nicht sofort einschlafen und blätterte noch einmal in dem Rabenbuch. Wo Ulli es wohl aufgetrieben hatte? Erst jetzt bemerkte ich, dass vereinzelt Seiten fehlten, nicht flüchtig herausgerissen, sondern sorgfältig aus der Mitte herausgetrennt, so dass man es erst auf den zweiten Blick – wenn überhaupt – merken konnte. Ein weiteres Rätsel, das ich zu lösen hatte.

Die Erinnerung an den vergangenen Tag überflutete mich – mein Einstieg in die Arbeit, die unwirkliche Szene mit Karl und Britta am See, Gitti, singend bei Mondlicht auf einem Dachs reitend, unter dem Arm einen zappelnden Pfau, dessen schillerndes Gefieder von meiner Mutter mit ihrer Friseurschere akkurat an den Spitzen begradigt wurde, während Ullis Gänserich aufgeregt schnatterte. Dann die alte Elli Behncke, die um ihren nackten Greisenkörper Efeu geschlungen hatte und drohend die Faust aus dem Nebel reckte. Nebel, alles verschwand im Nebel des Vergessens, und der Schlaf senkte sich über mich wie eine weiche Kuscheldecke aus Kindertagen. „Willkommen im Reich der Träume", sagte eine ferne Stimme, und ich dachte an gelbe Pünktchen in braunen Augen, die nur für mich leuchteten.

13.

Träume sind Schäume, und Schaum kann einen reinigenden Effekt haben. Am anderen Morgen brannte ich vor Tatendurst, der erst gedämpft wurde, als ich einen Guten-Morgen-Blick auf meinen Smart warf. Sein schönes Aquagrün war über Nacht mit grellorange Farbtupfern und dem schwarzen Schriftzug „Verpiss dich" verziert worden. Auf dem Glasdach prangte ein dilettantisch gesprühter Totenkopf mit gekreuzten Knochen. Ich weiß, man soll sein Herz nicht an tote Gegenstände hängen, deshalb ging ich auch erst den kläglichen Schreien des Ganters nach, der sich von seinen Artgenossen durch orange und schwarze Pünktchen unterschied. Mein Mitleid hielt sich in Grenzen, als er mich zischend über den Hof jagte.

Außer mir und dem Geflügel gab es kein weiteres Lebewesen in Sichtweite. Ich strich über das Anwesen und suchte nach klassischen Spuren, die ich auch bald in Form von schmalen Reifenabdrücken im Sand entdeckte. Wahrscheinlich jugendliche Täter, denen der Spaß mit Gitti verdorben worden war. Teure Dumme-Jungen-Streiche, zumal auch ein Seitenspiegel abgebrochen war. Mir blieb nur der Weg zur Polizei, wenn ich meine Versicherung bemühen wollte.

Aber vorher suchte ich noch nach Ullis Kräutergarten, den sie mir in ihrem Brief so ans Herz gelegt hatte. In einem mit Natursteinen eingefassten Beet hinter dem Haus wuchsen ins Kraut geschossene Küchenkräuter wie Schnittlauch und Petersilie, dazu verwelkte Tomatenstauden, von besonderen Teekräutern keine Spur. Nein, es musste noch einen anderen Garten geben.

In einer Ecke des Schafstalls entdeckte ich endlich die bemalten Gänseeier. Außer abstrakten Motiven, gab es die Darstellung von Kranichen, hängenden Weiden über Gewässern und die „Rotbauchunke auf dem Weg zum Laichplatz", wie ein Schildchen belehrte. Ich trug den Korb nach vorne an den Weg und stellte die Preistafel mit dem Zusatz „Selbstbedienung" auf. Ehrliche Menschen würden zumindest etwas Essbares zurücklassen.

Nach dem Frühstück packte ich hochmotiviert meinen Laptop auf den Tisch, das wichtigste Teil meiner Detektivausrüstung. *Zahlbar in 24 Monatsraten zu ... ach, lass das, Bea, vielleicht nimmt die Firma auch Gänseeier.* Ich legte eine neue Datei mit allen aktuellen Aufträgen an. „Pfau", „Ehemann verführen", „mutwillige Sachbeschädigung" und „Quälen von Kindern und Geflügel". Mein Tagesprogramm lautete: „Recherchieren vor Ort und Zeugenbefragung".

Clemens Busch hieß der Polizeibeamte in Laasdorf, der mir in Hosenträgern die Tür öffnete.

„Wo brennt's?", wollte er wissen und schaute mich übellaunig aus blutunterlaufenen Augen an.

Ich wies auf mein verunstaltetes Auto. „Ich denke, es waren die Jugendlichen aus dem Ort."

Der Hüter des Gesetzes warf sich seine Uniformjacke über und ging zweimal um meinen Lebensgefährten herum. „Vermutungen, nichts als Vermutungen. Ist das ein Auto oder ein rollender Kindersarg?" Ich verzog keine Miene.

„Sie sind nicht von hier", stellte er fest und kratzte mit dem Fingernagel über den Lack. „Da kann Sie jemand nicht besonders leiden. Wie lange bleiben Sie in der Gegend?"

„Sehr lange, ich möchte hier meinen Lebensmittelpunkt finden." *Bea, erzähl ihm keinen Scheiß, sei nicht immer so verdammt ehrlich!*

„Sie gehören zu den Alternativen", stellte er fest und verlangte meine Wagenpapiere.

„Ich möchte, dass Sie jetzt die Anzeige aufnehmen", sagte ich betont ruhig.

„Das machen wir gleich. Schicken Sie Ihren Mann vorbei, dann wird das geregelt."

„Ich bin die Halterin dieses Fahrzeugs und im Vollbesitz meiner geistigen Kräfte“, klärte ich ihn geduldig auf. „Übrigens, wir sind eine Art Kollegen.“

Bea, das war ein Fehler! ‘Stellen Sie, wenn möglich, einen guten Kontakt zur Polizei vor Ort her’, bedeutet kein plumpes Anbiedern!

„Wie meinen Sie das, junge Frau?“

„Ich bin Privatdetektivin.“ Nun gab es kein Zurück mehr.

Clemens Busch verzog einen Mundwinkel schief nach unten und demonstrierte damit seine ganz persönliche Art, herzhaft zu lachen. Dann hakte er seine Daumen in den Gürtel und wippte mit den Fußspitzen leicht auf und ab.

„Na, da habe ich aber großes Glück, dass Sie mir helfen wollen. Wie haben Sie sich unsere Zusammenarbeit denn gedacht?“ Augenzwinkern, verstärktes Wippen, Hüfte nach vorne, ganz der männliche Freund und Helfer.

„Wir könnten Informationen austauschen und uns kollegiale Tipps geben“, zitierte ich aus einem meiner Lehrbriefe. Es klang echt dämlich.

„Wissen Sie was, ich gebe Ihnen jetzt sofort einen ganz speziellen, kollegialen Tipp. Stellen Sie Ihren Wagen nicht da ab, wo er beschädigt werden kann, und reizen Sie die Leute nicht durch Ihr Benehmen zu unüberlegten Handlungen.“ Dabei wies er auf den Schriftzug ‚Verpiss dich’.

„Wir mögen keine Menschen, die ihre Nase in Dinge stecken, die sie nichts angehen.“

So in meine Schranken gewiesen, erinnerte ich ihn an seine Pflichten. Die Anzeige gegen unbekannt wurde von ihm widerwillig aufgenommen und von mir hastig unterschrieben.

„Ich erwarte, dass Sie mich in der Angelegenheit auf dem Laufenden halten“, forderte ich tapfer, aber das letzte Wort war mir nicht vergönnt.

„Früher bekamen die Jungen Detektivkästen und die Mädels Puppen geschenkt. Da kam später keiner auf dumme Gedanken“, hörte ich ihn noch auf dem Weg nach draußen.

14.

Über dem See kreiste ein Raubvogel. Vergeblich suchte ich den Deich nach Karl und seiner Herde ab, aber sie waren wohl weitergezogen. Es war einer jener frühen Herbsttage, an denen es nach einem undefinierbaren Gemisch aus späten Rosen, Pilzen, Holzfeuer und Vergänglichkeit riecht. Ich entschied mich, zu Fuß nach Klein-Laasdorf zu gehen. Auf der anderen Seite des Sees reichten die Grundstücke bis ans Wasser. Gepflegte Bauerngärten mit hohen Hecken und Stauden wechselten ab mit Wiesenflächen und Weiden. Auf einigen grasten Pferde, und diverses Geflügel kostete den Luxus der freien Bewegung aus.

Das Haus von Elli Behncke unterschied sich kaum von den Nachbarhäusern. Der für diese Gegend typische Fachwerkbau, mit rotem Backstein versetzt und geschnitztem Holzgiebel, stand allerdings auf einem außergewöhnlich großen Grundstück. Die angrenzenden Flächen gingen in Wiesen und ein Wäldchen über, an dessen Rand ich einen mit Kopfweiden gesäumten Teich erkennen konnte. Eine angepflockte Ziege begrüßte mich meckernd, während gleich mehrere Katzen schnurrend um meine Beine strichen. Die verwitwete Pfauenhenne aber hockte trübsinnig in ihrem Gehege, dessen Pforte einladend offen stand. Ich ging zum Vordereingang und betätigte den schweren Türklopfer, obwohl die Haustür nur angelehnt war. Als sich nichts rührte, trat ich zögernd ein. Auf dem Land galten andere Spielregeln, außerdem war ich offiziell mit Recherchen beauftragt worden.

„Frau Behncke? Sind Sie zu Hause?" In der geräumigen Diele roch es nach Minze und Melisse, die gebündelt von der Decke hingen. Vorsichtig schob ich die nächste Tür auf. Auf den Holzborden ringsum standen Einweckgläser mit Pilzen, eingelegten Gemüsen und undefinierbarem Inhalt, der mich von der Oberfläche her an Gehirnhälften und Innereien erinnerte. Bei näherer Betrachtung erwiesen sie sich als bizarre Wurzeln und exotische Chutneys. *Bea, lass nicht deine morbiden Fantasien mit dir durchgehen*, warnte ich mich und betrat als Nächstes das Wohnzimmer.

Zu meiner Überraschung fand ich hier nicht nur die üblichen, schweren Sitzmöbel aus Eiche vor, sondern auch wohlgefüllte Bücherregale, die von Wand zu Wand reichten. Neben Buchclubausgaben und landwirtschaftlichen Sammelbänden entdeckte ich Werke über Flora und Fauna, Lederfolianten mit medizinischen Abhandlungen und Geschichtsbücher aus aller Herren Länder. „Weise Frauen des Mittelalters", „Rituale Schwarzafrikas" und „Das Geheimnis der Azteken" lauteten einige Titel. Eigenartig, ich hatte Elli Behncke bisher als eine einfache Frau wahrgenommen, deren Alltag mit ländlichen Querelen um Bisamratten und böse Nachbarn ausgefüllt war. Aber vielleicht hatte sie ihre Bibliothek geerbt oder auf einer Auktion als Kapitalanlage erstanden?

Das Wohnzimmer hatte einen direkten Ausgang zum hinteren Teil des Grundstücks. Da ich nun schon so weit gekommen war, konnte es nicht schaden, das restliche Gelände zu erkunden. Ich trat auf die Terrasse, die mit verwitterten Korbmöbeln ausgestattet war, und schlug einen Pfad ein, der zwischen Weiden und Unterholz direkt an den privaten Teil des Seeufers führte. Nicht schlecht, einen eigenen Zugang zum Wasser zu haben. Ein alter, vertäuter Holzkahn schaukelte in der sanften Brise, umgeben von den mir inzwischen vertrauten Blesshühnern mit ihren klagenden Rufen. Eine Idylle wie aus dem Bilderbuch, dachte ich in einer romantischen Anwandlung und schaute mir den Kahn auf Seetauglichkeit hin näher an. Vielleicht könnte ich mir solch ein Boot mal ausleihen, um diese komischen Blesshühner aus der Nähe zu beobachten. Die Persenning, mit der das Boot abgedeckt war, saß nur locker. Als ich die Plane an einer Ecke anhob, steigerte sich das Geschrei der Blesshühner zu einem unangenehmen Crescendo. Als wenn sie mich vor etwas warnen wollten ...

Zu spät. Unter der Persenning entdeckte ich einen Arm. Einen behaarten, menschlichen Arm. Nur einen Moment dachte ich an Karls Schauergeschichte von der Affenpfote, flüsterte wider jede Hoffnung mein *Eins, zwei, drei, Spuk vorbei* und zog dann die Plane mit einem heftigen Ruck zur Seite.

Er war nackt bis auf ein blutiges Tuch, das sein Geschlecht verhüllte. Der noch muskulöse Körper eines nicht mehr jungen

Mannes, den ich auf Mitte 50 schätzte. Gepflegte Nägel, markante Gesichtszüge, dunkle, gewellte Haare, an den Schläfen graumeliert, kein Bart. Gutaussehend, wenn man den Clark-Gable-Typ mochte. Die Augen waren geschlossen und einen kurzen Moment dachte ich, er schliefe nur. Aber als ich nach seinem Puls tastete, war nichts zu spüren. Die Haut fühlte sich kühl an, und die Glieder waren nicht anzuheben, wahrscheinlich durch einsetzende Leichenstarre. Seltsamerweise wirkte er auf mich weniger schockierend als der sterbende Dachs. Nur die Aussicht auf das, was sich unter dem blutigen Tuch verbergen würde, ließ mich frösteln. Überlass das der Spurensicherung und der Rechtsmedizin, riet ich mir, aber wie unter Zwang musste ich das Tuch entfernen.

Als Kind hatte ich einmal ein Kaninchen gehabt, das von einem streunenden Hund zerfetzt worden war. Meine Mutter wollte mir den Anblick der blutigen Überreste ersparen und vergrub das Tier im Garten. Heimlich buddelte ich mein Kaninchen wieder aus und packte es in einen Schuhkarton unter mein Bett, bis man auf den Gestank des verwesten Kadavers aufmerksam wurde. „Das Kind hat eine morbide Veranlagung", erzählte Vera hinter vorgehaltener Hand im Salon, aber ich wusste es schon damals besser: In Wirklichkeit wollte ich den Dingen auf den Grund gehen, nicht ausweichen, eine Fähigkeit, die im Laufe meines Erwachsenenlebens noch nicht völlig verkümmert war.

Ich weiß nicht, was ich unter dem Tuch erwartet hatte, aber sicher nicht den Anblick eines blutverkrusteten, männlichen Gliedes, das die frische Tätowierung eines Raben aufwies.

15.

„Es wird alles wieder gut." Elli Behncke fuchtelte mit einem altmodischen Riechfläschchen vor meiner Nase herum.

„Ein Arzt, die Polizei, ich muss telefonieren."

„Habe ich alles erledigt, Sie brauchen sich um nichts zu kümmern. Trinken Sie einen Schluck Tee." Sie drückte mir einen Becher in die Hand und half mir dann auf die Füße.

„Das ist mir aber peinlich." Der heiße Tee belebte mich sofort.

„Nicht doch, wir gehen jetzt ins Haus und machen es uns gemütlich." Ich drehte mich nicht mehr um und saß wenig später in der guten Stube, versehen mit frischem Tee und Keksen.

„Müssten sie nicht bald da sein?", fragte ich gähnend und ließ mir ein Kissen in den Rücken schieben. Es tat gut, so mütterlich umsorgt zu werden, Vera hatte das immer nur bei Herrenbesuch getan, wenn sie demonstrieren wollte, was sie für eine gute Mutter war.

„Iss, Kindchen, iss." Gerne, ich genoss es, das Kindchen zu sein, ermitteln würde ich später. Wenn nur nicht diese bleierne Schwere in meinen Gliedern wäre, ich schaffte es kaum, die Tasse an den Mund zu heben.

„Medea hilft dir vergessen", hörte ich eine Stimme flüstern, bevor ich im Nichts versank.

Mir war schwindelig wie nach einer Fahrt im Kettenkarussell. Ein Kater konnte es nicht sein, also vermutlich doch der Schock. Ich lag zugedeckt auf Elli Behnckes Sofa, die Tür zur Terrasse stand offen. Ein Blick auf die Uhr zeigte mir, dass zwei Stunden vergangen waren. Warum hatte man mich nicht geweckt? Ich war eine wichtige Zeugin und brannte auf eine gute Zusammenarbeit mit Kripo, Soko und zur Not auch mit Dorfsheriff Busch. Mein Kopf fühlte sich noch schlimmer an als nach dem Genuss von Ullis Absynth. Vorsichtig ging ich nach draußen an die angenehm frische Luft. Die Spurensicherung musste längst vor Ort sein, aber Haus und Garten lagen verlassen, nur die Ziege meckerte mich vorwurfsvoll an. Nichts störte die ländliche Idylle, kein Holzkahn lag mehr am See, geschweige denn eine tätowierte Leiche.

„Herr Busch, ich wollte mich als Zeugin zur Verfügung stellen. Man hat Sie doch informiert, leider war ich vorübergehend unpässlich, und die Leiche am Fundort - aber das wissen Sie bestimmt besser."

„Ach was, das geben Sie zu? - Wo brennt es denn diesmal? Ein toter Pfau, oder ist Ihre Sackkarre wieder verziert worden?" *Selber Sack,* dachte ich, bei diesem ernsten Anlass zu scherzen, so oft hatten die doch sicher keinen Mordfall vor Ort.

„Ich meine den Toten auf Elli Behnckes Grundstück, der in dem alten Kahn lag."

„Ach den. Haben Sie ihn im Gepäckraum verstaut?" Joviales Gelächter. „Sie sind gut, wirklich. Elli hat mich gerade wegen einer Holzlieferung angerufen, hat mir nichts von einem Toten gesagt. Ja, wo ist er denn? Haben Sie zufällig getrunken?" Wortlos wandte ich mich ab, hier half nur eine Dienstaufsichtsbeschwerde.

Elli arbeitete in ihrem Vorgarten.

„Kommen Sie rein, Kindchen, möchten Sie noch mehr Kekse?"

Jetzt verstand ich meine heile Welt nicht mehr. Heil, na ja, das war das falsche Wort, aber egal, ich verstand sie eben nicht.

„Was ist passiert?"

„Nichts Schlimmes. Ich nehme an, Sie haben sich unten am See umgeschaut und einen Schwächeanfall bekommen. Kein Wunder, ihr jungen Frauen esst alle nicht richtig, bloß wegen der Figur. Aber mein Tee hat Ihnen schnell geholfen."

Ich litt nicht an Halluzinationen, diesen Toten hatte ich mit eigenen Augen gesehen, der ins Glied tätowierte Rabe konnte nicht allein meinem Hirn entsprungen sein. Ich nahm die alte Frau in den Arm.

„Bitte sagen Sie mir die Wahrheit."

„Nur dem Ernst, den keine Mühe bleichet,
rauscht der Wahrheit tief versteckter Born ...

Das stammt von Schiller. Aber was heißt schon Wahrheit?“ Sie wischte sich mit ihrem Schürzenband über die Augen. „Haben Sie etwa nicht gut geschlafen und geträumt?“

„Ja“, bestätigte ich, „aber vorher hatte ich in Ihrem Garten einen Toten gefunden.“

„Hirngespinste. Vergessen Sie es.“ Das konnte nicht nur Altersstarrsinn sein, ich musste einen anderen Weg suchen.

„Was war im Tee und den Keksen?“

„Die Kraft der Natur. Ein wenig Schlafmohn zur Entspannung, etwas Anregendes fürs Gefühlsleben, Sie hatten das nötig.“

Bea, du wirkst recht bedürftig, arbeite an deinem erwachsenen Ich.

„Wer ist Medea?“, fuhr ich im Verhör fort.

Über diese Frage schien sich Elli zu freuen. „Sie war eine zauberkundige Königstochter, Priesterin der Hekate. Nachts streifte sie mit einem Geisterheer umher und verbreitete Tod und Schrecken. Aber Medea konnte auch Greise in Jünglinge verwandeln, heißt es in einer griechischen Legende. Sie arbeitete stets mit der Herbstzeitlosen – interessieren Sie sich für die griechische Mythologie und Kräuterkunde?“

„Es geht. Welche Bedeutung haben für Sie Raben?“ *Bleib am Ball, Bea.*

„Das sind Allesfresser. Sie haben ein hochentwickeltes Sozialverhalten. Der Kolkrabe lebt sogar in strenger Einehe. Möchten Sie in meinen Büchern lesen?“

„Jetzt nicht, aber ich komme gerne wieder.“

Elli Behncke nickte mir zu und schulterte ihre Hacke, die Audienz war beendet.

16.

Was macht man, wenn man nicht mehr weiter weiß? Richtig, man fährt in die Waschanlage. Ein psychologisches Geheimrezept, das mir schon öfter geholfen hatte. Die äußere Reinigung meines Smarts stand bei mir im direkten Verhältnis zur Läuterung meines Innenlebens, und mit frisch gereinigter Seele würden mir die guten Ideen nur so zufliegen. Außerdem sollte es in Lüchow einen Betrieb geben, der sich auf Lackschäden spezialisiert hatte.

Vorsicht, Wildwechsel. Diese Schilder begleiteten mich bei der Fahrt durch den Wald, ab Gartow eine schnurgerade Strecke, gesäumt von dichten Wäldern, bis links von mir die Nemitzer Heide auftauchte. Auf der Höhe von Trebel kreuzte tatsächlich ein Rudel Rehe die Landstraße. Nur wenig später winkte mir ein Mann am Straßenrand zu, allein auf weiter Flur.

„Endlich hält jemand an", sagte Harald missmutig nach dem Einsteigen, „wurde auch Zeit. Was machst du hier?"

„Ich denke nach. Sag mal ganz ehrlich, hältst du mich für überspannt?"

„Es geht. Wahrscheinlich wird's im Wendland noch schlimmer, wegen der Strahlung und so."

„Im Ernst, hast du dir schon einmal etwas Abartiges eingebildet?"

„Nö, das lebe ich lieber aus." Harald legte mir mehr als freundschaftlich die Hand aufs Knie. Ich bog scharf in einen Waldweg ein und strapazierte dann Smarties Zweikreis-Bremsanlage mit dem Bremskraftverstärker.

„Mein Gott, ist das ein Notfall?" Harald zog vor Schreck die Hand zurück.

„Schau mir in die Augen."

„So auf Kommando läuft das nicht bei mir." Mein Beifahrer zeigte Fluchttendenzen. Ich fixierte ihn. „Los, bitte."

„Also, wenn du das als Vorspiel brauchst – he, was ist mit deinen Pupillen los, hast du gekifft?" Also doch, es konnte nicht nur der Schlafmohn gewesen sein.

Harald war ein aufmerksamer Zuhörer und hatte auch gleich eine Erklärung für mich parat. „Ich tippe auf Haschischkekse. Elli experimentiert ganz gerne im Garten, und Hanf wächst auf fast jedem Boden. Schätze mal, dass auf manch abgelegenem Acker für den Eigenbedarf angebaut wird."

„Aber ich habe den Toten vorher gesehen", beharrte ich.

„Kann sein, kann auch nicht sein. Wenn er von hier ist, wird man ihn vermissen. Ist er deiner Fantasie entsprungen, warte in Ruhe ab, ob er noch mal auftaucht. Wollen wir jetzt auf dem Waldboden spielen gehen? Du darfst auch oben liegen."

Ein Liebesspielchen mit Harald auf einem Tannennadellager, das hatte mir jetzt gerade noch gefehlt, ich lehnte dankend ab.

Von Trebel aus ging es weiter über Woltersdorf, vorbei an der Hausmülldeponie, die mit meterhohen Zäunen abgeriegelt war. Durch empathisches Nachfragen erfuhr ich etliche Details aus Haralds Leben: Ein Studium der Chemie und Biologie, nachdem es mit der Musik- und Theaterkarriere nicht geklappt hatte. Der Traum vom alternativen Leben mit Gleichgesinnten in einer naturbelassenen Welt, was auch immer er darunter verstand. Zur Sicherheit behielt er aber sein Chemielabor in Hamburg, ließ sich dort allerdings nur unregelmäßig blicken. Hatte ein kleines Finanzpolster, das für ein weiteres Jahr alternatives Leben reichen musste. Nicht vermögend, leider, noch nicht. Kreativkurse und Geisterjagd zum Selbstkostenpreis.

„Zum Glück gilt Hand gegen Koje auch auf dem Land."

„Und die Liebe?", wagte ich zu fragen. „Du stehst im besten Mannesalter."

„Ich weiß", antwortete er selbstgefällig. „Es fehlt mir auch nicht an Angeboten, du musst dich in die Warteschlange einreihen." Ich musterte ihn von der Seite. Gedrungen mit Bauchansatz und schütteres Haar, es musste wohl der Charakter sein, der die Frauen in Scharen anzog.

„Karl, Britta und du, seid ihr gute Freunde?", tastete ich mich langsam vorwärts.

„Komm mir nicht mit Britta. Die wechselt die Spur, sobald es um persönlichen Einsatz geht, denkt nur an sich. Da ist Amanda von anderem Kaliber." Als besonders altruistisch kannte ich meine Freundin zwar nicht, aber das behielt ich taktvoll für mich.

„Karl ist also einer deiner echten Freunde", ließ ich den nächsten Versuchsballon los.

„Wir haben gemeinsame Projekte, das verbindet."

„Spielt ihr zusammen Theater?"

Harald lachte als Antwort. „Nein, da gibt es noch mehr. Ich glaube, du übst an mir Fragetechniken. So, hier am Bahnhof kannst du mich rauslassen. Ich muss noch ein paar Requisiten besorgen, fahre nach Hamburg", rief er mir zu, nachdem er Smarties Tür unsensibel zugeschmettert hatte. „Wahrscheinlich komme ich erst morgen zurück."

Smarties Bodypanel Fresh-up war vor Ort leider nicht möglich, also beschränkten wir uns auf eine Grundreinigung. „Passen Sie auf, dass er nicht einläuft", griente der Waschboy im Blaumann.

„Wenn Sie beim Anblick meines Wagens unter Kastrationsängsten leiden, sollten Sie etwas dagegen tun", konterte ich, denn Übung machte den Meister.

Vor der Heimfahrt versorgte ich mich noch im Obi-Markt mit überlebensnotwendigen Dingen wie einer starken Taschenlampe und Gummistiefeln. Nicht zu vergessen einen Nagellack, in Geranienrot für alle Fälle, und die Elbe-Jeetzel-Zeitung, vielleicht würde ich dort zusätzlich meine Dienstleistungen anbieten. Dann rief ich aus Intuition heraus meine Mutter an.

„Was ist dir passiert?", fragte Vera alarmiert, um dann darauf hinzuweisen, dass der Vollmond nahe und die Zeit günstig zum Reisen sei. „Ulli lässt dich grüßen. Du sollst den Garten nicht vergessen."

„Sie ruft dich aus Kalifornien an, um mich an den Kräutergarten zu erinnern? Gib mir ihre Nummer!"

„Sie hat zu schnell aufgelegt. Wahrscheinlich wollte sie kein weiteres Geld in einen Anruf für dich investieren. Wozu auch? Sie hatte ja schon mit mir gesprochen. Soll ich euch ein Partnerschaftshoroskop stellen?"

„Der Akku ist fast leer, falls sich Ulli noch mal bei dir meldet, sag ihr, ich wäre stocksauer auf sie. Außerdem möchte ich mehr über die Raben wissen. So, ich muss jetzt auflegen."

Ich lenkte Smartie beim Ortseingang über die Jeetzelbrücke, fuhr durch die Lange Straße, bog zur Theodor-Körner-Str. ab und erreichte das Rathaus von Lüchow mit seinem modernen Brunnen, der einem Amphitheater ähnelte. Dort sah ich zu meiner Überraschung Harald, der mit ausgebreiteten Armen im Begriff war, ein Kind aufzufangen. Ein fröhliches Mädchen, das in diesem Moment nur noch ganz entfernt an die kleine, zerrupfte Vogelscheuche erinnerte. Gitti, wer bist du wirklich?

17.

„Nimmst du mich in deinem Schmuckstück mit?" Karl roch angenehm nach Rasierwasser und hatte frische Jeans und ein schickes Sporthemd angezogen. Ein Mann, der mich körperlich ohne Zweifel reizte, aber falls Britta oder gar Ulli ältere Rechte hatten, wollte ich heroisch verzichten. *Bea, du Rindvieh.*

„Arbeitet Britta heute Abend im Seehof?", erkundigte ich mich durch die Blume.

„Ihr habt doch Weibergruppe, da wird sie schon auftauchen." Das klang recht gleichgültig. Karl verstaute seine langen Beine in meinem Wagen.

„Beifahrer Fußraum bis Schuhgröße 49", klärte ich ihn auf und wurde mit einem Lächeln belohnt. Endlich ein Mann ohne Kastrationsängste.

Wir hatten zusammen Abendbrot gegessen und dabei über Belanglosigkeiten geplaudert. Irgendetwas hielt mich davon ab, ihm über meine Tageserlebnisse zu berichten. *Stell dir vor, da lag ein Toter, und dann war er plötzlich wieder weg ... bloß, weil ich schon wieder im Rausch war.*

„Ulli hat mir ihre Kräuter ganz besonders ans Herz gelegt, aber ich habe kaum welche entdeckt. Was weißt du darüber?"

„Sie hat noch irgendwo ein Feld gepachtet, glaube ich."

„Kannst du tätowieren?", wechselte ich abrupt das Thema, als wir in den Seehof einbogen. Karl wirkte ehrlich überrascht.

„Ich arbeite eher mit Brandzeichen als Fellmarkierung, aber es kommt schon mal vor. Warum? Hättest du gerne eine Rose an süßer, geheimer Stelle?"

„Lieber einen Raben." Täuschte ich mich, oder wirkte Karl jetzt angespannt?

„Halt dich von den Frauenzirkeln fern, das ist nichts für dich."

Mir fiel keine schlagfertige Antwort ein, und so machte ich mich auf den Weg in die obere Etage, während Karl im Clubraum verschwand, aus dem bereits laute Stimmen klangen. „Die Probleme der Landwirtschaft dürfen nicht auf Kosten des Naturschutzes gelöst werden."

Britta empfing mich am Saaleingang. „Heute ist es besonders voll, wir haben eine Referentin. Komm, setz dich zu uns." Elli Behncke und zwei Frauen, die mir als die Schwestern vom Höhbeck vorgestellt wurden, saßen an einem der vorderen Tische. Ein Teil des nur mäßig beheizten Saals war durch einen zerschlissenen Vorhang abgeteilt, hinter dem ich eine Bühne vermutete. In der Luft hing ein schaler Geruch nach Bohnerwachs, Muff und abgestandenem Bier. Gepaart mit dem Duft von Körperspray und blumigen Parfüms. Die meisten Frauen hatten ein Kännchen Kaffee vor sich stehen, aber vereinzelt gab es auch Weinflaschen oder Likörgläser. Ich erkannte die Frau aus dem Bäckerladen, die mit Gittis Oma zusammensaß, und die Damen von der Kurverwaltung, insgesamt waren es etwa 25 Frauen, die mich zum Teil verstohlen musterten.

„Er ist nicht wieder aufgetaucht", flüsterte mir die alte Elli zu und zog mich auf den freien Stuhl neben sich.

„Der Tote", erklärte sie den anderen Frauen vom Tisch. „Unsere junge Frau hier hat eine große Begabung zum Träumen."

„Die Sie tatkräftig unterstützt haben", wehrte ich mich.

„Morpheus ist unser aller Freund." Die Frauen nickten beifällig, als ob sie sich in der griechischen Mythologie zu Hause fühlten. Eine blasse Dame in grauem Flanellkostüm, das irgendwie selbstgeschneidert aussah, erhob sich, nachdem sie an ihr Glas geklopft und um Ruhe gebeten hatte.

„Ich bedanke mich für die Einladung und möchte Ihnen jetzt etwas über den Orangefuchsigen Rauhkopf erzählen, der 2002 sogar Pilz des Jahres war." In diesem Moment öffnete sich die Saaltür knarrend, und Gisela Breezel huschte, Entschuldigungen murmelnd, unter den strafenden Blicken der Referentin bis an unseren Tisch.

„Gitti ist schon wieder ausgebüxt, ich musste sie aus Lüchow abholen. Nein, dieses Kind!" Ich dachte an Gitti, wie sie sich strahlend in Haralds Arme geworfen hatte, und an das trostlose kleine Wesen, das hier eine Art Doppelleben führte. An Gisela, ihre Mutter, die mich jetzt fragend anschaute und Hilfe erhoffte, die ich ihr in der gewünschten Form unmöglich geben konnte.

„Es handelt sich dabei um einen der gefährlichsten Giftpilze Europas aus der Gattung der Schleierlinge, der von unvorsichtigen Sammlern durchaus mit dem Hallimasch oder sogar Pfifferlingen verwechselt werden kann", fuhr die Referentin fort.

„Wo wächst er?", wollte jemand wissen.

„In trockenen Laubwäldern. Sein Gift, das Orellanin, schädigt die Nieren und ist für viele Todesfälle verantwortlich. Tückischerweise treten die Symptome erst nach drei bis vierzehn Tagen auf."

Einige der Frauen schrieben eifrig mit. Es folgten Berichte über letale Folgen bei dem Verzehr von weißen Fliegenpilzen, dem Pantherpilz, Satanspilz und dem Grünblättrigen Schwefelkopf. Elli nickte bei jeder Aufzählung bestätigend, es schien für sie nichts Neues dabei zu sein. „Durchfall wie bei Cholera, Blutverdickung, Gelbsucht, Urämie, das zentrale Nervensystem – ist doch alles ein alter Hut."

„Im Leben esse ich keine Pilze mehr", schrieb Britta auf einen Zettel, den sie mir zuschob. „Komm mit, wir treffen uns draußen."

Bei der nächsten Gelegenheit flüchteten wir und setzten uns in die hinterste Reihe der Bürgerinitiative.

„...Widerspruch einlegen, die Baugenehmigung darf nicht erteilt werden“, „...kritisieren wir hiermit die Pläne des Landkreises, generell den Bau von Mastställen in Landschaftsschutzgebieten zu erlauben.“

„Worum geht es denn?“, wollte ich mich bei Britta sachkundig machen, aber in dem Moment stand sie wie von der Tarantel gestochen auf und hielt ein flammendes Plädoyer gegen die Änderung von Verordnungen, die im Widerspruch zum Biosphärenreservatsgesetz stünden. *Bea, du hast von Tuten und Blasen keine Ahnung, wie willst du mit diesen Menschen leben, wenn du noch nicht mal ihre Sprache und Denkweise verstehst?* „Wird am Ende abgestimmt?“, fragte ich meinen Nachbarn zur Linken, dessen Adamsapfel zwanghaft zu hüpfen begann, als ich ihn so unvermutet ansprach. Er strömte einen Stallgeruch aus, der mir nicht unangenehm war, nur die gestreifte Krawatte zum karierten Hemd und die weißen Tennissocken in den schweren Arbeitsschuhen mit dem blanken Stück Wadenfleisch dazwischen, das irritierte mich ein wenig. *Bea, sei nicht so intolerant, er muss ja nicht dein Liebhaber werden.*

„Das ist Heinrich Breezel, der Sohn von Hansheinrich, also von Breezel und Sohn“, machte Britta uns in der Pause bekannt.

Angeschmiert, er ist doch als Liebhaber für dich vorgesehen, denk an das viele Geld.

„Nicht für Geld und gute Worte“, entfuhr es mir halblaut, was Heinrichs Gesichtsröte noch verstärkte.

„Sie haben eine nette, kleine Tochter“, versuchte ich auf konventionelle Art, einen Kontakt zu knüpfen.

„Ja, die Gitti.“ Es klang ausdruckslos, aber das musste keine Bedeutung haben, denn die Wendländer trugen ihr Herz nicht gerade auf der Zunge.

„Ich finde, sie ist tapfer und setzt sich sogar gegen die großen Jungs zur Wehr.“

Heinrich blieb misstrauisch. „Sie soll sich besser von den anderen fernhalten, dann gibt's keine Scherereien.“ Bedächtig drehte er die Mütze in seinen Händen.

„Mögen Sie Ihre Arbeit?“, versuchte ich, das Gespräch in Gang zu halten.

Anscheinend war Heinrich das noch nie gefragt worden, denn er rang um eine passende Antwort.

„Man tut das, was man muss", lautete das Ergebnis, und dann schaute er erleichtert zu seiner Frau, die sich zu uns gesellte.

„Der Vortrag oben ist zu Ende. Sie kennen Heinrich schon? Hat er Ihnen von seiner Fahrt nach Thüringen erzählt?" Sie warf mir einen aufmunternden Blick zu, aber ich wollte nicht zur Besichtigung der Europakuh, und mit Heinrich schon gar nicht.

„Ja, dann wollen wir mal weiter auf Vorstellungsrunde gehen", kam Britta mir zu Hilfe. „Die Leute hier sind nicht verkehrt", erklärte sie, „etwas schwerfällig, aber hinter der Fassade stecken starke Emotionen."

„Zeigst du mir euren Dorfgigolo, den schönen Dietrich?"

„Ja richtig, du bist noch im Dienst. Vielleicht ist Behncke gerade wieder auf Pfauenjagd, ich kann ihn dir nicht zeigen, er ist heute nicht erschienen. Kein großer Verlust, wenn man mich fragt. Dieses schwammige Argumentieren in alle Richtungen – und am Ende werden die Beschlüsse doch wieder hinter verschlossenen Türen gefasst."

„Britta, was versteht man in dieser Region unter Frauenzirkel, ist damit die Gruppe von heute Abend gemeint?"

„Das wird wohl so sein." Plötzlich wirkte Britta wie eine echte Einheimische, misstrauisch und verschlossen.

„Welche Vereine gibt es, denen nur Frauen angehören? Ich frage nur aus persönlichem Interesse und verspreche, es für mich zu behalten, wenn etwas anderes dahintersteckt."

Keine Glanzleistung, Bea. ‚Bringen Sie Licht in einen unklaren Sachverhalt, indem Sie bei der Vernehmung Persönlichkeit und Individualität einsetzen.' Originalton aus dem Lehrbuch der Polizei.

„Wir haben die Landfrauen, den Schützenverein mit Damenabteilung und ein Bäuerinnencafé. Ich hoffe, das hilft dir weiter."

„Nein, noch nicht."

„Wonach suchst du?"

„Zum Beispiel nach Informationen über Raben." Volltreffer. Britta sperrte Mund und Augen auf.

„Du hast mit Karl May gesprochen."

„Und mit Elli, nachdem ich einen Toten gefunden hatte“, behauptete ich forsch.

„Elli sprach von einem Traum“, meinte Britta und konnte ihre Skepsis nicht verhehlen. Sehnsüchtig dachte ich an Ulli, an unsere gewachsene Freundschaft.

„Es gibt regional eine Gruppe von Frauen, die auf besondere Art zusammenhalten, wenn man das so bezeichnen kann. Sie haben den *Verein zur Pflege weiblichen Brauchtums* gegründet, aber die Treffen sind nicht öffentlich. Ulli hat sich dort nicht so wohl gefühlt. Ich war auch noch nicht oft dabei“, versicherte mir Britta, „es gab bisher keinen triftigen Anlass.“

„Wann findet das nächste Treffen statt?“

„Man wird persönlich benachrichtigt. Es hängt davon ab ...“

Ehe ich noch erfahren konnte, was wovon abhing, erschütterte eine Detonation den Raum.

18.

„Schnell, das kommt aus der Richtung vom Höhbeck“, Karl tauchte urplötzlich an meiner Seite auf und dirigierte mich mit hartem Armgriff nach draußen.

„Jetzt zeig mal, was in deiner Kiste steckt.“

Es gibt Stichworte, auf die man ein Leben lang wartet. Von ‚Schau mir in die Augen, Kleines‘ bis ‚Ja, ich will‘, aber selten, wirklich nur ganz selten, bekommt man heutzutage als Frau die Chance, wie in einem der alten, amerikanischen Gangsterfilme zu agieren, Verfolger abzuhängen, seinen Schlitten auf zwei Rädern hochkant um die Ecken zu bürsten, um am Ende flüchtig über ein Einschussloch zu streichen und bescheiden anzumerken: „Nicht schlecht, die alte Karre, was?“

„It's not what we do. It's the way we do it“, zitierte ich aus dem Mundwinkel die Smart-Werbebroschüre und öffnete mit der

Fernbedienung den Einstieg in mein aquagrünes Rennmobil.

„Klar zum Abheben."

„Erst anschnallen." Richtig, wir waren ja in keinem alten, amerikanischen Gangsterfilm, und Karl stand für Karl May und nicht für Al Capone.

„Fahr auf die Rauchsäule zu. Geht's ein bisschen schneller?"

„Von 0 auf 100 in 17,5 Sekunden", informierte ich meinen nervösen Beifahrer. „Höchstgeschwindigkeit 135." Ich warf ihm einen stolzen Seitenblick zu, aber der Undankbare unterbrach rüde meinen Informationsfluss.

„Bieg nach links in den Wald ein, ich kenne eine Abkürzung."

„Hier ist kein Weg."

„Doch, ein Forstweg. Vorsicht, ein Baumstamm!"

Ich riss das Lenkrad herum und spürte das Kratzen von Tannenzweigen auf Smarties Glasdach wie einen körperlichen Schmerz. Während ich eine Art Slalom um Baumstämme und andere Hindernisse fuhr, drehten die Reifen in den tiefen Furchen des Waldbodens immer wieder kurz durch. Aus der Ferne erklangen die ersten Sirenen.

„Halt da vorne am Rand der Lichtung an. Direkt unter dem Hochsitz und dann Licht ausmachen." Automatisch befolgte ich die Anweisung, denn im Einparken waren wir gut, mein Lebensgefährte und ich.

„Rühr dich nicht vom Fleck und warte, bis ich wieder hier bin." Dieser Befehl behagte mir weniger, aber schon hatte Karl das Auto verlassen und häufte Tannenzweige und Laub auf mein Schmuckstück. Automatisch betätigte ich den elektronischen Fensterheber, auf Smarties Sitzbezügen in Boomerang red hatten Naturprodukte wie Tannennadeln nichts zu suchen.

„Du bist hier sicher. Wenn ich in einer guten Stunde nicht zurück bin, fährst du ohne mich."

Ich musste selbst im fahlen Mondlicht durch die Zweige hindurch einen panischen Gesichtsausdruck gezeigt haben, denn Karl öffnete noch einmal leise fluchend die Tür und nahm mich in den Arm. Brüderlich bärbeißig statt romantisch zärtlich, aber immerhin, meine nach Zuwendungen dürstende Seele ließ sich schnell besänftigen, und während Karl durch das Unterholz davonhastete, betätigte ich die Innenverriegelung und atmete tief in den Bauch, um nicht vor Aufregung zu hyperventilieren. Sollte man in diesem Fall nicht in eine Plastiktüte atmen? Mir blieb keine Zeit zum Überlegen, denn je akuter die Gefahr, desto dringender der Handlungsbedarf. Es knackte in meiner unmittelbaren Umgebung, und obwohl ich mir vom Verstand her sagte, dass ich der Eindringling im Wald war und Tiere aller Art die zu beschützenden Mitgeschöpfe, fühlte ich mich schutzlos und ausgesetzt. Als dann tatsächlich eine Rotte Wildschweine vor mir wechselte, war ich mir nicht sicher, ob die Tiere bei nächster Gelegenheit meinen getarnten Smart attackieren würden. Die provisorische Rettung vor all diesen Gefahren lag in etwa zehn Leiterstufen, die auf den Hochsitz führten. *Bea, du bist fürs Observieren ausgebildet, hast ein Ferndiplom an der Wand und einen Teil deiner Grundausrüstung – das Nachtfernglas – sogar im Wagen, du musst es nur wollen!*

Ja, ich wollte, hangelte mich zur Tür heraus und erkletterte den Jägerstand, indem ich tastend einen Fuß vor den anderen setzte. Es war einer jener offenen Hochstände, von denen man eine gute Rundumsicht hatte, versehen mit einer kleinen Bank und einem Brett, auf dem man die Arme aufstützen oder das Gewehr ablegen konnte. Der erste Blick über die Lichtung zeigte mir ein merkwürdiges Bild: Ein Teil eines Stahlkonstrukts lag zerstört am Boden, wirkte wie ein futuristisches Kunstwerk, willkürlich in der Natur errichtet, und nur noch der Stumpf des ehemaligen Sendemastes ragte wie ein riesiger, abgestorbener Baum drohend in den Nachthimmel. *Tja, da waren Menschen am Werk gewesen*, kombinierte ich, in böser Absicht, vielleicht mit hehren Motiven, aber der Bestand einer Straftat war sicher erfüllt.

Einige dieser Menschen konnte ich durch das Fernglas näher heranholen, zwei dunkel gekleidete Gestalten standen bewegungslos am Waldrand und schienen von dem Anblick der Zerstörung fasziniert zu sein, oder gelähmt von dem Schock, falls es sich um Tatzeugen handelte. Täter hätten sich wohl aus dem Staub gemacht, dachte ich. Aber zog es nicht andererseits Bösewichte oft an den Tatort zurück?

Karl gesellte sich zu den beiden, gestikulierte und legte dann der einen Gestalt den Arm um die Schulter, den diese heftig abschüttelte. Der andere stieß Karl vor die Brust, dass dieser fast gestürzt wäre, und schwang einen Stock oder Baseballschläger in der Hand.

„Vorsicht, hinter dir", hätte ich fast gerufen, denn in diesem Moment tauchten weitere Menschen am Rand der Lichtung auf, während gleichzeitig die Feuerwehr und ein Einsatzfahrzeug einbogen. Der Ort des Geschehens wurde in das gleißende Licht der Scheinwerfer getaucht, und wie auf ein geheimes Kommandozeichen hin neigte sich der Rest des Turms erst bedenklich zur Seite, um dann wie ein Kartenhaus zusammenzubrechen. Die Erschütterung spürte ich bis zu meinem Standort und hielt mich vorsichtshalber an dem Brett vor mir fest. Dabei rutschte das Fernglas über den Rand und fiel in das Buschwerk unter mir, ein Verlust, den ich mir nicht erlauben konnte. So kletterte ich wieder abwärts und kroch auf allen vieren um meinen Wagen herum, bis vor mir zwei lodengrüne Beine aus dem Boden aufragten. Zuerst dachte ich an Karl, und wie er sich so schnell hatte umziehen können.

„Was machen Sie denn da?" Die Stimme kannte ich von früher. Aber diesmal zeigte der Gewehrlauf nach unten.

„Pilze sammeln. Nachtschattengewächse, Ferngläser." Da der Mann mich bereits leicht verwirrt neben einem toten Dachs angetroffen hatte, war es zu spät, um einen kompetenten und seriösen Eindruck zu erwecken.

„Ei, und was ist das da? Warum haben Sie ihr niedliches Legospielzeug denn so getarnt?"

„Damit Sie ihn nicht aus Versehen abknallen", erwiderte ich genervt, „könnte ja sein, dass Sie ihn als Trophäe ausstopfen wollen, das bringt bestimmt mehr als ein geschützter Dachs." Das saß. *He, Bea, hast du das gerade gesagt? Der Mann verkörpert das Gesetz. Na ja, das Jagdgesetz.*

„Man hat mich schon vor Ihnen gewarnt", erklärte der Jäger und lehnte sich aufreizend dicht an meinen Smart. Er leuchtete mir mit einer Stablampe ins Gesicht. „Sie sind eine Schnüfflerin.

Wollen hier Unruhe stiften, das mögen wir nicht. Was treiben Sie nachts im Wald?"

„Ich schaue mich ein bisschen um. Genau wie Sie, Herr ..."

„Oskar Fuchs. Für Sie Herr Fuchs, Frau Buhvogel."

„Puvogel, aber Sie dürfen trotzdem Bea sagen, weil Sie mir neulich so nett geholfen haben."

„Da wusste ich noch nicht, dass Sie mit den Alternativen unter einer Decke stecken. Schau'n Sie sich diese Schweinerei an, mutwillige Zerstörung, alles Steuergelder."

Ob er die Errichtung der Funkstation mitten im Wald meinte oder deren Sprengung, blieb undiskutiert, denn plötzlich riss Oskar Fuchs sein Gewehr hoch und brüllte:

„Stehenbleiben!"

„Oder er schießt", ergänzte ich und ging freiwillig aus der Schusslinie.

„Immer mit der Ruhe, Oskar, spar dir die Munition für deinen nächsten Keiler auf."

Karl May sah ziemlich ramponiert aus, seine Kleidung war zerrissen, und ein tiefer Kratzer über der Augenbraue zeugte von den Strapazen der letzten Stunde. Mich würdigte er keines Blickes, obwohl er mich doch im dunklen Wald ausgesetzt hatte. Es folgte ein typisches Gespräch von Mann zu Mann.

„Wer steckt dahinter, Karl?"

„Idioten, mit denen wir nichts zu tun haben, ich geb dir mein Wort."

„Wenn das so ist." Er wies lässig mit der Waffe auf mich. „Schaff sie hier raus, kannst den Wagen als Rucksack nehmen."

„Ich finde den Weg auch alleine", log ich und nahm mein Fernglas von einer Astgabel.

„Nein, denk an den Wildwechsel, es ist besser, wir bleiben zusammen." Gut so, ich war nicht länger unsichtbar. Ich gestattete Karl, meinen Smart im Rückwärtsgang bis auf den Hauptweg zurückzusetzen, bevor wir wieder die Plätze tauschten. Nach längerem Schweigen bemerkte Karl: „Oskar ist von hier. Eben wendisch."

„Er ist frauenfeindlich und hasst Kleinwagen."

„Das ist seine Art, mit dir zu flirten." Ich fühlte mich kein bisschen geschmeichelt, auch im Namen meines Wagens.

„Weißt du, wer den Sendemast gesprengt hat?", zog ich vorsichtig Erkundigungen ein.

„Keiner von uns. Ich nehme an, da sind Fremde beauftragt worden, um dann unserer Initiative die Schuld in die Schuhe schieben zu können."

„Aber warum?"

„Es geht dabei um handfeste wirtschaftliche Interessen, ich erkläre es dir später, wenn du willst."

„Ich habe dich mit dem Fernglas beobachtet", gab ich zu, „wer waren die anderen Leute?"

„Gute Bekannte." Merkwürdig, dass gute Bekannte mit einem Baseballschläger agierten, aber vielleicht war das wieder nur -wendisch?

„Ich bin keine Schnüfflerin", betonte ich. „Schade, dass du kein Vertrauen zu mir hast."

„Ich muss dich erst besser kennen lernen."

Nun, da sollte es doch einige Mittel und Wege geben ... „Wo schläfst du heute?" *Vorsicht, Bea, fall nicht mit der Tür ins Haus.*

„Wie meistens, bei den Schafen am Elbdeich. Ich habe dort einen Wohnwagen stehen."

„Aber manchmal schläfst du auch woanders", stellte ich klar. Er lachte leise.

„Offiziell gehört mir eine Ecke auf Amandas Hof. Schon, um meine ganzen Bücher unterzubringen. Es ist gut, ein Asyl zu haben, und ich kann jederzeit Gäste empfangen. Wenn du Lust hast, komm einfach mal vorbei."

Lust war das richtige Wort, aber noch während ich grübelte, ob ein Besuch zur späten Stunde jetzt gleich angesagt war, bat Karl mich anzuhalten.

„Von hier aus gehe ich zu Fuß. Wir sehen uns, also dann", er machte keine Anstalten auszusteigen.

„Ich möchte mit dir reden. Richtig", gab ich ihm mit auf den Weg, diesmal ganz ernsthaft und ohne Hintergedanken, denn ohne einen guten Freund vor Ort würde ich die Fäden nicht entwirren können. Ulli stand nicht zur Verfügung, Britta hielt trotz ihrer aufgesetzten Freundlichkeit etwas zurück, und Harald, den konnte man nicht ganz für voll nehmen.

Einen kurzen Moment zögerte Karl, strich in Gedanken mit dem Finger über Smarties Bassreflexboxen und dann etwas weniger in Gedanken über meinen Kopf. „Was suchst du im Leben?" Dabei tippte er mir auf die Nase, freundschaftlich unverbindlich, wie man sich eben von Mensch zu Mensch nachts auf die Nase tippt.

„Ich habe keine Ahnung, vielleicht die Wahrheit?" Hoffentlich klang das nicht zu simpel.

„Eine große Aufgabe", zerstreute Karl meine Bedenken und zog mich an sich.

19.

Nach einer traumlosen Nacht wachte ich am anderen Morgen gut gelaunt auf und nahm mir vor, an diesem Tag viel zu schaffen. Mittwoch, Halbzeit der Arbeitswoche. Aus dem benutzten Geschirr schloss ich auf Haralds Rückkehr, und richtig, in der Ecke lagen die Requisiten: Plastikkränze in Eichenlaub, angerostete Säbel und eine nach Mottenpulver riechende braune Samtportiere, aus der ich hoffentlich keine Kostüme schneidern sollte.

In der Morgensprechstunde erwartete mich nur eine Touristin, die auf der Durchreise einen Blick in die Sterne werfen wollte. „Ihr Saturneinfluss ist günstig für Einkäufe jeder Art", behauptete ich skrupellos und schwatzte ihr bemalte Gänseeier auf. Ulli und Harald wären stolz auf mich gewesen. Ich gab den Leuten schließlich nur, was sie wollten.

Ein anderer Klient stand auf dem Hof und bat um eine Marderfalle oder sonstiges Vertreibungsmittel für seine Plage auf dem Dachboden. Ich verwies ihn an Haralds Geisterjäger-Dienste und brach dann in den Ort auf. Zuerst wollte ich meiner Auftraggeberin das Geld zurückbringen und ein wenig mehr über ihre Vergangenheit herausfinden. Vielleicht konnte ich ihr auch gut zureden, eine Auszeit zu nehmen, um bei der Rindvieh-Ausstellung zusammen mit Heinrich mal so richtig die Sau rauszulassen, manchmal konnte das eine Ehe retten.

In der Schlachterei stand nur die alte Frau Breezel hinter dem Tresen.

„So alleine heute, ganz ohne Hilfe?" Ich strahlte sie zuvorkommend an, aber ihre Miene blieb abweisend. *Los, Bea, leg dich mehr ins Zeug.* „Es muss doch schön sein, wenn das Geschäft von Generation zu Generation weitergegeben wird."

„Konnten Sie inzwischen etwas in den Karten lesen?" Frau Breezels Interesse war geweckt, und ich bekam eine echte Chance.

„Dafür benötige ich noch mehr Informationen", sagte ich gewinnend und schaute mir angelegentlich die Hartwürste an, die von der Decke baumelten. Gut abgehangene Landsalami vom Schwein, sie erinnerte mich an meinen einzigen handgreiflichen Ehestreit mit Rolf, als ich ihm eine ähnliche Wurst auf den Kopf geschlagen hatte. Der Anlass war nichtig gewesen, und im Anschluss hatte ich Rolf ein aggressionsgehemmtes Schwein genannt, weil er sich nicht mal gewehrt hatte. Mein Psychiater fand diesen Ausfall irgendwie befreiend und sprach von Ersatz- und Übersprungshandlungen, kurz darauf lernte Rolf dann meine Nachfolgerin kennen. Einen ursächlichen Zusammenhang zwischen Mettwürsten und Scheidungen gab es, statistisch gesehen, nicht, aber ich lagerte seitdem keine Hartwurst mehr im Haus.

Martha Breezel schloss die Ladentür von innen ab und griff in eine graue Plastikwanne. „Da, probieren Sie mal, Wiener Würstchen mit Kräutern, Hansheinrichs besonderes Rezept. Soll unser Heinrich später mal haben. Die Kräutermischung stammt von Amanda."

Oh je, und wenn es wieder Drogen waren? „Kann man gut danach schlafen?"

„Wenn Sie nicht zu spät essen." Die Frau ließ nichts auf ihre Wurst kommen.

„Was wollen Sie machen, wenn Heinrich den Laden übernimmt?“, fragte ich mit halbvollem Mund beiläufig.

„Aufs Altenteil gehen wir nicht“, erklärte Frau Breezel bestimmt. „Das täte der so passen. Früher war sie bei uns in Stellung.“

„Meinen Sie Ihre Schwiegertochter?“

„Sie taugt nichts“, schnappte die Alte in meine Richtung. „Hat nicht viel Geld an den Hacken gehabt, nur das Kind. Die Gitti streunt gerne, das hat sie nicht von uns.“ Trotz dieser Worte bemerkte ich einen weichen Zug um ihren Mund bei der Erwähnung der Enkelin und hakte gleich nach.

„Ich finde, dass Gitti ein besonders liebenswertes Kind ist. So höflich und gute Manieren.“

„Man tut, was man kann.“ Frau Breezel polierte den Tresen und sprach dabei ihre Würste an.

„Ich nehme sie öfter mit zu uns in die Stube und bringe ihr das Stricken bei.“

„Ach, die Frauen hier sind alle so tüchtig“, seufzte ich, was mir ein weiteres Würstchen einbrachte.

„Was haben Sie denn gelernt?“

Vorsicht Bea, eine Fangfrage. „Ich bin nur eine Studierte“, gab ich zu. „Sie wissen ja, alles Kopfarbeit. Wenn ich keine Beratungen mache, suche ich verschwundene Menschen oder Gegenstände.“

„Da weiß ich was für Sie.“ Frau Breezel wischte sich die Hände an der Schürze ab und schaute mich aufmunternd an. „Der Mann von der Inge ist weg, die will ihn wohl wiederhaben. Fragen Sie doch mal nach. Inge Behncke, von drüben am See.“

Das war eine wirkliche Neuigkeit. Dietrich, der Platzhirsch, wurde seit zwei Tagen vermisst. Ich würde das im Auge behalten, ließ mir aber zunächst den Weg zu Breezels Hof erklären, offiziell, um einen Wurf junger Katzen anzuschauen.

Das Anwesen lag versteckt hinter einer Tannenschonung. Die Herbstferien hatten heute begonnen, Gitti sprang mir entgegen. Einen Moment glaubte ich, sie würde bis in meine Arme laufen, aber kurz vorher stoppte sie abrupt, blieb mit hängenden Armen stehen und blickte von unten durch ihre Brille zu mir hoch. „Zu wem wollen Sie?"

„Erstmal zu dir, und dann möchte ich gerne eure Kätzchen anschauen, zeigst du sie mir?"

Wortlos drehte sich Gitti um und winkte mir, ihr zu folgen.

„Wo sind deine Eltern?"

„Mein Vater ist mit Opa bei den Schweinen. Sie zanken sich schon wieder. Mama hat Besuch, aber das darf ich nicht sagen." Erschrocken schlug sie sich mit ihrer zerkratzten, schmutzigen Hand auf den Mund.

„Ich kenne deine Mutter, Gitti", sagte ich freundlich, „und ich hab noch nie ein Geheimnis verraten." Nicht nur, weil ich dafür bezahlt wurde, sondern aus dem Gesetz des Überlebens heraus, denn Geheimnisse bedeuteten Macht und manchmal Gefahr. Als Vera früher mehrere Herrenbekanntschaften gleichzeitig pflegte, wurde mir genau eingeschärft, was ich welchem Onkel zu sagen oder nicht zu sagen hatte:

„Bea-Mäusel, erzähl am Telefon, dass ich Migräne habe, und dann geh dir ein Eis kaufen." Oder: „Bea, wenn du meinen richtigen Geburtstag verrätst, kündige ich dir die Freundschaft." Ja, meine Mutter bestand bis heute darauf, meine beste Freundin zu sein, auch wenn diese Freundschaft kaum von ihr gepflegt wurde. Ich selbst hätte lieber eine echte Mutter gehabt, die mir statt neuer Wickeltechniken im Salon etwas mehr über das wahre Leben beigebracht hätte, was immer ich mir bis heute darunter vorstellte.

„Ist es ein netter Besuch?", erkundigte ich mich bei Gitti.

Sie nickte eifrig und schenkte mir ein echtes Lächeln.

„Wir können uns anschleichen, kennen Sie das Spiel?"

„Kein Indianer schleicht besser als ich."

Wir robbten durch ausgeschossenen Salat und bunte Herbstastern bis unter das Küchenfenster. Mein Psychiater würde das als ‚Triumph des inneren Kindes' bezeichnen.

„Psst, du musst jetzt raten, wer das ist", bestimmte Gitti. Mich rührte das vertraute Du, in das sie kindlich gefallen war, und so spielte ich begeistert mit.

„Nein, das werde ich nicht tun", hörte ich Gisela Breezel durch das gekippte Fenster entschieden sagen. Die Antwort einer Männerstimme war nur undeutlich zu vernehmen.

„...besser für alle Beteiligten. Die Sache muss endlich auf den Tisch."

„Es geht um keine Sache, sondern um Menschen. Mit der Wahrheit ist keinem gedient, und dich geht das Ganze nichts an." Gisela Breezels Stimme klang verzweifelt.

„Weißt du schon, wer es ist?", fragte Gitti mich in übertriebenem Flüsterton.

„Nein, aber ich möchte lieber kein Indianer mehr sein." Ich war mir überhaupt nicht mehr sicher, ob Gitti wirklich hören sollte, was hier besprochen wurde.

„Warte, ich geb dir einen Tipp. Er ist nett und lustig, und du kennst ihn."

„Kommt er oft zu Besuch?"

„Nur manchmal. Aber ich sehe ihn auch woanders. Er fängt mit einem H an." In diesem Moment wurde der Mann lauter.

„Leg ihm doch endlich das Handwerk. Was muss denn noch alles passieren?" So kannte ich den mürrischen Faun nicht.

„Es ist Harald", verriet mir Gitti, „und jetzt zeig ich dir die Kätzchen."

Die Tiere hatten gerade die Augen geöffnet, und wir spielten ein wenig mit ihnen, bis ich Harald von der Scheune aus auf sein altes Rad steigen sah.

„So, Gitti, ich möchte noch mit deiner Mutter reden. Alleine. Wenn du möchtest, nehme ich dich später auf einen Ausflug mit."

„Mit deinem tollen Auto?" Sie strahlte mich an und hüpfte vor Aufregung von einem Fuß auf den anderen.

„Ja, das mit dem 64 l Fullsize-Airbag", hätte ich mich fast von ihrer Begeisterung verbal mitreißen lassen.

„Ich bin auf Besuch nicht eingestellt", sagte Gisela Breezel verlegen und wollte mich in Richtung Wohnstube führen. Im ganzen Haus roch es nach Schmortopf mit Kohl.

„Können wir nicht lieber hier in der Küche sitzen? Da ist es gemütlicher." Das Fenster stand noch immer offen, und ich überlegte, ob Gitti wohl wieder Indianer spielte, statt sich umzuziehen, wie ihre Mutter ihr befohlen hatte.

„Es war keine gute Idee, das sehe ich ein. Sie sind nicht so eine, die das mit einem fremden Mann macht."

„Ich möchte Ihnen gerne auf andere Art helfen", bot ich ihr an und zog den Umschlag mit dem Geld aus der Tasche. „Nehmen Sie das Geld zurück. Mit dieser Summe können Sie bestimmt etwas Gutes anfangen. Ein Urlaub mit Ihrem Mann oder eine Investition für den Laden."

„Heinrich würde das nie nehmen, es ist schlechtes Geld."

Ich dachte vage an Steuerhinterziehung oder unrechtmäßig erworbene Fördergelder, aber das nächste Wort ließ alles in anderem Licht erscheinen.

„Schweigegeld." Ich wartete kurz ab, ob Gittis Mutter dem noch etwas hinzuzufügen hatte, aber sie hielt beharrlich den Blick gesenkt.

„Hat es mit Gittis richtigem Vater zu tun?", tastete ich mich behutsam vor. Meine Worte waren eher als eine Art Versuchsballon gedacht, aber die Reaktion darauf war unerwartet heftig.

„Wer hat es Ihnen gesagt?"

„Spielt das eine Rolle, Frau Breezel? Geredet wird immer. Hauptsache, Sie sind mit Ihrem Mann im Reinen."

„Heinrich kennt nicht die Wahrheit. Er denkt, dass ich es damals freiwillig getan habe. Mit einem, den er nicht kannte." Sie legte eine Pause ein und schloss das Fenster. „Ich hab es lange für mich behalten. Aber jetzt ist es mir egal, Sie können es ruhig wissen. Es war Behncke. Er hat mir Geld dafür gegeben, ich sollte den Mund halten, dass er der Vater ist. Wegen seiner Frau, und weil er die Alimente nicht zahlen wollte." Sie rührte heftig in einem Topf.

Dietrich Behncke als Gittis Vater, ich war zwar überrascht, aber immerhin kannte ich den Platzhirsch noch nicht persönlich, und Seitensprünge mit Folgen kamen in den besten Familien vor. Wahrscheinlich hatte ich meine eigene Existenz sogar einem solchen zu verdanken.

„Sie haben einen gesetzlichen Anspruch auf Unterhaltszahlungen."

„Das Gesetz macht er selbst, der Dietrich. Hier im Dorf lebt man anders." Die letzten Worte kamen verbittert und resigniert.

„Warum haben Sie Ihrem Mann nie die Wahrheit erzählt?"

„Der haut ihn tot, wenn er es erfährt. Deshalb gebe ich ihm auch den Schlaftee. Heinrich grübelt zu viel."

„Aber das alles ist doch schon Jahre her."

„Es hat nie aufgehört. Dietrich kommt immer wieder an, wenn er keine andere hat und ihm gerade danach ist."

Bea, denk scharf nach, da gibt es einen weißen Fleck, sie mag den Typen nicht, liebt ihren Mann, hat das Schweigegeld gehortet ... „Womit setzt er Sie unter Druck?"

„Er weiß etwas von Heinrich."

Als Gitti die Küche betrat, brachen wir das Gespräch ab, und ich versprach, ihre Tochter gegen Abend zurückzubringen.

20.

„Nimmst du ein Kätzchen?", wollte Gitti wissen, während wir eine Bananenmilch schlürften.

„Ich habe wenig Zeit, um für Tiere zu sorgen."

„Ja, Tiere und Kinder machen nur Arbeit", meinte sie altklug. „Der da war es." Dabei wies sie auf den kräftigen Jungen, der erst kürzlich ihr Widersacher gewesen war und nun mit seinem Rudel draußen vor der Eisdiele flanierte. Die Jugendlichen schubsten sich gegenseitig und grölten um die Wette.

„Ich weiß es genau, hab ihn belauscht. Der hat dein Auto angemalt."

„Nicht nur mein Auto, auch eine Gans."

„War es eine hübsche Gans?"

„Nein, nur der alte Schreihals vom Hof."

Gitti überlegte kurz. „Schade, den mochte ich. Ich mag nur die Hübschen nicht. Beim nächsten Mal wollen die mich anmalen, habe ich gehört."

„Warte, ich bin gleich zurück." Der Flegel hatte mich ebenfalls entdeckt und setzte sein breitestes Grinsen auf.

„Machen Sie den Freischwimmer mit der Karre? Im letzten Jahr haben sie zwei Autos aus dem See gezogen, konnten beide nicht schwimmen. Möchte schon wissen, wie das mit Ihrem ist." Herausfordernd fixierte er mich, der Bengel, und hoffte vielleicht auf eine erneute Gratifikation für sein schlechtes Benehmen.

„Sachbeschädigung, grober Unfug, dafür bekommst du mindestens ein Jahr gemeinnützige Arbeit aufgebrummt", behauptete ich forsch, „wahrscheinlich fliegst du auch von der Schule, und wenn ich dein Vater wäre, gäb's noch eine Zugabe."

„Sie können mir nichts nachweisen." Er ballte die Hände zu Fäusten und machte einen weiteren Schritt auf mich zu.

„Stop", brüllte ich in bester WenDo-Kurs-Manier und ging ihm mit ausgestreckter, flacher Hand entgegen. Keine Furcht zeigen, tiefe Stimme, Rücken frei halten. „Noch nie was vom genetischen Fingerabdruck gehört? Oder von AFIS? Dem automatischen Fingerabdruckidentifizierungssystem? Dazu noch Sicherung von Werkzeugspuren, Länge der Sohlenbasis, Mensch, Junge, du bist dran, wenn du es nicht zugibst. Die Spurensicherung war längst da."

Etwas verworren, Bea, du bringst da die Kapitel Spurenbeschreibung und Daktyloskopie/Erkennungsdienst durcheinander.

„He, war dein Vater drüben in Rienswalde?", wandte sich der Junge an einen seiner Kumpel, der wie das verkleinerte Ebenbild des Dorfpolizisten wirkte. Aber mein Auftritt war gar nicht so schlecht gewesen, denn murrend zog sich die Bande zurück. Ich verkniff mir ein triumphierendes, rachsüchtiges ‚Verpisst euch' und fragte Gitti nach dem Namen des Rädelsführers.

„Das ist der Otto Fuchs. Sein Vater hütet den Wald."

Sieh an, das musste ich dem Kleinwagenhasser mal verklickern wohin seine Smartwitze führten.

Unsere nächste Anlaufstation war das Atelier von Britta. Auch hier eine geschickt ausgebaute Scheune, durch deren hohe Fenster hell das Licht flutete und eine feine Staubschicht aufwirbelte. Die Tür war geschlossen.

„Ich sehe was, was du nicht siehst", Gitti drückte sich die Nase platt. „Guck, die sind nackicht." Ich warf einen neugierigen Blick auf die großformatigen Bilder in Erdtönen. Tanzende Gestalten um ein Feuer, Fabelwesen, eine Opferstelle mit Tierkadavern, im Hintergrund verschwommene Gesichter, nein, eher Augen, und in den Gewächsen eines dschungelartigen Fantasiewaldes saßen schwarze Vögel mit gebrochenen Schwingen. Raben, wenn meine ornithologischen Kenntnisse mich nicht täuschten.

Wer mochte solche Bilder kaufen? Ich hatte mir Britta eher als eine gefällige Malerin vorgestellt, die ‚Entchen auf dem See' oder ‚tanzende Kraniche im Elbholz' als Motive wählte. *Bea, nicht vorstellen – hingucken!*

„Sie ist nicht da, ich sehe ihr Fahrrad nicht." Gut gemacht, meine kleine Assistentin. Wir gingen zur Hintertür, und richtig, die war offen.

„Man darf einfach reingehen", erklärte Gitti und machte eine einladende Handbewegung. Ich zögerte noch, denn was wusste ich eigentlich über Britta? Alternativ leben, auch das konnte Geheimnisse bergen, eine Vorgeschichte haben. Zum Beispiel die Verbindung zu Karl May, die interessierte mich ganz besonders, und so sah ich mich gründlich, aber schuldbewusst nach den Spuren von männlicher Anwesenheit um. Farbtöpfe, Leinwand und andere Materialien standen ordentlich aufgereiht an der Wand, und eine gewendelte Holztreppe führte nach oben in die Wohnräume.

„Britta?", versuchte ich es noch einmal halbherzig, und stieg dann langsam hinauf.

„Ich halte Wache", flüsterte Gitti mit weit aufgerissenen Augen.

„Wenn du willst, aber wir tun nichts Verbotenes", beruhigte ich mich selbst. Eine Art Puppenküche, Schlafkammer mit Patchworkdecke, im Bad das übliche, weibliche Durcheinander – und – ich atmete auf – nur eine Zahnbürste und kein Rasierwasser.

Dann gab es noch einen klobigen Schrank mit Sicherheitsschloss, der so gar nicht in die kleinen Räume zu passen schien.

„Sie kommt", rief mein Watson von unten. Schnell gesellte ich mich zu ihr und ging Britta vor dem Atelier entgegen.

„Es ist dir doch hoffentlich recht ..."

„Ich freu mich, wenn ihr reingeschneit kommt", unterbrach mich Britta und umarmte uns beide. Gitti wich dabei ein paar Schritte zurück und zeigte wieder ihren angespannten Gesichtsausdruck.

„Wie gefallen dir meine Bilder?"

„Sie haben sich mir spontan nicht erschlossen", gab ich zu. „Findest du deine Motive im Wendland?"

„Zum Teil, aber das meiste habe ich im Kopf." Sie zögerte einen Moment. „Bist du auch oben gewesen?"

„Nein." Im selben Moment wusste ich, dass ich einen Fehler begangen hatte, einen, der sich nur schwer wieder gutmachen ließe und der Erinnerungen weckte. Gitti war in sich zusammengekrochen und schaukelte mit ihrem Oberkörper leicht hin und her. Die Lügen der Erwachsenen sind schwer zu verstehen, aber wer sich unsichtbar macht, braucht nicht zu begreifen. ‚Bealein, ich sag jetzt einfach, dass du meine kleine Nichte auf Besuch bist, der Onkel mag nämlich keine Kinder.' Und Bea-Mäusel spielte Ich-bin-nicht-da, während sie ihre Fingernägel bis auf die Wurzeln abknabberte.

„Ich komme gerade vom Gemeindebüro und habe lange Ohren gemacht. Die Täter sind gefasst", erzählte Britta.

„Unreife Idioten, die für Geld fast alles tun. Von der Sorte, die auch gegen das Endlager mit massiver Gewalt demonstrieren, eben um des Demonstrierens willen. Angeblich hat man ihnen Sprengstoff besorgt, um den Sendemast in die Luft zu jagen. Mit Erfolg, wie du weißt."

„Wer ist man?", stellte ich automatisch meine psychologische Standardfrage.

„Es gibt Leute, die gerne vor Ort für Unfrieden sorgen, damit es den friedlichen Atomgegnern in die Schuhe geschoben werden kann. Denen ist es egal, ob vom Elektrosmog der Anlage gesundheitliche Gefahren ausgehen, Hauptsache, es kracht ordentlich. Die Mobilfunkgesellschaft will nach dem Anschlag einen neuen Platz auswählen, so kann wieder jemand verdienen. Ich blick noch nicht ganz durch, warten wir ab. Garantiert hat der schöne Dietrich seine Finger mit im Spiel."

„Ist er wieder aufgetaucht?"

„Noch nicht, aber an Inges Stelle würde ich mir keine Sorgen machen. Der kommt zurück, todsicher."

Sicher wie der Tod. Der Pfau fiel mir ein, und dass ich noch viel vorhatte. „Ich möchte gerne mehr über den Verein zur Pflege weiblichen Brauchtums erfahren."

„Ich halte das für keine gute Idee", Britta wandte sich ab und zog ein Stück ausgefranste Leinwand mit Stockflecken aus dem Stapel. „Schau dir das mal an. ‚Medea straft den Gefährten', ein Bild, das Elli mir zum Restaurieren gebracht hat."

Das Bild war stark beschädigt, aber im Vordergrund erkannte ich eine liegende, nackte Gestalt. Es handelte sich um einen Mann, und ganz schwach war auch eine Tätowierung zu erkennen. An einer Stelle, die allgemein als unüblich galt, aber mir nicht neu war, denn diese Szene hatte ich schon einmal live gesehen.

„Würdest du mir das Bild ausleihen, damit ich mich abends mal so richtig in die künstlerische Aussage vertiefen kann?"

Britta willigte zögernd ein. „Elli ist für diesen Hokuspokus-Kram", fuhr sie fort, „ähnlich wie Ulli, sie haben oft darüber gesprochen, ein Buch über die alten Bräuche des Wendlands zusammenzutragen. Hexentanzplätze, Heilpflanzen und weise Frauen, diese Kombination fanden beide unwiderstehlich." Zuzüglich berauschender Getränke, dachte ich mit leichtem Groll und brach mit Gitti zu unserer nächsten Station auf.

„Erwachsene sind nicht immer ehrlich", versuchte ich ihr mein Verhalten zu erklären. „Manchmal lügen sie, das ist mir vorhin auch passiert."

„Aus Versehen oder mit Absicht?" Gitti zupfte an ihrer Unterlippe.

Bea, jetzt bist du dran. „Ich fürchte, es war mit Absicht."

„Das macht nichts", entschied meine Richterin und spielte mit der künstlichen Rose in Smarties Blumenvase. „Du bist nicht erwischt worden."

Ich sparte mir einen weiteren Kommentar und bog auf den Parkplatz ein. „Den Rest laufen wir am See entlang."

Gitti trottete an meiner Seite und versuchte, auf einem Grashalm zu pfeifen, aber es kamen nur prustende Geräusche dabei heraus. Sorgfältig legte ich ihr einen neuen Halm zwischen die Daumen und nahm mir selbst auch einen.

„Schau, du musst die Finger rund machen und anwinkeln, etwa so. Dann kräftig pusten. Ja, genau so, toll!" Sogar die Blesshühner verstummten bei diesen ungewohnten Tönen, die Gitti und ich um die Wette produzierten.

Es gefiel mir, einem Kind etwas fürs Leben beizubringen. Ich hatte mir das früher selbst aneignen müssen, mit einem der spärlichen Halme rund um die Pinkelbäume der Hunde geübt und war bei Vera auf wenig Gegenliebe gestoßen. *Pfui, Bea, das ist unhygienisch, du wirst Würmer bekommen.* ‚Wer Würmer hat, ist nie allein, hatte ich Jahre später einmal an eine Klotür gekritzelt gesehen und mich nachdenklich an einsame Stunden auf dem Bürgersteig vorm „Haarstudio Véronique" erinnert.

„Ich mach dir eine Eule, pass auf!" Gitti stieß klagende Eulenrufe aus, die verblüffend echt klangen. Sie zeigte mir die erforderliche Technik, bei der man die Finger auf eine komplizierte Art ineinander verschränken musste, und wir strahlten beide stolz um die Wette, als wir mit Erfolg unsere Spezialkenntnisse ausgetauscht hatten.

„Wenn du mich mal suchst, kannst du einfach die Eule machen", schlug Gitti vor. „Das wissen dann nur du und ich."

„Einverstanden, es bleibt unser Geheimnis."

Als das Haus von Elli Behncke in Sicht kam, wurde Gitti immer langsamer. „Ich mag da nicht rein. Kann ich wieder draußen Wache halten?"

„Wie du willst, aber ich weiß noch nicht, wie lange es dauert. Möchtest du nicht doch lieber mit zu Elli reinkommen?"

„Da riecht es so komisch", nuschelte sie.

Mir war bei meinem ersten Besuch kein besonderer Geruch aufgefallen, aber jede Nase hatte ihr eigenes Geruchsempfinden. „Gut, dann warte draußen und guck dir die Tiere an."

„Die kenne ich alle."

„Das glaube ich dir, aber wenn du mir helfen willst, dann merk dir genau, wer hier vorbeigeht und das Haus beobachtet, vor allem, wer sich dem Geflügel nähert. Mach den Eulenruf, wenn jemand kommt." Damit gab Gitti sich zufrieden.

21.

„Kommen Sie rein zu mir, ich wusste, dass Sie zur alten Elli zurückkommen. Das tun sie alle, wenn sie Hilfe brauchen, die Frauen. Sie müssen sich nicht schämen."

Ich dachte ausnahmsweise gar nicht daran, mich zu schämen, im Gegenteil, man hatte mir einen Auftrag erteilt, und ich würde den Fall mit dem Pfau lösen, sobald alle mit mir kooperierten.

„Eigentlich wollte ich *Ihnen* helfen, aber was können Sie für *mich* tun?" Diese Formulierung war keine Glanzleistung, aber sie klang hoffentlich cool und souverän.

„Du bist so verkrampft, Kindchen, sag mir einfach, was dich bedrückt." Schon wieder ein therapeutisches Hilfsangebot. „Wir bleiben beim Du, dann fällt es dir leichter. Ich könnte deine Großmutter sein."

Meine Großmutter war lange vor meiner Geburt verstorben, und an den dazugehörigen Großvater, angeblich ein Apotheker, konnte ich mich kaum erinnern.

„Ich habe bei Britta ein Bild von Ihnen gesehen", begann ich unverfänglich, um das Thema langsam einzukreisen.

„Nicht von Ihnen, von dir", unterbrach mich Elli, „aber ich male nicht selbst, meine Bilder stammen aus dem Nachlass eines lieben, alten Freundes, der die ganze Welt bereist hat. Von ihm habe ich auch die interessanten Bücher, aus denen ich viel gelernt habe. Sehr viel. Die Winter im Wendland können lang sein ..." Sie schloss für einen Moment die Augen und schaukelte mit dem Oberkörper, wie ich es heute schon bei Gitti erlebt hatte.

„Haben Sie ... hast du schon immer hier gelebt?", fragte ich leise, denn mir schien so, als ob Elli kurz davor war, ein Nickerchen zu halten. Doch sie sprach mit geschlossenen Augen weiter.

„Ich bin hier geboren, als die Bäume noch Kraft hatten, und die Menschen einander halfen. Frauen hielten zusammen, und einen Arzt gab es nicht. Wir waren zufrieden, wenn wir die Geschenke der Natur ernten konnten, Geburt und Tod entsprachen dem Kreislauf der Natur, das Schicksal eines jeden war Zufall, und man musste sich dem fügen." Sie richtete sich auf und saß wieder kerzengerade in ihrem Sessel. „Uns Frauen hat dieses Leben genügt. Es waren die Männer, die Unfrieden gestiftet haben. Sie wollten mehr, und immer mehr. Größere Felder, die sie nicht ohne Maschinen und Gift bestellen konnten, alles sollte schneller reifen, die Tiere wurden in Käfige gesperrt oder aus der freien Wildbahn vertrieben. Mauern hochziehen, Mauern öffnen. Atomkraft!, bah, das ist krank und unnatürlich." Elli ereiferte sich noch länger in diesem Ton, ihre Sätze klangen für mich nicht unlogisch, aber doch pessimistisch und veraltet.

„Der technische Fortschritt hat uns auch viel Gutes gebracht", warf ich ein.

„Was denn außer Strom und fließend Wasser? Schau dir die Frauen an, sie kennen sich nicht mehr aus mit ihren spirituellen Fähigkeiten, kommen alle zur alten Elli."

Das Gespräch driftete in eine Richtung, die mir für die Lösung meines Falls nicht besonders relevant vorkam. Plötzlich brach Elli mitten in ihrem Vortrag ab und lauschte angespannt. „Eine Eule bei Tag, was will sie uns wohl sagen?"

Ich wusste genau, was Gitti mir in Eulensprache mitteilen wollte, und wirklich, schon kam jemand durch den Garten herein.

Die Frau sah auf ihre Art gut aus, eine jener zeitlosen Blondinen mit kühler Ausstrahlung. Sie hatte leicht hängende Mundwinkel, vom vielen Rauchen schlecht durchblutete Haut und einen Gesichtsausdruck, der zwischen Laszivität und Langeweile schwankte.

„Setz dich Inge, das ist unsere Detektivin Bea Puvogel. Ich weiß, dass Dietrich die Sache mit dem Pfau verbockt hat, aber diesmal will ich es schwarz auf weiß, so leicht kommt er mir nicht davon."

„Schon gut, Elli, tu, was du nicht lassen kannst, ich halte mich da raus." Ihre Stimme klang müde, und die Hand, die sie mir reichte, fühlte sich an wie ein ausgewrungenes, schlaffes Tuch.

„Ich bin nur Ihretwegen hier. Haben Sie Lust, mit mir kurz rüberzugehen? Ich wohne gleich nebenan."

Elli nickte mir aufmunternd zu. „Nutz die Gelegenheit, so lange mein missratener Neffe abwesend ist."

Ich gab kurz Gitti Bescheid, die bäuchlings auf dem Seedeich lag und aus Gräsern einen Zopf flocht.

„Ich warte, ist mir doch egal", sagte sie abweisend, und sofort bekam ich ein schlechtes Gewissen.

„Vielleicht können wir uns später ein Boot ausleihen und über den See rudern, was meinst du?"

„Wir fahren zur Schilfinsel", schon strahlte sie wieder, „da kann man Abenteuer erleben."

Bea, wie war das mit dem fahlen Gerippe auf dieser Insel – wirst du einen Geisterjäger benötigen?

„Es ist eine prekäre Angelegenheit", begann Inge Behncke die Unterhaltung in dem Salon mit den zerbrechlich wirkenden, antiken Stühlen, die so gar nicht in die bäuerliche Umgebung des Hauses passten.

„Ich fürchte, mein Mann kommt nicht zurück."

„Haben Sie schon eine Vermisstenanzeige aufgegeben?"

„Das hat noch Zeit, es wäre ihm auch nicht recht. Er ist schon öfter bei Jagdausflügen länger weggeblieben, aber diesmal hat er keine Kleidung mitgenommen, nur einen Teil der Papiere, die sonst in seinem Schreibtisch eingeschlossen sind."

„Woher wollen Sie das wissen?"

Sie steckte sich umständlich einen Zigarillo an und überkreuzte ihre langen Beine. „Ich habe einen Nachschlüssel für seinen

Schreibtisch. Wissen Sie, mein Mann geht öfter fremd. Ich möchte gerne die Kontrolle über alles behalten." Sie senkte den Blick. „Verstehen Sie das?"

Mir war nichts Menschliches fremd, seit mein Gatte mit der alleinerziehenden Mutter angebandelt hatte, aber in Rolfs Schublade hätte ich außer seiner Dienstpistole nur noch ein Päckchen Pfefferminz für reinen Atem gefunden, vielleicht noch eine alte Ausgabe des *Kriminalistischen Lehrbuchs der Polizei* – die aktuellste Ausgabe hatte ich ihm beim Auszug geklaut, als eine Art Schmerzensgeld für erlittene Unbill. Der Versuchung, seine Dienstpistole mitgehen zu lassen, erlag ich nicht, frei nach der Aussage eines Fernsehdetektivs: „Der erfolgreiche Detektiv arbeitet mit dem Kopf und beherrscht die Deeskalation, ist also darin geübt, kritische Situationen auch ohne Waffen zu bewältigen."

„Kritische Situationen erfordern unkonventionelle Mittel", erklärte ich meiner Klientin.

„Genau, das meine ich auch. Mir ist Diskretion sehr wichtig. Dietrich steht im öffentlichen Leben, da hat man schnell einen Ruf zu verlieren."

Wenn du wüsstest, dachte ich, der Ruf des Dorfgigolos ist längst über die Dorfgrenzen hinausgegangen.

„Können Sie mir ein Foto von ihm mitgeben?"

„Natürlich. Nehmen Sie gleich das hier." Sie ging zum Schreibtisch, auf dem ein protziger Silberrahmen stand.

„Dieses ist typisch für ihn, er kann sich gut in Pose setzen." Sie blickte noch einen Moment sinnend auf das Bild und legte es dann gleichgültig ab. „Wie lange werden Sie für Ihre Recherchen benötigen?"

„Das kann ich im Voraus nicht sagen, aber wenn er sich nicht mehr im Wendland aufhält ..."

„Ich habe ihm das Konto gesperrt, er kommt nicht weit."

Aha, das erklärte auch, warum der schöne Dietrich immer wieder in den eigenen Stall zurückkehrte. Wer das Geld hat, hat die Macht, und wie gut, wenn es zur Abwechslung mal eine Frau war.

„Was meinen Tagessatz angeht, da sollten wir uns im Voraus verständigen. Ich bin nicht ganz billig.“ Ob 250 Euro zu viel oder zu wenig waren? Zuzüglich der Spesen, das sicherte zunächst meinen Lebensunterhalt, und vielleicht sprang dabei noch für meinen Smart eine FCKW-freie Klimaanlage mit dreistufigem Gebläse raus.

„Sie bekommen einen Scheck von mir. Zunächst für drei Tage, dann erwarte ich einen Bericht. Haben Sie noch Fragen?“

„Was ist Ihr Mann für ein Mensch?“

Inge Behncke brauchte nicht lange zu überlegen. „Einer auf Wildwechsel, kreuz und quer, wenn's nur zu seinem Vorteil ist.“ Sie steckte Scheck und Foto in einen Umschlag und überreichte ihn mir an der Tür, aber ich zögerte noch.

„Können Sie mir etwas über Raben erzählen?“

Auch diesmal zögerte Inge nicht. „Alles Aasfresser, ob männlich oder weiblich.“

22.

Gitti wartete schon ungeduldig und zerrte mich in Richtung Seeufer. „Ich hab ein Ruderboot, das können wir nehmen.“

„Wem gehört es?“

„Niemandem. Es ist für alle da.“ Sehr unwahrscheinlich, aber der Bootsverleih lag am anderen Ufer.

„Wir leihen es uns nur für eine Stunde aus“, gab ich nach. Wenn ich Pech hatte, würde mich Clemens Busch einer vorsätzlichen Straftat bezichtigen, aber einbuchten konnte er mich dafür nicht.

Das Boot dümpelte am seichten Ufer und wirkte einigermaßen Vertrauen erweckend. Da Gitti selbst rudern wollte, nutzte ich schnell die Gelegenheit und inspizierte gespannt meinen Umschlag. Der Scheck war mehr als großzügig ausgefallen, das erhöhte meine Motivation und Laune sofort. Neugierig zog ich als

Nächstes das Bild meines indirekten Gönners heraus. Markante Gesichtszüge, gewellte Haare, Clark-Gable-Charme – diesen Mann sah ich nicht zum ersten Mal. Déjà vu-Phänomene hin, Halluzinationen her, Dietrich Behncke war der Tote, den ich auf Ellis Grundstück entdeckt hatte, auch wenn man mir das mit wendischem Starrsinn ausreden wollte.

„Schau mal, Gitti, kennst du zufällig diesen Mann?“ *Er ist dein Vater, aber sie sagen es dir nicht, und das ist gut so, zu diesem Zeitpunkt.*

„Das ist der von Inge“, sagte sie unbeteiligt und hatte kleine Schweißperlen auf der Stirn vor Anstrengung, das Boot auf Kurs zu halten.

Ich brauchte dringend Zeit zum Nachdenken, bevor ich weitere Schritte unternahm. „Lass mich mal ran, und du bist der Steuermann.“ Erleichtert wechselte Gitti mit mir den Platz und lenkte mich um ein schwimmendes Hindernis aus Ästen und Wasserpflanzen. Die kleine Insel war von einem dichten Schilfgürtel umschlossen, dahinter neigten Trauerweiden ihre Zweige bis ins Wasser, und Brombeergestrüpp versperrte jedem Eindringling den Weg. In der Mitte reckte sich eine hohe Eiche himmelwärts, vor langer Zeit vom Blitz getroffen, kahl und abgestorben. In ihren nackten Zweigen rasteten schwarze Vögel.

„Sie heißt die Schilfinsel, aber ich nenne sie die Rabeninsel“, flüsterte Gitti, und wir lauschten beide dem heiseren Geschrei der Vögel, das sich mit dem rhythmischen Geräusch der anschwappenden Wellen vermischte.

„Warum flüsterst du?“, wollte ich wissen.

„Weil keiner hier sein darf, es ist verboten, sagt meine Oma.“ Ich nahm an, dass die Insel unter Naturschutz stand, aber ein Anlegen schien eh nicht möglich.

„Willst du wieder ein Geheimnis wissen?“ Ich nickte ernst.

„Manchmal kommen nachts Leute her, die du kennst, aber diesmal sag ich nicht die Namen.“

„Das ist in Ordnung, Gitti. Aber wie können die Leute auf die Insel kommen? Es gibt keinen Weg.“

„Du musst dich nur ganz dünn machen.“ Gitti zeigte mir einen Platz, an dem der Schilfgürtel schmaler war, und wirklich führte von dort aus ein tunnelartiger Gang durch die Brombeeren, den man erst wahrnahm, wenn man unmittelbar davor stand.

„Schuhe und Strümpfe aus“, kommandierte sie. „Wir müssen im Wasser aussteigen, und dann gehe ich voraus. Du wirst staunen, was ich dir zeige.“

Nichts gegen Abenteuerspiele, aber barfuß? Ich zögerte, denn meine aktuellen Aktivitäten standen in krassem Widerspruch zu meinen erwachsenen Aufgaben als Detektivin. Ehrlich gesagt, da gab es auch noch eine klitzekleine Angstneurose, von schleimigen, schwarzen Blutegeln in unbekannten Gewässern ausgesaugt zu werden.

Gitti spürte mit kindlicher Intuition, dass ihr Plan auf der Kippe stand und setzte ein zusätzliches Lockmittel ein. „Ich sehe was, was du nicht siehst. Knochen, ganz viele Knochen und Totengerippe.“ Sie war schon im Tunnel verschwunden, und ihre Stimme klang seltsam gepresst.

Bea, du kannst das Kind nicht alleine mit Totengerippen spielen lassen, du bist für sie verantwortlich. Ich schob das Boot noch tiefer ins Schilf und verdrängte jeden Gedanken an Blutegel oder im See ausgesetzte Schnappschildkröten. Noch in Gittis Alter hatte ich ein Gespenst in meinem Bettkasten wohnen, obwohl ich mich damals dafür geschämt hatte, denn vor Gespenstern fürchteten sich nur ganz kleine Kinder oder ganz Alte, die wieder zu Kindern geworden waren. Vera hatte sich nie vor Spukgestalten gefürchtet und gab mir damals einen patenten Rat, der mein Leben veränderte. Sie empfahl, mich mit dem unsichtbaren Phantom anzufreunden, mir von ihm Gute-Nacht-Geschichten erzählen zu lassen, weil sie selbst dazu keine Lust mehr habe. Ich wandelte diese Empfehlung ein wenig ab und erzählte von da an meinem Gespenst die schauerlichsten, blutrünstigsten Spukgeschichten, die mir einfielen, bis es sich – man staune – vor Angst davonmachte.

Der Eingang war so schmal, dass ich mit meiner Jacke in den Dornen hängen blieb und mir nur tief gebückt einen Weg bahnen konnte. Nach einigen Metern ging das Gestrüpp in dichtes Unterholz über, durch das ein Trampelpfad führte, der Untergrund war mit Wurzeln versetzt, und ich hatte Mühe, nicht zu stolpern. Als der schwarze Vogelschwarm aufflog, wusste ich, dass Gitti bereits am Ziel war. Schon ertönte der Eulenruf, und ich antwortete, so gut es eben ging. Plötzlich tauchte sie direkt vor mir auf.

„Du bist nicht gut im Schleichen, musst noch üben, ich hab dich schon lange gehört." Sie zog mich die letzten Meter quer durchs Buschwerk, bis wir auf dem freien Platz mit der kahlen Eiche standen. Ein erster Rundblick zeigte mir, dass dieser Ort von Menschenhand nicht unberührt war. Reste eines Feuers, das Metallgerippe eines Anglerschirms und – tatsächlich Knochen.

„Ich hab es dir versprochen", triumphierte Gitti und wies auf einen Haufen säuberlich abgenagter Knöchelchen, die nach meiner Vermutung von einem Huhn oder Kaninchen stammten, Reste eines Picknicks aus sommerlichen Tagen.

„Hier treffen sich die Liebespaare", kicherte sie vergnügt. „Willst du wissen, wo sie sich hinlegen und Liebe machen?"

Mich als Stadtkind hatte erst die Bravo und dann das Leben aufgeklärt, danach konnte ich lange Zeit meiner Mutter nicht mehr in die Augen schauen, wenn einer der Herrenbekanntschaften über Nacht geblieben war. Ganz anders Gitti, die unbekümmert auf die Eiche wies, deren gewaltige, freigelegte Wurzeln an einer Stelle einen natürlichen Hohlraum bildeten, der mit einer verwitterten Plane und Moos abgedeckt war.

„Sie haben auch eine Matratze, damit es am Rücken nicht so weh tut." Kluges Kind, vielleicht sollte ich ihr zur Berufsvorbereitung einen Detektivkasten zu Weihnachten schenken.

„Gitti, woher weißt du so viel über die Leute, die sich hier aufhalten?"

„Manchmal komme ich heimlich rüber. Es gibt immer Boote am See. Ich verstecke erst das Boot und dann mich. Sogar im Dunkeln", schloss sie stolz.

„Was sagen deine Eltern dazu?"

„Die nennen mich Streunerin und schließen mich ein. Aber ich klettere aus dem Fenster, das merkt keiner."

Ich nahm mir vor, darüber bei Gelegenheit diskret mit ihrer Mutter zu reden.

„Ich darf dir nicht verraten, wer sich auf der Insel trifft“, meinte Gitti mit leichtem Bedauern. „Sie geben mir was, damit ich schweige. Bald habe ich das Geld für ein Fernglas zusammen.“

„Wer bezahlt dich denn, Gitti?“, versuchte ich es dennoch, aber sie kaute schweigend auf ihrem Zopfende und scharrte mit dem Fuß in der verstreuten Holzkohle.

Da kam ich nicht weiter, deshalb inspizierte ich erst einmal das naturbelassene Liebeslager. Ein Schwarm von Fliegen stieg auf, als ich mich näherte, und der eigenartige, ranzige Geruch, den ich bisher dem Wasser zugeschrieben hatte, verstärkte sich noch. Nein, ich konnte die Plane nicht einfach abdecken, nicht schon wieder. Stattdessen suchte ich mir einen langen Ast und stocherte zaghaft unter der Baumwurzel, bis ich auf eine nachgebende Masse stieß.

„Gitti, wir machen jetzt ein Spiel. Du gehst zum Boot zurück und zählst langsam bis tausend. Ich komme später nach und ...“

„Was ist da drin?“ *Bea, sie weicht nicht aus, ist eine, die hinschaut, will den Sachen auf den Grund gehen, so wie du früher.* Ich rief ihr in meinem strengsten Erwachsenenton zu, sich nicht vom Fleck zu rühren und zerrte dann die Abdeckung weg.

Die Ursache für den betäubenden Geruch übertraf meine schlimmsten Befürchtungen. Das Kapitel über Leichenzersetzung im *Kriminalistischen Lehrbuch der Polizei* hatte ich damals mit besonderem Schaudern gelesen, wusste, dass man austretende Fäulnisflüssigkeit aus Mund und Nase nicht mit Blut verwechseln durfte, dass Gasbildung zu Aufblähung der Körperhöhlen führte und farblich und geruchsmäßig gut wahrnehmbar war. Madenbildung setzte nach etwa 10 Stunden ein, die Madenlänge würde später Hinweise auf die Liegezeit geben. Da die Bauchdecke tiefgrünlich verfärbt war, und Hände und Füße graue Schrumpfungserscheinungen aufwiesen, musste die Leiche im Wasser gelagert haben, bevor man sie an diesen Ort geschafft hatte. Vage erinnerte ich mich auch noch an die Hutkrempenregel: gewaltsame Einwirkung durch dritte Hand im Bereich des Hutsitzes, die zu Knochenfrakturen von Schädel- und Stirnbein führten. Im Klartext – man hatte ihm den Schädel eingeschlagen. Armer Dietrich Behncke, diesmal bist du endgültig tot, schlimmer geht's nimmer.

23.

Sie schrie wie ein gequältes Tier, schrill und durchdringend. Ihr Körper zuckte unkontrolliert, die Augäpfel waren nach oben gedreht. Gitti stand direkt neben mir, und ich nahm sie fest in den Arm. „Ist ja gut", versuchte ich, sie zu besänftigen, aber nichts war gut, dies hier war schlimmer als ein totes Kaninchen, schlimmer, als sich gegen böse Schuljungen wehren zu müssen, denn es war so unabänderlich.

„Er spürt nichts mehr", sagte ich hilflos und zog sie fort.

Hinschauen tat immer weh, ich hätte es verhindern müssen, machte ich mir schwere Vorwürfe, während ich wie eine Besessene zurückruderte, und Gitti apathisch im Boot kauerte.

Ich legte an Ellis Steg an und ließ das Kind nicht von der Hand. Zum Glück kam Elli uns gleich entgegen und übernahm Gitti, so dass ich per Telefon der Polizei knapp von dem Ereignis berichten konnte. Diesmal wandte ich mich zusätzlich direkt an die Kreisbehörde, falls Clemens Busch mir wieder Hirngespinste unterstellen sollte. Bei einem Anruf in der Schlachterei bat ich darum, Gitti bei Elli abzuholen, und machte mich schließlich auf den schweren Weg zu Inge Behncke, um sie persönlich zu informieren, das mochte ich keinem anderen überlassen.

Elli, die das meiste mitgehört hatte, stellte keine überflüssigen Fragen, noch zeigte sie sich besonders schockiert. „Ich wusste schon immer, dass er ein böses Ende nehmen wird", raunte sie mir an der Tür zu.

Inge Behncke wartete bereits vor ihrem Haus. „Ich bin schon den ganzen Tag so unruhig", erklärte sie nervös und steckte sich mit zitternden Fingern einen Zigarillo an. „Warum sind Sie so schnell wieder da? Gibt es schon etwas Neues?“

„Kennen Sie die Schilfinsel?“, holte ich etwas zögernd aus, um Zeit zu gewinnen.

„Jeder kennt sie, wir alle haben da als Kinder gespielt, obwohl es verboten war. Einmal kam ein Filmregisseur nach Laasdorf, der wollte dort eine Fortsetzung zu Hitchcocks Vögeln drehen, sozusagen eine ländliche Version“, sie lachte hart auf. „Am Ende sollten alle Raben verseucht vom Baum fallen, und das ganze Wendland wie ausgestorben sein. – Manchmal glaube ich, die Leute von außerhalb warten nur darauf, dass sie Bustouren durch ein verstrahltes Land machen können. Dietrich würde auch das noch vermarkten.“

„Ihr Mann ... ich habe ihn auf der Insel gefunden.“

Als ich ihr fürsorglich einen Arm um die Schulter legen wollte, wehrte sie mich ab. „Nun sagen Sie es schon, mit wem war er zusammen?“

Bea, durchatmen, sei feinfühlig und finde die richtigen Worte. „Er lag dort nackt und erschlagen. Vorher vielleicht ertränkt. Mindestens zwei Tage tot, ich habe ihn schon vorher in einem Boot liegen sehen, aber da kannte ich ihn noch nicht, und er verschwand wieder.“

Inge schaute mich zweifelnd an. Was wusste sie schon über mich? Ich konnte genauso gut durchgeknallt sein. Oder eine von denen, die im Wendland die wilde und weise Frau in sich erwecken wollten, die sich in der Natur auf die Suche nach Natürlichkeit machten.

„Er war allein“, fügte ich lahm hinzu.

„So.“ Nur dieses eine Wort. Nicht mehr skeptisch, einfach bestätigend. Ihre Augen blieben trocken.

„Ich nehme an, mein Auftrag ist damit beendet. Wollen Sie den Scheck ändern?“

„Nein. Behalten Sie ihn. Ich möchte die Hintergründe kennen.“

„Die Polizei wird sicher ...“

„Ja“, unterbrach sie mich. „Man wird irgendwann den Täter finden. Aber vielleicht finden Sie ihn vorher. Und ich erwarte von Ihnen eine diskrete Arbeit. Forschen Sie also bitte weiter nach, die Kripo wird sicher nichts dagegen haben.“

Doch, das würde sie ganz bestimmt, allen voran der werte Clemens Busch, aber das stand nicht zur Debatte, ich behielt meinen gut bezahlten Auftrag und würde mein Bestes geben.

24.

Der Hauptkommissar der Mordkommission, Herr Schmitter, ein unscheinbar und behäbig wirkender Mann mit graumeliertem Haar, wohl kurz vor Erreichung der Pensionsgrenze, war zwar an meiner aktuellen Aussage sehr interessiert, runzelte aber die Stirn, als ich über den früheren Fund auf Ellis Grundstück berichtete. „Frau Behncke sprach von Ihrer starken, beruflichen Anspannung, die uns auch Herr Busch bestätigt hat. Sie hätten einen Kräutertee genossen und dann wie tot geschlafen. Neigen Sie zu Albträumen?“

„Meine berufliche Anspannung bestand darin, totem Geflügel nachzuspüren“, ich blieb ganz sachlich. „Damit war und bin ich nicht überfordert, oder wirke ich so auf Sie?“

„Vielleicht stehen Sie noch unter Schock“, er schaute mir prüfend ins Gesicht. „Das alles muss für Sie sehr unangenehm sein. Wo waren Sie eigentlich, als der Anschlag auf den Sendemast verübt wurde?“

„Ich habe den Wildwechsel im Wald beobachtet“, krächzte ich überrascht und hatte selbst den Eindruck, dass ich etwas derangiert wirkte. „Mein Beruf ist psychologische Privatdetektivin“, fügte ich hinzu, „da möchte man gerne auf dem Laufenden bleiben.“

Herr Schmitter erwiderte nichts.

„Wenn Sie wollen, könnte ich Ihnen auch als Profilerin zur Seite stehen. Rekonstruktion des Tathergangs, so denken wie der Täter, Sie wissen schon, mit psychologischen Erkenntnissen ein Täterprofil erstellen und die Ergebnisse dann in Ermittlungsstrategien umsetzen."

„Danke, dafür haben wir unsere Leute", lautete die höfliche Antwort.

„Die Berufsbezeichnung Profiler ist nicht geschützt", verteidigte ich mich und wurde abschließend gebeten, mich für weitere Befragungen bereit zu halten.

Als die Spurensicherung von der Insel abgezogen und Dietrich Behncke in einem schwarzen Sack auf dem Weg zur Rechtsmedizin war, ging ich noch einmal zu seiner Witwe, die im Kreis dunkel gekleideter Frauen in ihrem Wohnzimmer saß. Wie die Raben hockten sie da, die alten Frauen, wirkten feindselig statt tröstend, verstummten, als ich eintrat, und beobachteten mich abwartend.

„Wenn ich Zugang zu seinen restlichen Papieren hätte ...", wandte ich mich zögernd an Inge, die mich beiseite genommen hatte.

„Hier ist nichts mehr. Aber im Seehof hat er auch noch einen Schreibtisch. Ich habe ganz vergessen, es der Polizei zu sagen. Warten Sie, ich habe einen Zweitschlüssel."

„Möchten Sie vielleicht mitkommen, und wir schauen uns gemeinsam um?"

„Wozu? Dafür werden Sie doch bezahlt", sagte sie ohne jedes Interesse.

Ich war schon wieder beim Ausgang, als mir spontan durch den Kopf fuhr: *Bea, es sind auch nur Menschen, sie beißen dich nicht, mach du den ersten Schritt.* Ich ging also zurück, um mich der Frauengemeinschaft zu stellen.

„Das Wendland gefällt mir, aber ich fühle mich abends so einsam. Was meinen Sie, sollte ich mir ein Kätzchen zulegen? Oder kann mir jemand zeigen, wie man Strümpfe strickt?"

Die Gesichter brachen auf, man rückte mit den Stühlen, und plötzlich wirkten die Frauen wieder ganz alltäglich.

„Bei Hansheinrich auf dem Hof haben sie junge Katzen."

„In Vietze hat Bertas Nelly geworfen, Jagdhundmischlinge, eins ist noch übrig."

„Fangen Sie nicht gleich mit Socken an, ein Schal geht leichter, und der Winter wird kalt.“

Da war man sich einig, die ersten Zugvögel hatten sich bereits auf den Weg gemacht, die Kraniche im Elbholz tanzten nicht mehr, die Feuchtigkeit aus der Flussniederung zog in die Knochen und überhaupt, es half nur eine von Ellis Salben.

„Mit Kräutern kenne ich mich leider auch nicht so gut aus“, gab ich zu.

„Das ändern wir gemeinsam“, Elli hatte gerade das Zimmer betreten und meine letzten Worte gehört. „Ich schlage vor, wir weihen sie bei der nächsten Rabensitzung ein.“ Sie wandte sich fragend an die Frauen, die zögernd nickten.

„Wenn du für sie bürgst“, meinte Herta, eine der Schwestern vom Höhbeck, bedächtig. „Sie weiß auch so schon genug.“

Ich hielt mich bescheiden zurück, ein falsches Wort, und ich wäre wieder draußen.

„Morgen nachmittag auf der Schwedenschanze, man wird dich abholen“, entschied Elli.

Es tat gut, den treuen Smart wartend vorzufinden. Auch der Kommentar von Clemens Busch – „Na, hatte Ihr Wagen sich unter einem Fiat Panda versteckt?“ – tat dem keinen Abbruch.

Clemens hielt eine Mappe mit Papieren in der Hand, die er achtlos auf den Rücksitz seines Dienstfahrzeugs packte, um dann im „Grünen Jäger“ zu verschwinden, der Billigvariante vom „Seehof“, der heute Ruhetag hatte, wie ein Schild besagte. Ich beobachtete für einige Minuten das Umfeld. Die meisten Anwohner blieben in ihren Häusern oder hatten sich auf die andere Seite des Sees begeben, um dem Tatort des Schreckens näher zu sein. Mehrere Ruder- und Schlauchboote waren auf dem See unterwegs, und einige naturliebende Feriengäste richteten ihre Ferngläser auf die Schilfinsel. Britta bog gerade mit ihrem Wagen um die Ecke, schaute aber nicht zu mir herüber.

Ich benutzte unbeobachtet den Nebeneingang zum „Seehof“, der wie die meisten Türen nicht verschlossen war. Im oberen Stockwerk wurde geputzt und getratscht.

„Das hat er nun davon, der alte Hurenbock, ich an Inges Stelle hätte ihm das nicht durchgehen lassen."

„Ich dachte, er wäre mit der Amanda durchgebrannt."

„Ohne Geld? Der doch nicht. Hat alles im ‚Bienenkorb' verspielt und verhurt."

„Eine Schande für unsere Gegend, dieser Club."

„Vielleicht hat er seinen Kumpanen Geld geschuldet."

„Na hör mal, im Wendland gibt's doch keine Mafia."

Leider unterbrach ein Staubsauger den spannenden Dialog, und so schlüpfte ich leise in Behnckes Büro. Den Zugang verschaffte ich mir mittels eines einfachen Dietrichs, der zu dem Standardset meiner Detektivausrüstung gehörte und simple Schlösser problemlos öffnen konnte, ohne dass ich auf unweibliche Art Türen eintreten musste. Aber ich kam zu spät, der Schreibtisch war bereits aufgebrochen und enthielt bis auf belanglose Gastronomieabrechnungen keine weiteren Unterlagen.

Auf der Straße herrschte weiter verschlafene Leere, nur aus dem „Grünen Jäger" schallten Männerstimmen, und der Dienstwagen von Clemens Busch stand immer noch davor. So zögerte ich keinen Moment, mir Einweghandschuhe überzustreifen und mit einer Drahtschlinge durch das leicht geöffnete Fenster des Wagens nach dem Knopf zu angeln, um dann schnell die Tür zu öffnen und den Stapel Unterlagen an mich zu nehmen. Na bitte, nicht jeder Dienstwagen verfügte über ein modernes Sicherheitssystem wie mein Schmuckstück.

25.

Zu Hause erwartete mich ein unruhiger Faun. „Wir haben gleich Probe, aber die Leute sind ganz aufgewühlt, hoffentlich wird das was. Fatale Sache, dieser Mord, stehst du noch unter Schock?" Harald war bereits fertig geschminkt und hatte dadurch wieder etwas Diabolisches, das mich gleichzeitig fremdartig berührte und abstieß.

„Gitti hat mich auf die Insel geführt", berichtete ich.

„Ach Gott, immer dieses Kind." Er machte sich an seinem Kostüm zu schaffen und wich meinem fragenden Blick aus. „Sie taucht immer da auf, wo man sie nicht gebrauchen kann. Eine lästige Zecke."

„Du magst sie nicht?", hakte ich nach und sah in Gedanken die Szene in Lüchow vor mir, wie er sie mit ausgebreiteten Armen auffing.

„Nein, aber sie mag mich. Ich schenk dem armen Wurm ab und zu was, damit sie Ruhe gibt." Oder den Mund hielt?

„Dieses Kind ist sehr fantasiebegabt", begann ich meine Verteidigungsrede für Gitti, kam aber nicht weiter, weil Harald das Thema nicht vertiefen wollte.

„Ich sag doch, die spinnt, man darf ihr kein Wort glauben. – Nicht vergessen, du musst am Wochenende zur Generalprobe kommen, bald ist Vollmond, dann geht's rund."

„Wer hat Dietrich Behncke so gehasst, dass er einen Grund hatte, ihn umzubringen?", wollte ich dem Gespräch eine neue Wende geben, um nicht meinen Einsatz als Tauträgerin auf der Performance diskutieren zu müssen.

„Einen Grund gibt es doch immer. Der Mann hatte überall seine Netze gesponnen. Pass auf, Bea Dipl.-Detektivin, ich gebe dir jetzt einen entscheidenden Hinweis."

Harald stellte sich vor mir in Positur und zitierte:

Fein Mücklein horcht, wie denkt es?
‚Durchs Netz zu fliegen ist ein Spiel.'
Frau Spinne aber fängt es
und speist es auf mit Stumpf und Stiel.

Erwartungsvoll sah er mich an, aber ob es mein mangelndes logisches Denkvermögen oder die einsetzende Müdigkeit nach einem ereignisreichen Tag war, ich fühlte mich wie der berüchtigte Ochs vorm Berg und hoffte auf eine Interpretation der Verse. Vergeblich, Harald verließ mit einem breiten Grinsen die Küche.

Man tut nicht nur das, was man muss. Und ich hatte mir für heute noch ein Bonbon auf meinem Programm aufbewahrt. Einer spontanen Eingebung folgend machte ich mich mit Smartie auf den Weg in Richtung Schnackenburg. Oben vom Deich aus wirkte die Elbe im Zwielicht wie ein silbernes Band, das jemand spielerisch zwischen Wiesen, Wäldern und Auen ausgerollt hatte.

Ulli hatte mir einmal vom Ruf der Rotbauchunke erzählt, der wie das dumpfe Totengeläut eines untergegangenen Dorfes klang. Ich blieb auf der Hut, für mich war die Natur im Dunkeln ein unbekanntes Wesen, die Rufe der Eulen lösten in mir das Gefühl aus, mich vor mächtigen Schwingen schützen zu müssen, vor gelben Augen, die jede meiner Bewegungen verfolgten, um dann im geeigneten Augenblick zum Sturzflug anzusetzen. Ob Uhu oder Sumpfohreule, da machte ich keinen Unterschied.

Der Deich führte mich direkt zum Lager der Schafe.

Eingepfercht auf noch saftiger Weide unter dem Sternenhimmel, gut bewacht von Hütehunden – vielleicht wäre es gar nicht verkehrt, in einem Leben nach dem Leben als unschuldiger Wollträger zur Welt zu kommen, philosophierte ich. „Sie wirken so zufrieden“, sagte ich zu Karl, der aus seinem Wohnwagen trat, um den späten Besuch zu empfangen.

„Sie haben alles, was sie brauchen. Nahrung, Auslauf und Befriedigung ihrer Triebe“, erklärte er mir und wies mit großer Geste auf die Umgebung. „Wie lange noch? Auch in dieses Paradies werden gierige Menschen einbrechen, begradigen, ausbeuten oder den Fortschritt mit Gewalt durchsetzen. Was bedeutet schon eine geschützte Kranichwiese, wenn man ein paar Kilometer weiter radioaktive Brennelemente einlagert?“

Darauf wusste ich nichts zu erwidern, mein Engagement galt bisher eher dem einzelnen Menschen, und das noch gegen Bezahlung. Die Natur war etwas, das man bei Ausflügen genoss oder im Blumenkasten zog, ihre Produkte fanden sich im Supermarkt um die Ecke, und manchmal beruhigte ich mein Gewissen, indem ich im Bioladen kaufte, das war's dann schon! Für den Rest gab es gewählte Politiker, Forscher und Bürgerinitiativen.

„Ich trenne immer meinen Müll", verteidigte ich mich, ohne angeklagt worden zu sein.

Lachend zog Karl mich in die Arme. „Wach auf, Bea, komm aus deinem Glashaus, das Leben findet live statt."

Gerne, ich näherte mich dem absoluten Höhepunkt des Tages, womöglich einer Grundsatzdiskussion über die Ressourcen der Erde, dabei wollte ich doch nur auf ein weiches Schaffell niedersinken und mich über diesen schlimmen Tag hinwegtrösten lassen.

„Hast du von Dietrich Behncke gehört?", fragte ich pflichtschuldig, denn feste Arbeitszeiten gab es schließlich nicht im Detektivgewerbe.

„Wer hätte das nicht? Es muss schlimm für dich gewesen sein." Ja, bitte mehr davon, Streicheleinheiten konnten ein wunderbarer Trost sein.

„Für Behncke war es noch schlimmer. Und für Gitti, sie hat völlig die Fassung verloren, und ich konnte es nicht verhindern."

„Du bist nicht immer für das Leid der anderen zuständig, denk mal an dich selbst. Wie oft hast du schon einen Toten gefunden?"

Ich war ja in meinem neuen Beruf noch nicht mal warm geworden, also musste ich mich mental ins ‚Paradies der Erinnerungen' begeben, wie die Kindheit von manchen Menschen gerne bezeichnet wurde. Und da gab es das zerrissene Kaninchen und diverse Trauerfeiern von Veras Kunden, bei denen der Sarg aber stets verschlossen geblieben war. Vera zeigte sich gerne in schwarzem Outfit, das Vogelscheuchenkind in Mausgrau fest an der Hand. – „Guck nicht zu fröhlich, denk an was Trauriges!" – Und dann war da noch ein Bild, ganz verschwommen, weit weg von einer konkreten Erinnerung. Ein Kind, das gelangweilt über einen langen Korridor hüpfte, auf und ab, nicht mehr länger warten wollte und vorsichtig die Tür öffnete, hinter der es die Mutter vermutete. Ein Körper, massig und von der Decke baumelnd, mit blutunterlaufenen Augen, übersät mit violetten Flecken. Dann ein Schrei, eine Frau, die ihr den Mund zuhielt, und später Vera, die mit dem süßen Hustensirup kam und das Kind in ihrem Bett schlafen ließ. „Sie hat schlimme Albträume", wurde dem Arzt gesagt. „Das gibt sich von alleine", meinte der Onkel Doktor und verschrieb ein Eisenpräparat.

„Mir wird schlecht", kündigte ich Karl an und erbrach mich dann neben einem irritierten Schaf.

„Kein Absinth getrunken", stellte ich klar und wischte mir den Mund mit dem Ärmel ab.

„Ich weiß, es ist nur das Leben." Karl machte keine großen Worte, sondern zeigte mir die Wasserstelle.

„Nicht sehr komfortabel, aber ich habe hier alles, was ich brauche, andere haben weniger." Ich wusch mich notdürftig.

„Was wirst du nach dieser Saison machen?"

„Ich sagte es dir schon, ich suche nach einem Weg, die Welt zu verbessern, so naiv das klingen mag, zum Beispiel bei der Ernährung unserer ständig wachsenden Weltbevölkerung. Hast du schon einmal etwas über Apomixis gehört?"

Chronische Berufskrankheit eines Barmixers oder politische Untergrundbewegung, das war mir schnurzpiepegal, da Karl mich inzwischen auf seinen Schoß gezogen hatte, unter uns ein mit Fellen gepolsteter Baumstumpf. Gelbe Pünktchen in braunen Augen, Sterne über uns, leises Blöken der Schafe und dann unvermittelt der Misston eines aufgeschreckten, heiser krächzenden Raben.

„Was hat er?", fragte ich beunruhigt und kuschelte mich dichter an Karl, weil sich das einfach anbot, und ich heute schon genügend meine Frau gestanden hatte.

„Nichts, er ist nur auf der Hut, wenn man in sein Revier eindringt. Das ist ganz normal. Schau dorthin", er drehte sich mit mir in südliche Richtung. „Corvus, das Sternbild des Raben, sein Hauptstern ist Algorab."

Ich drehte an einem Knopf von Karls Weste. „Wer sind die Raben wirklich?"

„Du wirst mir keine Ruhe lassen, ich merk's schon. Aber behalte dein Wissen besser für dich, sonst bekommst du Ärger mit den einheimischen Frauen."

„Sie wollen mich einweihen", verriet ich ihm, Geheimnis gegen Geheimnis. Karl wirkte überrascht.

„Das ist eine Ehre, nach so kurzer Zeit, aber eine recht zweifelhafte, sei vorsichtig. Ich weiß nicht so viel über die Dinge, die sie tun. Kräutermedizin oder nackt ums Feuer tanzen, Amanda war fasziniert, aber Britta fühlte sich abgestoßen." Sofort schlug ich mich in Gedanken auf Ullis Seite, nichts würde mich abschrecken, was es auch wäre. Sollte Britta ruhig zimperlich sein, die unerschrockene Bea ...

Wieder erklang ein unheimlicher Vogelruf, und ich riss vor Schreck den Knopf von der Weste ab.

„Wir gehen rein", entschied Karl, „du brauchst noch Zeit."

Der Wohnwagen enthielt außer einem großen Bett mit den obligatorischen Fellen nur noch einen Tisch mit Bücherstapeln und zu meiner Überraschung einen Laptop als weiteres Anzeichen von Zivilisation. Ein lädierter Holzschemel, verstreute Wäsche, Blechgeschirr, keine Spur einer ordnenden Frauenhand, wie ich erleichtert registrierte.

„Die Raben, du warst noch nicht fertig", mahnte ich, nachdem wir uns mangels anderer Sitzgelegenheiten auf der Liegefläche niedergelassen hatten, mit einem Sicherheitsabstand von immerhin zwei Zentimetern, weil, ja, keine Ahnung weil ... *Bea, deine Unschuld kannst du nicht mehr verlieren.*

Karl sprang auf und wühlte zwischen seinen Büchern.

„Du kennst ihn sicher. Wilhelm Raabe, Jacob Corvinus, ein Erzähler des 19. Jahrhunderts. In seinem Spätstil sucht er, einen mystischen Zusammenhang zwischen Mensch und Natur zu erschließen. Er hat stets vor dem ‚Ungeist der Zeit' gewarnt, in schwermütig-humorvollem Ton, verstehst du?"

„Na sicher", antwortete ich gähnend und legte mich auf die Seite. Nur eine Minute, dann würde ich den Rückweg antreten, um Smartie nicht einsam am Schnackenburger Deich stehen zu lassen. Außerdem warteten die Unterlagen aus Behnckes Schreibtisch, die ich ‚ausgeliehen' hatte.

„Wer, wenn nicht Raabe, hätte in unserer Gegenwart ins Wendland gepasst?"

„Das sehe ich genau wie du", bestätigte ich friedfertig und streifte meine Schuhe ab. Ob Karl es missverstehen würde, wenn ich den Reißverschluss meiner engen Hose ... oder lieber gleich die ganze Hose?

„Als wir bei der Suche nach Lösungen auf die Fortpflanzung ohne Sexualität kamen ..." Hoppla, jetzt hatte ich nicht aufgepasst.

„Mir würde da auf Dauer was fehlen", nuschelte ich mit geschlossenen Augen und zog ein Fell über mich. Der leicht ranzige Geruch hatte etwas bodenständig Animalisches an sich, und da ich seit gestern nicht mehr zum Duschen gekommen war, entstand eine reizvolle Mischung.

„Apomixis ... bietet unschätzbare Vorteile bei der Nutzpflanzenzucht ... Gremium gebildet ... geheime Sache, gefragte Forschungserkenntnisse ... Grundlagenforschung ... unter dem Decknamen „Raben" zusammengekommen. Nicht zu verwechseln mit dem ‚Verein zur Pflege weiblichen Brauchtums', deren Mitglieder eher ... persönliche Ziele verfolgen."

„Verstehe, es gibt solche Raben und andere", fasste ich zusammen und begab mich mangels anderer Angebote in Morpheus' Arme, den Gott des Schlafes.

26.

Am frühen Morgen wurde ich von einer feuchten Hundeschnauze geweckt, die mich auffordernd anstupste. Die Tür war nur angelehnt, und auf dem Schemel stand eine Thermosflasche mit Kaffee. Neben ihr eine gekritzelte Nachricht von Karl:

„Einen guten Morgen wünsch ich dir. Muss mich schon auf den Weg machen, bleib solange du willst. Zu deiner Beruhigung – es ist auch diesmal nichts passiert. Wir sollten das bei Gelegenheit nachholen. Gruß, Karl"

Ich spürte, wie ich rot wurde. Veras Erziehung war bestimmt nicht prüde gewesen, und Rolf auch nicht der erste Mann in meinem Leben, aber Ulli hatte mich vielleicht richtig erkannt und es einmal ganz konkret ausgedrückt: „Du hast diese scheinbar zurückhaltende Art, die Männer in den Wahnsinn treiben kann, denn dahinter steckt eine Frau wie ein Vulkan." „Bist du sicher?", hatte ich erschrocken gefragt und seitdem auf unkontrollierbare Ausbrüche in meinem Liebesleben gewartet, die allerdings noch auf sich warten ließen.

Der Deich lag im Morgennebel, Spinnennetze hingen in den Gräsern und in der Luft ein Geruch nach Pilzen und frisch gefallenem Laub. Die Herde musste weiter weg sein, denn ich konnte das vertraute Blöken nicht mehr hören.

„Lauf hin und tu deine Arbeit", forderte ich den unruhig herumwuselnden Hund auf, der dankbar davonstürmte. Zeit, eine kleine Inspektion ohne Zeugen vorzunehmen. Der Bücherstapel bestand aus Werken über Molekularbiologie und Nutzpflanzenrassen. Immer wieder tauchte der Begriff der asexuellen Vermehrung auf, wie hatte Karl das gleich genannt? Apomixis, ich würde es nachschlagen.

Der Laptop lief mit Akku, ich startete ihn routinemäßig *„Sammeln Sie auch dort Informationen, wo Sie den Täter nicht vermuten, jedes Puzzleteilchen kann zur Lösung beitragen"* und wurde, wie erwartet, nach dem Passwort gefragt. *Karl May, Wendland, Wilhelm Raabe,* nein, die waren es nicht. Mit Herzklopfen gab ich *Amanda* und *Britta* ein und war nicht betrübt, als das ebenfalls nicht fruchtete. Eine potentielle Möchte-gern-Profilerin musste eingrenzen, erkennen und umsetzen können. Also los, eingrenzen auf die Arbeit, Karl war aktuell ein Hirte; ich wusste um die Bedeutung seiner ... Schafe; mit Humor umsetzen ... ich an seiner Stelle - das Passwort *Mäh* verschaffte mir endlich den Zugang. Ordner zu den Themen Futterbestellung, Schur und Wetterdaten ließ ich außer Acht, schöne Literatur enthielt Bücherlisten, die mich an die Schulzeit erinnerten. Aber halt, hier gab es ein Verzeichnis *Apomixis,* in das ich mich einklickte. *Babyboom im Ölraps, Apo Tool Programm* und ein mysteriöses Dokument mit der Bezeichnung *SERK.* Dieses Wort notierte ich mir mit fliegenden Fingern. Sorgfältig rückte ich wieder alles auf dem Tisch zurecht und schaute zum Abschluss noch einmal hinter den Wohnwagen.

Ein Abfallbehälter, abgedeckt mit einer regenfesten Plane. *Bea, erinnere dich, wann immer du eine Plane lüftest, schauen dich tote Augen an, willst du das wirklich? Nur ganz kurz, dann schaue ich wieder weg.*

Aber es war nicht nötig, denn ein Didgeridoo-Instrument konnte selbst mir keine Angst einjagen, auch wenn ich die bräunlichen Ablagerungen auf dem Holz für verkrustetes Blut hielt, vermengt mit Knochensplittern einer Hirnschale.

27.

Mir war ganz elend, ich hatte die Nacht mit einem Mörder verbracht. *Nein*, korrigierte ich mich sofort, *bei Verdacht auf das Vorhandensein latenter Spuren muss zunächst eine gedankliche Rekonstruktion des Tatherganges durchgeführt werden*. Aber bitte nicht auf nüchternen Magen, das konnte unmöglich zu meinem Berufsethos gehören.

Auf dem Rückweg nach Rienswalde gönnte ich mir frische Brötchen aus dem Dorf. Zwei Bäcker – und ein Fahrradgeschäft, eine Eisdiele, ein Schlachter und vier Kneipen. Für das ländliche Wendland ein wahrer Luxus.

„Sie werden später abgeholt“, sagte die Bäckersfrau mit starrem Blick, nachdem ihr Mann mit einem Stapel Bleche in der Backstube verschwunden war.

„Können Sie Spitzen klöppeln?“

„Nein“, antwortete ich perplex. Ob das eine Art Codewort war?

„Sticken? Einfacher Kreuzstich?“, versuchte die Frau es erneut.

„Früher habe ich mal ein Lesezeichen in Hexenstich gearbeitet, ich glaube, es war zum Muttertag.“

Meine Prüferin nickte zufrieden. „Bringen Sie es mit, wir haben alle eine Handarbeit dabei.“

Wenn dieses längst verschollene Lesezeichen meine Eintrittskarte sein sollte, sah ich schwarz für meine Einführung bei den weiblichen Raben. Aber vielleicht konnte Harald mir ein paar Stricknadeln leihen, Männer waren häufig für eine Überraschung gut.

Nach einer ausgiebigen Dusche und Frühstück nahm ich mir meine Unterlagen vor, die bisher nur aus wenigen Notizzetteln bestanden. Es gab sicher modernere Methoden, aber ich zog bei der Arbeit einen klaren Kopf und mentales, psychologisches Rollenspiel vor: die exclusive ‚Bea Puvogel-Methode', bisher noch in keinem Fachbuch verzeichnet.

„Gisela Breezel, wollten Sie den Erpresser loswerden und sich für die Jahre der Demütigung rächen? Ihre Vergangenheit vertuschen? Oder ist Ihr Mann dahinter gekommen, und Sie haben gemeinsam ...?"

„Elli Behncke, ist Ihnen der Neffe zu raffgierig geworden?"

„Harald, hast du ein Komplott mit der Didgeridoo-Männergruppe geschmiedet?"

„Britta, hast du belastendes Material in deinem Schrank versteckt?"

„Karl, stand er dir beim Umweltschutz im Wege? Hast du ein Alibi?"

„Inge, konntest du seine Seitensprünge nicht länger ertragen?"

Und da alle – wie erwartet – die Aussage verweigerten, fragte ich schließlich die Hauptperson: „Dietrich Behncke, wer Ihrer Widersacher hatte am ehesten Anlass, Sie zu beseitigen?"

Ich schloss für einen Moment die Augen und konzentrierte mich auf meine innere Stimme. *Sprich mit mir, Dietrich, ohne mich hätten sich die Maden in dir bereits verpuppt und die Raben dich in schnabelgerechte Häppchen zerlegt.*

Ganz langsam entstand in mir ein inneres Bild. Der erfolgsgewohnte, schlitzohrige Geschäftsmann, kumpelhafte Bauernfänger und charmante Frauenverführer, vom Geld seiner Frau auf großem Fuß lebend.

„Ging es um Macht und Geld, Behncke?"

„Es konnte nie genug Geld sein, ich brauchte es, um meine Position zu festigen. Alles hat seinen Preis."

„Wer hat Sie gehasst?“

„Haha, fragen Sie besser, wer nicht. Aber ich kannte meine Feinde, hatte alles im Griff. Bis auf dieses eine Mal.“

Langsam verblasste das Bild wieder und ließ mich gedankenvoll zurück. Ein Mann wie Behncke war nicht leicht zu überraschen, rechnete grundsätzlich mit Gegnern, auf die er sich individuell einzustellen wusste. Aber der Angriff hatte ihn aus einer unerwarteten Ecke getroffen, überraschend, jenseits der Möglichkeit, vorzubeugen.

Los, Bea, ein bisschen Profiling könnte dir helfen, denk wie der Täter. Verschwommen tauchte ein neues Bild auf, weit weg von einer konkreten Vorstellung, und gleich mehrere Stimmen meldeten sich aus einer fiktiven, fernen Gedankenwelt zu Wort.

„Ich habe ihn schon länger gehasst.“

„Es gab keinen anderen Ausweg.“

„Er hat es verdient.“

„Ich wollte auf Nummer Sicher gehen.“

„Er stand mir im Weg.“

„Er oder ich!“

Na, Bea, bist du jetzt schlauer? Ich glaubte fest an die Möglichkeit, mit Hilfe von Intuition Problemen näher zu kommen und Lösungsansätze zu entwickeln, aber das durfte natürlich kein Ersatz für handfeste Spürnasenarbeit sein.

Sichten von Beweismaterial, verordnete ich mir und zog mich mit Behnckes Unterlagen in mein Sprechzimmer zurück. Nur der Ganter erwartete mich zischend, offiziell war heute beratungsfreier Tag.

Die Papiere bestanden aus einem Sammelsurium von Schriftstücken mit Gemeindestempel, Kopien von Flächennutzungsplänen und Skizzen mit schraffierten Flächen. Bebauungspläne im Landschaftsschutzgebiet? ‚Kungelei‘ hatte Britta es bezeichnet. ‚Er hätte alles vermarktet‘, behauptete die eigene Frau. Außer den für mich etwas undurchsichtigen Papieren gab es noch diverse Rechnungen von Lieferanten, Mahnungen einer Futterhandlung und Quittungen aus dem „Bienenkorb“ in Preezau. ‚Eintritt 2 Personen, normaler Service, Teilnahme am Buffet, Endreinigung ... 450 Euro.' Liest sich nicht wie geschenkt, Dietrich. Wer war deine Begleitung, doch sicher nicht die Gattin? Ob es sich dabei um die Papiere handelte, die Inge Behncke erwähnt hatte, würde ich nachprüfen.

Für meine nächsten Recherchen benötigte ich den Laptop und MetaGer, die bei den Metasuchmaschinen nach eigenen Angaben die Nase vorn hatte. Ich sortierte meine Zettelchen und begann chronologisch mit der Eingabe.

„Medea, zauberkundige Königstochter aus dem Lande Kolchis. Drama von Euripides." Nichts Neues, das hatte Elli selbst erzählt.

Weiter ging es mit „Herbstzeitlose: Liliengewächs, giftige Alkaloide, Colchizin schädigt Nieren, Paralyse des Rückenmarks und Hirns, gelähmtes Atemzentrum, Exitus. Mitose ... Gift hemmt Zellteilung, findet in der Krebsforschung Verwendung." Das klang wenig vertrauenerweckend.

Unter dem Stichwort „Rabe" gab es zahlreiche Links. „Göttervogel für die Naturvölker des Nordens. Bei den Indianern galt der Rabe als großer Schöpfer. Odins Götterraben Murin und Kurin standen für Gedächtnis und Gedanken." Recht anspruchsvoll, aber es gab auch praktische Lebenshilfe: Rabenfedern sollten Wanzen vertreiben können.

Themenwechsel. „Apomixis" wurde als heißestes Forschungsgebiet der Biotechnik bezeichnet. Das Apo Tool-Programm hatte sich die EU im vergangenen Jahr rund vier Millionen Euro kosten lassen – hört, hört! Apomiktischer Mais, 5000 Rückkreuzungen nötig, um nur eine vermehrungsfähige Hybride zu züchten, hmm, ein wenig umständlich. Endlich stieß ich bei dem Querverweis „Pflanzenhormone" auf den Begriff SERK, und erfuhr, dass es sich dabei um „Somatic Embryo-Genese Rezeptorkinase"handelte. *So, so. Tja, Bea, bist du nun schlauer als vorher? Wird es dein Leben verändern? Immerhin, du bist auf etwas gestoßen, was dich demnächst im Gespräch als allround gebildeten Menschen ausweisen kann.*

Weitere kopflastige Forschungen konnte ich nicht verkraften und schlenderte erst einmal über den Hof in Richtung Haralds Behausung. Im überdachten Eingang sah es aus wie vor einem Sperrmülltermin. Möbel, skurrile Reste von Kunstobjekten aus Metall, Holz und Federn, bauchige Glasballons mit eingetrockneten Gäraufsätzen und die aufgespannte Haut einer Ziege, aber vielleicht handelte es sich dabei auch nur um eine defekte Trommel. Schlingpflanzen umkränzten die Gebilde. Abfall oder gigantische Kunst-Collage? Die Entscheidung fiel schwer. Nur bei einer Sache war ich mir sicher. Der halb aufgerauchte Zigarillo neben der Treppenstufe sah frisch aus und würde wohl kaum vom überzeugten Nichtraucher Harald stammen. Ich kannte bisher nur eine Person im Wendland, die Zigarillos rauchte, und das war eine Frau.

Harald, der Witwentröster. Harald, der Witwenmacher?

„Gib's zu, du fühlst dich einsam und hast Sehnsucht nach meinem animalischen Körper."

Er war im Anschleichen noch besser als Gitti.

„Du siehst müde aus", ging ich zum Angriff über.

„Und du wie fast Dreißig", konterte Harald, „unruhige Nacht gehabt?"

„Es ging so, ich war im Dienst."

„Frau Spinne aber fängt es und speist es auf mit Stumpf und Stiel. Weißt du noch?"

„Es ist mein Job, Rätsel zu lösen", betonte ich, „gibst du mir noch einen weiteren Hinweis?"

„Aber mit Vergnügen, ich brenne darauf:

Als man noch unter jedem Galgen
sie um die Leichen sah sich balgen.
Sie werden zahm zwar, lernen sprechen,
groß bleibt ihr Hang doch zum Verbrechen.

Eugen Roth über Raben, mehr bekommst du aus mir nicht raus."

„Danke für die gute Zusammenarbeit, ich dachte, wir verfolgen ähnliche Ziele."

„Tun wir auch, aber du solltest mehr auf deinen Umgang achten. Bei Tag und bei Nacht."

„Ich war zum Frühstück wieder zu Hause", verteidigte ich mich wie ein schuldbewusster Teenager.

„Alles nur ein Scherz, Bea-Boa, du bist erwachsen. Clemens Busch hat nach dir gefragt."

Der konnte warten, erst musste ich die Unterlagen kopieren.

„Zeigst du mir mal bei Gelegenheit deine Didgeridoos?", wechselte ich schnell das Thema.

„Hinten in der Scheune steht ein ganzer Haufen. Das Spiel ist nur eine Frage der Atemtechnik, ich weih dich demnächst ein."

Harald, hast du zufällig mit einem deiner Instrumente deinem Konkurrenten den Schädel eingeschlagen und die Waffe bei Karl May versteckt?

28.

Gitti hatte sich wieder beruhigt, wie mir ihre Mutter am Telefon versicherte. „Sie hat nichts mehr gesagt und fest geschlafen. Es geht ihr gut." Ich hatte da so meine Zweifel und stellte mir ein kleines Mädchen vor, das im Dunkeln an den See hastete, vorsichtig ein Boot ins Wasser schob und mit großen Augen im Schilf kauerte.

„Und wie geht es Ihnen, Frau Breezel?"

„Gewünscht hab' ich es ihm nicht. Aber es kommt, wie es kommen muss." Zu weiteren Kommentaren ließ sie sich nicht bewegen.

Auf meiner Pflichtliste stand auch ein Telefonat mit meiner Mutter, aber es lief nur der Anrufbeantworter, den ich selbst vor Jahren mit atemloser Stimme besprochen hatte, weil sie mit der Technik nicht klar kam. „Salon Véronique. Sie lassen Haare, wir zaubern den Rest. Von der Wiege bis zur Bahre, wenn man uns nur lässt." Dann folgten die üblichen Angaben über Öffnungszeiten und Terminvergabe.

„Melde mich demnächst wieder", sprach Bea zu Bea und fühlte sich leicht gespalten.

Auch Clemens Busch war nicht erreichbar. „In amtlichem Auftrag zur Zeit unterwegs. Bitte wählen Sie eine der folgenden Nummern ..." Nix da, so dringend war es nicht, ich wollte ihn nur aushorchen, falls der genaue Obduktionsbefund schon über die Pressestelle mitgeteilt worden war.

Aus Sicherheitsgründen fuhr ich bis nach Dannenberg, um die Kopien problemlos selbst machen zu können. In der Elbe-Jeetzel-Buchhandlung fiel mir ein Wendländisches Sagenbuch in die Hände, und aus einer Laune heraus erstand ich auch noch ein zerfleddertes Exemplar über „Gifte aus der Natur", in dem sogar der Orangefuchsige Rauhkopf vertreten war. *Bea, bald bist du eine Koryphäe auf dem Gebiet.* Abschließend blätterte ich in den Werken von Eugen Roth, in der Hoffnung, dort zusätzliche Hinweise im Stil von Haralds mysteriösen Gedichten zu entdecken.

„Ein echter Mensch hat sein Geschick:
Dem brichts das Herz, dem das Genick."

Ob es einen Menschen gab, dem der Tod von Dietrich Behncke das Herz gebrochen hatte? Nein, aber einem würde es das Genick brechen, zumindest sollte er oder sie zur Rechenschaft gezogen werden. Ulli und ich hatten uns früher gegenseitig versichert, unter allen Umständen für ein falsches Alibi zur Verfügung zu stehen, auch wenn es um Mord oder Totschlag ginge. Erst seit kurzem kannte ich die unmittelbare Übersetzung des Wortes Alibi aus dem Lateinischen: Anderswo.

Ich erzählte Smartie auf der Rückfahrt von meinen Gedanken und bildete mir ein, seine digital gesteuerte Drosselklappe fröhlich klappern zu hören, falls das nicht am Kopfsteinpflaster lag. Abartig oder überkandidelt, ich sprach mit meinem Auto und stand dazu, dass es mir non-verbal antwortete. Aber beweisen konnte ich es nicht.

Da ich mich auf das Rabentreffen vorbereiten wollte, blätterte ich zum wiederholten Male in dem alten Notizbuch. Vielleicht sollte ich es mitnehmen und den anderen Frauen zeigen, aber Ulli musste einen Grund gehabt haben, es zu verstecken. Verflixt noch mal, melde dich endlich, Ulli! Wovor musstest du flüchten, wer will dir Schaden zufügen?

„Man hat mich beauftragt, dich zum Vereinstreffen zu fahren." Britta fuhr eine Art Pritschenwagen, der zum „Seehof" gehörte. „Genauer gesagt, war es kein Auftrag, sondern ein Befehl. Mit Elli ist nicht gut Kirschen essen." Ich wunderte mich, dass Britta Behnckes Tod mit keinem Wort erwähnte.

„Wie ist die Stimmung im *Seehof*?", forschte ich neutral nach.

„Abwartend. Man weiß nicht, was mit dem Betrieb wird. Ich hab durch die Blume gehört, dass Inge alles verkaufen will, aber man munkelt auch, dass es große Außenstände gibt."

„Bist du schon einmal im „Bienenkorb" gewesen?" Meine Intuition hatte mich nicht im Stich gelassen, der Wagen machte einen kleinen Schlenker, und Britta riss den Lenker rum.

„Du stellst Fragen!" Das war alles, und ein Seitenblick auf Brittas fest zusammengepresste Lippen belehrte mich, dass ein Themenwechsel angebracht war.

„Was machen deine Bilder?" Das wirkte besänftigend.

„Die neuen Motive gehen vor allem in Berlin und Hamburg, da gibt es noch hohe Altbauräume, in denen meine Werke gut zur Geltung kommen. Aber ich habe auch Aufträge für röhrende Hirsche und Die-Sau-ist-tot-Bilder."

„Hast du schon immer künstlerisch gearbeitet?" Mir fiel ein, dass Britta vor ein paar Tagen Töpfern erwähnt hatte.

„Ein Künstler steckt in jedem von uns", wich sie geschickt aus. „Ellis Freund muss schon etwas merkwürdig gewesen sein, wenn man so seine Bilder betrachtet. Ich kopiere ja nur seinen Stil."

„War er einer von hier?"

„Mit Sicherheit nicht. Elli soll früher auswärts in Stellung gewesen sein, aber schon nach ein paar Jahren kam sie zurück und blieb dann für immer. Man munkelt, sie hat alles Mögliche von ihrem ehemaligen Dienstherrn geerbt."

Richtig, die vielen Bücher, der Weltreisende und seine wendländische Haushaltshilfe, da hatte es wohl außer der Arbeitsbeziehung noch eine ganz besondere, private gegeben.

„Hat sich Ellis Beziehung jemals im Wendland blicken lassen?"

„Ach, hör auf, das ist doch Generationen her, wer interessiert sich dafür?", Britta war wieder ganz die alte. „Lass dir noch schnell von Inge erzählen, mir ist es lieber, wenn du Bescheid weißt. Sie denkt, ich hätte ein Verhältnis mit Dietrich gehabt."

„Und, hattest du?" Von Frau zu Frau musste diese Frage erlaubt sein.

„Nur ein bisschen, nicht so ganz richtig", Britta lachte ungezwungen, „du weißt schon, wie ich das meine."

Nein, ich hatte keine Ahnung, wie das gemeint war, und fühlte mich vom Alter her wie meine eigene Mutter. Was, genau genommen, nicht den Tatsachen entsprach, denn Vera hätte bestimmt gewusst, was man unter ‚ein bisschen Verhältnis' verstand. Also konnte ich mich eher wie meine Großmutter fühlen, aber die war tot. *Bea, keiner hilft dir auf dem steinigen Weg durchs Leben, sammle besser eigene Erfahrungen.*

„Wie wird der Ablauf bei dem Treffen sein?"

„Das hängt von den Sünden der Männer ab."

„Wie meinst du das?", forschte ich überrascht nach.

„Elli bietet den Frauen hier kostenlos praktische Lebenshilfe an, man soll sein individuelles spirituelles Potenzial nach alten Riten festigen und natürliche Mittel einsetzen, wenn es Probleme gibt."

„Probleme welcher Art?"

„Bea, frag nicht so naiv, es geht um die Kerle, Elli zeigt, wie man sie allemacht." Ich zog es vor, keine weiteren belastenden Fragen zu stellen, zum Beispiel nach den ‚natürlichen Mitteln', denn fatalerweise assoziierte ich damit sofort den Orangefuchsigen Rauhkopf und Konsorten.

Wir parkten in Pevesdorf und schlugen einen steilen Waldpfad ein, nach oben zur Schwedenschanze.

„Muss ja nicht jeder sehen, wo wir uns treffen", erklärte Britta, ein wenig atemlos vom Klettern. „Hier in der Nähe liegt auch der Hexentanzplatz, da findet demnächst Haralds großes Spektakel statt. Ich bin eine der Schicksalsgöttinnen, welche Rolle hat er dir denn aufgedrängt?"

„Eine Tauträgerin." Ich war noch immer mit Elli Behnckes Rolle beschäftigt: „Machen die Frauen des Vereins das, was man als weiße Magie bezeichnet?"

„Keine Ahnung, ich glaube nicht an den Gruselkram, will mich aber nicht ausschließen. So, da sind wir."

Wir hatten den Kaffeegarten der Höhbeck-Schwestern erreicht. Altmodisch anmutende Klappstühle mit abblätternder Farbe standen verlassen auf dem verwilderten Grundstück, letzte Bienen summten zwischen den Sträuchern, und ein riesiger, gelber Kater buckelte vor dem Eingang, der versteckt hinter einer dornigen Brombeerhecke lag.

„Das verwunschene Wendland", meinte ich in einer träumerischen Anwandlung, aber das ließ Britta so nicht gelten.

„Verwunschen oder verwünschen, das ist die Frage."

Hinter der Tür mit dem Schild *Geschlossene Gesellschaft* entdeckte ich etliche bekannte Gesichter, aber auch einige Frauen, die nicht auf der offiziellen Versammlung gewesen waren. Es roch nach Räucherstäbchen und frisch gebackenem Apfelkuchen, der gerade von Herta, der Besitzerin des Lokals, aufgetragen wurde. Elli Behncke, die abseits von den anderen hinter einem eigenen Tisch saß, nein, thronte, winkte mir freundlich zu, während Britta mit einem kühlen Nicken abgespeist wurde. „Setz dich neben Inge", befahl sie mir, und die ganz in Schwarz gekleidete Inge rückte lustlos auf der Bank zur Seite. Vor Inge lag ein Stickmustertuch, das außer einem aufgedruckten Alphabet noch keinen einzigen Stich aufwies. Ich hatte tatsächlich bei Ulli Wolle und Nadeln gefunden und packte beides pflichtschuldig auf den Tisch. „Ich hab's noch nie probiert", wandte ich mich an meine andere Nachbarin, die an einem Kissenbezug mit Herzmotiv arbeitete.

„Das kommt noch. Ist ja nur, dass man zu Hause was vorzeigen kann. Wenn man gefragt wird."

Aha, Zeitverschwendung am Nachmittag war auf dem Land nicht erwünscht, oder benötigte man ein Alibi?

„Schwestern, wir haben heute zwei Gäste", verkündete Elli, nachdem Gisela Breezel wie üblich verspätet in den Raum gehuscht war – zu meinem Erstaunen in Begleitung ihrer Schwiegermutter.

„Unsere Bea hatte vor einiger Zeit große Schwierigkeiten mit ihrer Ehe", fuhr Elli fort. „Man hat sie verlassen, sie leidet, und nun sucht sie bei uns ihre Wurzeln und einen Mörder."

War das ein Traum? Ich stach mir mit dem Nadelspiel in die Handfläche, um die Realität zu spüren. Es tat weh, also war alles live, und ich fühlte mich seelisch nackt und peinlich berührt. Alle Augen waren auf mich gerichtet. Ich schaute anklagend zu Gisela, der ich mich damals im falschen Moment anvertraut hatte. *Bea, das hast du von deiner Geschwätzigkeit, trägst ein Brandzeichen auf der Stirn.* Aber Gittis Mutter stand das blanke Entsetzen in den Augen, sie machte eine abwehrende Bewegung mit der Hand und warf mir einen beschwörenden Blick zu.

„Schön, dass du zu uns gekommen bist", eine der jüngeren Frauen klopfte mir auf die Schulter, „wir müssen zusammenhalten."

„Für alles ist ein Kraut gewachsen", behauptete die Bäckersfrau resolut, und die anderen murmelten beifällig ihre Zustimmung.

Die Vorstellung, mich in diesem Kreis seelisch entblößen zu müssen, war mir grässlich. Aber ich musste ja nicht. Sobald ich meine Sprache wiedergefunden hätte, würde ich diskret auf meine eigentliche Arbeit zu sprechen kommen.

„Sie werden keine Ruhe geben, bis ..." sagte Inge mit gesenktem Blick, als sie durch ein lautes Klopfen unterbrochen wurde.

„Unser anderer Gast", Elli gab Herta ein Zeichen, die Tür zu öffnen. „Mehr als ein Gast, sie ist meine liebe Vertraute, ich bürge persönlich für sie."

Gut sah sie aus, die Neue, eine jener Frauen in den besten Jahren, wie sie selbst stets zu versichern wussten, modisch schick und städtisch gekleidet, dezent geschminkt mit akkurater Frisur, die nichts mit den hier üblichen Krussel-Dauerwellen im „Ich werde in Ehren grau"-Stil gemein hatte. Eine Frau, die sich ihrer Wirkung voll bewusst war, lieber unter Männern Hof hielt, aber mangels Alternative auch jede andere Menschengruppe um sich scharte, so lange sie nur der umschwärmte Mittelpunkt war. Zeitlos, sicher, aber irgendwann würde sie Probleme mit dem Altern bekommen, wenn sie sich nicht mehr in der Bewunderung ihrer Umwelt spiegeln konnte. Mit einem schnellen Blick ihrer funkelnden Augen erfasste sie alle Anwesenden im Raum, um dann zunächst mit ausgebreiteten Armen auf Elli zuzugehen.

„Wie lange ist es her, eine ganze Ewigkeit, sag, habe ich mich sehr verändert?“ Kokett strich sie sich über die Hüfte, wartete aber eine Antwort nicht ab, sondern richtete ihre Aufmerksamkeit auf ein neues Ziel.

„Überraschung! Bea-Mäusel, was hast du mit deinen Haaren angestellt?“

„Nichts, einfach nur nichts, Vera“, begrüßte ich meine Mutter müde.

29.

Somit war auch klar, woher die Informationen aus meinem Privatleben stammten. Ich hatte keine Ahnung, wie sie an Elli Behncke geraten war und warum sie mir diese Bekanntschaft verschwiegen hatte, bevor ich ins Wendland aufgebrochen war, aber wie ich Vera kannte, würde sie mir dazu schon eine passende Geschichte auftischen. Sie nahm in der Nähe von Elli Platz und überreichte ihr ein mitgebrachtes Päckchen.

„Meintest du dieses Ding?“

Elli wickelte vorsichtig den Inhalt aus, begutachtete ihn und hielt dann die menschenähnlich aussehende Wurzel für uns hoch. „Eine getrocknete Alraune. Gehört zu den Nachtschattengewächsen, man hat sie früher als Amulett getragen. Ein Tee aus der Wurzel greift das zentrale Nervensystem an. – Wer trägt uns heute seine Hausaufgabe vor?“

Eine junge, hübsche Frau meldete sich eifrig zu Wort. „Ich hatte den Kirschlorbeer bekommen. Er enthält, Moment mal bitte ...“, sie las langsam von einem Zettel ab, „giftige Glykoside in allen Pflanzenteilen, wie das Amigdalin, das zu Blausäure zerfällt. Verursacht allgemeine Schwäche, Heiserkeit, Angstgefühle und Muskelkrämpfe. Lähmung des Atemzentrums führt zum Tod." Sie zögerte. „Habt ihr noch Fragen, Schwestern?"

„Gibt es auch eine Heilwirkung?", wollte Britta wissen, was in ihrer Ecke beifälliges Gemurmel auslöste.

„Ja, in der Volksmedizin wurde der Kirschlorbeer als schmerzstillendes Mittel verwendet."

„Das hast du gut gemacht, Heike", lobte Elli. „Wer hat uns sonst noch was mitgebracht?"

Die alte Frau Breezel war schon längere Zeit unruhig auf ihrem Stuhl herumgerutscht. „Da war ein Hinweis in unserer Fleischerzeitung. Ich hab nachgefragt, hat leider länger gedauert." Auch sie hatte Notizen vor sich liegen und sprach so langsam und deutlich, wie man im Allgemeinen zu Schwerhörigen spricht. „Es war einmal ein König Mi-thri-da-tes. Der füllte ein Gefäß mit frischem Rinderblut und rührte Erde bei. Das Gefäß hat er luftdicht abgeschlossen, nach einiger Zeit erhielt er so ein starkes Gift mit Botulin-Bazillen. 0,035 mg davon sind für den Menschen tödlich."

„Ein Gramm Erde enthält drei Milliarden Mikroben, da ist es ja kein Wunder, wenn Botulin-Bazillen dabei sind", warf Vera im Plauderton ein. „Sie sind mindestens so giftig wie Zyankali. Wenn man kein Antibotulinserum verabreicht, tritt der Tod nach 2-8 Tagen ein."

Meine Mutter als Fachfrau für giftige Bakterien, es war nicht zu fassen! Wenn ich sie früher auf die Giftsubstanzen in Haarfärbemitteln angesprochen hatte, war ihre Antwort stets ein kategorisches Wer-schön-sein-will,-muss-leiden gewesen. Was ging hier eigentlich vor? Ich wandte mich im Flüsterton an meine neue Schwester Inge. „Worauf soll das alles hinauslaufen?"

„Vorbeugende Maßnahmen. Für den Fall der Fälle, damit sich Frauen ihrer alten Macht bewusst bleiben. Elli sagt, wir brauchen keine Gewehre."

„Heißt das, ihr werdet zu perfekten Giftmörderinnen ausgebildet?"

„Das Gremium der Raben ..." Inge verstummte. Schon wieder diese Barriere bei der Erwähnung der Raben.

In der nächsten halben Stunde erfuhr ich von der aufputschenden Wirkung des Stechapfels, den fatalen Folgen Solanins in grünen Kartoffeln und Bittersüß, und dass mit Seidelbast und Engelstrompete nicht zu spaßen war. „Beim Blauen Eisenhut reicht schon die Berührung, und vergesst nicht, auch bei uns wächst der Riesenbärenklau, der zu schmerzhaften Blasen unter Sonnenlicht führt", referierte eine Frau, die als „unsere liebe Gretel aus dem Rundlingsdorf, ihr könnt gerne ihr Experimentiergärtchen besuchen" vorgestellt wurde.

„Nach der Pause kommen wir zu den Anträgen", verkündete Elli und erhob sich. Ich brauchte dringend Frischluft und bahnte mir einen Weg zu Vera, die von den Frauen in Ellis Altersgruppe umringt war. „Also du bist Ellis kleines Mädchen", hörte ich eine von ihnen gerührt sagen. Vera wirkte nervös und zog eine Schachtel Zigaretten aus ihrer Handtasche.

„Ach, du rauchst wieder?", mischte ich mich in das Gespräch und zog sie mit nach draußen. „Die Überraschung ist dir gelungen, warum hast du mich nicht angerufen?"

„Weißt du, Bea, das war eine ganz spontane Entscheidung. Eigentlich wollte ich mit meiner neuen Bekanntschaft zu diesen Antik-Flohmärkten fahren, aber dann habe ich mir überlegt, dass er nichts für mich ist, bereits in den 70ern, man könnte ihn ja glatt für meinen Vater halten." Sie zückte einen Taschenspiegel und zog ihre Lippen nach. Ich konnte mich nicht erinnern, meine Mutter jemals ohne Lippenstift gesehen zu haben, noch nicht einmal auf dem Weg zur Mülltonne.

„Also bist du nur gekommen, um mich zu besuchen?" Bea, musst du denn so misstrauisch sein?

„Auch, natürlich. Aber dann kam noch dieser Anruf ..."

„Für Ellis kleines Mädchen?"

„Du bist schlimmer als die Inquisition", Vera wurde ärgerlich. „Gehört sich das, die eigene Mutter auszufragen? Wenn du es unbedingt wissen willst, der Anruf war von Ulli. Sie wies mich auf eine alte Schulfreundin von mir hin, Ella Behncke."

Man musste kein Detektiv sein, um die faustdicke Lüge zu spüren. „Elli ist ein Vierteljahrhundert älter als du, sie kann höchstens deine Lehrerin gewesen sein, aber sie hat diesen Beruf nie ausgeübt."

„Dann eben die Mutter einer Schulfreundin, ich habe mich versprochen", sagte Vera hastig.

„Wenn du Ellis kleines Mädchen bist, ist sie dann etwa – meine Großmutter?" Die Vorstellung war so ungeheuerlich, dass mir bei den letzten Worten fast die Stimme versagte.

Vera schaute mich verblüfft an und brach in ein natürliches Gelächter aus. Jenes echte Lachen, das ihr bis heute die Herzen der Kunden sicherte, speziell der männlichen.

„Bea, in aller Welt, deine merkwürdige Fantasie hat mich schon früher überrascht." Sie legte mir ihre sorgfältig manikürte Hand auf die Schulter. „Deine Großmutter ist an Krebs gestorben, als ich acht Jahre alt war. Wenn du willst, kannst du ihre Todesurkunde sehen. Tut mir Leid, aber mehr Familie kann ich dir nicht bieten." Ich spürte, dass sie diesmal die Wahrheit sagte, und gab mich zufrieden. Vorläufig.

„Diese Giftgeschichten, du weißt doch, dein Großvater war Apotheker. Er hatte ein Faible für das Thema. Ich bin mit den scheußlichen Details groß geworden." Das ersparte mir eine weitere Frage, es blieb aber noch ein sehr wichtiger Punkt, an dem ich herumrätselte.

„Wovor ist Ulli auf der Flucht? Hat sie etwas mit den Raben zu tun? Und warum meldet sie sich nicht bei mir persönlich? Warum ruft sie nur dich an?"

„Was weiß ich. Ich habe ihr früher einmal von Elli erzählt, und nun wollte sie sich wohl einfach mal bei mir über meine alte Freundin aussprechen. Wir haben uns doch immer schon gut verstanden, sie und ich."

Das war richtig, meine lebenslustige Mutter und Ulli, die unbekümmerte Optimistin, die sich nur zu gerne unter Veras Händen verschönern ließ, bildeten von Anfang an ein besseres Gespann, als es aus der Beziehung mit der komplizierten, störrischen Tochter hervorgehen konnte.

„Ich finde es nett, wenn sich jemand um mich einsame, alte Frau kümmert." Auch das noch, bitte nicht schon wieder die alte Arie, meine Mutter war einer der aktivsten Menschen, die ich kannte, und wenn hier jemand einsam war, dann eher die Tochter, aber selbst die hatte in den letzten Tagen kaum Zeit zum Verschnaufen gehabt.

„Ulli erwähnte noch, dass sie sich in jedem Fall mit dir in Verbindung setzen würde, sobald der Zeitpunkt günstiger wäre, gewiss schon sehr bald."

Ein Witz. Ich saß hier auf verlorenem Posten, drehte mich im Kreis, fühlte mich wie eine Strohpuppe. *Bea, die Rache ist dein, und sie wird ganz fürchterlich sein, Ulli wird dich nicht wiedererkennen.*

Die Sitzung ging weiter. Elli listete das Vorgehen genau auf. „Zuerst besprechen wir die Neuaufnahmen. Dann wird gewählt, um über die eingegangenen Anträge unter Ausschluss der Öffentlichkeit zu entscheiden." Mich verwirrte dieses Verfahren, aber es blieb keine Zeit zum Nachfragen.

„Bea Puvogel, kannst du uns drei Patinnen benennen, die für deine Verschwiegenheit bürgen?" Erst kürzlich hatte die Bank mich ebenfalls gebeten, Bürgen zu stellen, und mangels bereitwilliger Personen in meinem Umfeld war der Kredit dann geplatzt.

„Sie war schon immer ein stilles Kind, ich bürge für sie." Es ging doch nichts über Blutsverwandte, wusste Vera, worauf sie sich da einließ? Auch Gisela Breezels Arm schoss hoch, aber eine dritte Patin fand sich nicht. Die Frauen warfen mir versteckte Blicke zu, flüsterten untereinander und schauten in die Runde. Britta betrachtete übermäßig konzentriert ihre Handarbeit, und ich fühlte mich wie bestellt und nicht abgeholt.

„Von mir aus, ich übernehme." Lustlos angeboten von Inge, vielleicht weil sie bald wieder aufbrechen wollte. Sie war es auch, die mich in einen Nebenraum begleitete, während die anderen über meine Aufnahme berieten.

„Ich mach's kurz. Also, wir Schwestern duzen uns. Wir tauschen Wissen aus, alte Hausmittel und so. Man hört sich gemeinsam die kritischen Fälle an und versucht, Hintergründe auszuleuchten. Die Ratschläge für Lösungen sind unterschiedlich. Manchmal tauscht man sich über ... Hilfsmittel aus, das hast du ja gehört. Die Anwendung bleibt jeder Rabenschwester persönlich überlassen. Aber was auch passiert, wir haben uns zum absoluten Schweigen verpflichtet. Sollte jemand dieses Schweigen brechen, sind Sanktionen vorgesehen."

„Welcher Art?", erkundigte ich mich aus purem Selbsterhaltungstrieb und dachte dabei auch an Ulli.

„Ich weiß nicht, wie weit die Raben gehen würden. Mich würde es nicht wundern, wenn es plötzlich Fälle von Botulismus hier im Landkreis gäbe."

Ich fühlte mich ins Mittelalter versetzt. „Was ist mit diesem Toten in Prisser?"

„Man munkelt von einem plötzlichen Tod. Seine Frau ist schon bald nach Hamburg gezogen."

„Er war Ullis Patient. Hat man sie verdächtigt?"

Inge zuckte mit den Achseln. „Sie hat ihm einen Tee nach einem Rezept der Raben verkauft, geredet wird immer."

Da kommst du nicht weiter, Bea, wechsle das Thema.

„Was wird in den Sitzungen verhandelt?"

„Bunte Mischung. Gesundheitliche Probleme. Allgemeine Lebensprobleme wie Ehebruch im Wiederholungsfall, sexuelle Belästigung, Erbschleicherei zu Ungunsten von Frauen."

„Dein Mann, ist er, hat er ..."

„Ich kann es mir nicht vorstellen, finde du es heraus. Sie haben in meiner Abwesenheit verhandelt. Bei mir hat er kein Gift bekommen, das ist die Wahrheit."

30.

Man rief uns zurück. An meinem Platz stand eine dampfende Tasse Tee, die ich mit ungutem Gefühl betrachtete. „Du hast eine Probezeit von drei Monaten vor dir. Bis dahin gelobst du uns Schweigen und hältst Augen und Ohren offen", verlangte Elli. *Bea, das kannst du gut mit deinen ethischen Grundsätzen als Detektivin vereinen, und wenn etwas schiefgeht, flüchtest du wie Ulli.*

„In der Zeit erwarten wir einen freiwilligen Kurzvortrag zu einem Thema, das in unseren Kreisen von allgemeinem Nutzen sein kann."

„Heilpflanzen sind nicht mein Ding", murmelte ich verlegen, aber dann fiel mir mein frisch besorgtes, antiquarisches Buch ein, in dessen Inhaltsverzeichnis ich bereits geblättert hatte. „Ich nehme A wie Arsen oder Arsenik", kündigte ich mit bescheidenem Stolz an und sah, wie meine Mutter sich ans Herz griff und in Zeitlupe vom Stuhl rutschte. Ob diese plötzlichen Ohnmachten in der Familie lagen?

„Kein Grund zur Sorge, es war sicher nur die weite Fahrt und das Stadtleben. Herta, brüh ihr einen Rosmarintee zur Anregung auf!" Elli hatte alles im Griff, und in der Tat tauchte Vera bereits wieder auf und schaute mich vorwurfsvoll an.

„Was habe ich getan?", formte ich mit den Lippen, da wir weit auseinander saßen. Aber meine Mutter reagierte nicht, sondern zog ihren Lippenstift hervor.

„Zur Wahl haben sich folgende Schwestern zur Verfügung gestellt ..." Außer Elli und der alten Frau Breezel kannte ich keine der Frauen, aber sie waren alle bereits über 60.

„Je öller, je döller", kommentierte Inge und ballte die Hände zu Fäusten.

„Kommen wir zu den Anträgen. Schwester Barbaras Mann hat das Au-pair-Mädchen verführt, sie ist schwanger."

„Welche ist Barbara?", fragte ich leise. Inge beugte sich dichter zu mir. „Keine. Sie ist nicht anwesend, die Klage wird von einer Nachbarin geführt. Egal, ob es Barbara passt oder nicht."

„Du meinst, hier wird jemand denunziert, es gibt keine Zeugen, und vielleicht fühlt sich die Hauptbetroffene gar nicht bemüßigt, ihr Privatleben an die Öffentlichkeit zu zerren?“

„So ist es, du lernst schnell. Man zwingt uns Moralvorstellungen auf, die heute nicht mehr zeitgemäß sind.“

„Aber warum spielt ihr dieses Spiel mit?“

„Ach, irgendwie ist es auch gerecht, das kann man nicht leugnen. Und wer hat schon Lust, beim nächsten Kaffeeklatsch Tollkirschen auf dem Tortenboden zu finden? Oder Stechapfelsamen auf der Kümmelstange? Die Raben haben ein enormes Fachwissen, wer kann sagen, ob es immer nur bei der Theorie bleibt?“

Bei den weiteren Anträgen ging es unter anderem um Verwarnungen für Diebstahl von Werkzeug und steten Alkoholmissbrauch. Ein Fall von nachgewiesener Wilderei wurde nicht behandelt, da die Familie arm war, und der Mann den Erlös seiner Frau zum Wirtschaften überlassen hatte. Die Raben würden später intern beraten, hieß es. Elli zeigte erste Ermüdungserscheinungen und übergab an Herta, die Wirtin, die nicht nur wegen ihrer schwarzen Kleidung etwas Raubvogelartiges an sich hatte.

„Ich stelle den Antrag, in unseren eigenen Reihen etwas aufzudecken.“ Damit hatte sie die Aufmerksamkeit aller Frauen neu geweckt. „Unserer Schwester Elli ist ein wertvolles Buch entwendet worden. Es enthält Informationen, die nicht in falsche Hände geraten dürfen.“ Sie legte eine Kunstpause ein und bedachte alle mit düsteren Blicken.

„Viele von euch kennen es. Das Buch ist alt und trägt einen Raben auf dem Einband. Es stand bei unserer Schwester zu Hause im Regal und ist seit dem letzten Treffen vor einem Monat verschwunden. Schwestern, ich bitte um Handzeichen, wem traut ihr diese böse Tat zu?“

Unsensibler ging's wohl nicht, ich war kurz davor, mich empört zu dieser Fragetechnik zu äußern, aber Inge trat mir fest auf den Fuß. „Raushalten, wenn du keinen Ärger haben willst. Denk an deinen Auftrag.“

Sie hatte Recht, *teilnehmende Beobachtung, um modi operandi zu erkennen*, das riet auch mein kriminalistisches Lehrbuch.

Einen Teufel würde ich tun, mich als Besitzerin des Rabenbuchs zu outen, aber das war auch nicht nötig, denn als Herta ihre Frage eindringlich wiederholt hatte, begann ein makabres Ritual. Die Frauen erhoben sich und wiesen mit der ausgestreckten Hand auf die vermeintlich Schuldige. Britta. Die zu meinem Entsetzen als Einzige auf mich wies. Mehrere Frauen ergriffen die Widerstrebende und zogen, nein, schleiften sie aus dem Raum.

„Moment mal", das konnte ich nicht auf sich beruhen lassen, Selbstjustiz war in unserem Rechtsstaat verboten.

„Es passiert ihr nichts", wieder hielt Inge mich zurück, und auch Gisela Breezel eilte an meine Seite. „Man wird sie nur befragen, sie bekommt eine faire Chance."

„Was verstehst du unter fair?"

„Das ist nicht unsere Sache. Bisher ist noch keine Frau ernsthaft zu Schaden gekommen. Trink lieber deinen Tee aus."

„Ja steckt ihr denn alle unter einer Decke?" Ich schob die Tasse weit von mir.

„Es ist nur Melisse mit ein wenig Salbei, ich kenne den Tee von früher." Vera kam herangeschlendert und benahm sich wie auf einer Stehparty. „Schau, Bea, all diese schönen Handarbeiten, ob ich sie mal im Salon ausstelle?"

„Weißt du, dass es einen Mord gegeben hat?", unterbrach ich sie rüde.

„Tragisch, wirklich tragisch. Aber ich hoffe, du hältst dich da raus."

„Vera, ich habe den Toten persönlich gefunden. Gemeinsam mit einem Kind." Das ließ selbst meine Mutter nicht kalt.

„Wie schrecklich. Kann ich etwas für dich tun?"

Ich war schon froh, dass sie nicht „soll ich dir deine Haare machen?" gefragt hatte. „Erzähl mir von deiner alten Beziehung zu Elli", bat ich sie leise.

Vera zögerte. „Es ist besser, die Vergangenheit ruhen zu lassen."

„Du hast mir immer so wenig von früher erzählt." Wer seinen Eltern Vorwürfe macht, ist noch ein Kind, hatte mich die Psychologie gelehrt, aber bitte, dann war ich eben noch ein Kind, ein nerviges dazu.

„Mein Kopf fühlt sich an wie ein Ballon", Vera fasste theatralisch an ihre Schläfen. „Weißt du was, Bea-Mäusel, ich habe Quartier im „Seehof" bezogen, um keinem zur Last zu fallen. Wenn ich mich ein bisschen aufs Ohr gelegt habe, ruf ich dich an, du holst mich ab, und wir plaudern. Wie gefällt dir das?"

„Es wird auch Zeit." So zynisch kannte ich mich nicht. *Bea, sie ist wie immer, was stimmt bei dir nicht?*

Einige Frauen planten den Aufbruch, da der Rest der Sitzung den Rabenmitgliedern vorbehalten war. Inge bot an, mich mitzunehmen und vorher Vera am „Seehof" abzusetzen. Bei mir angekommen, stieg sie mit aus und inhalierte tief den Rauch ihres obligatorischen Zigarillos. Ob es nun Einbildung war oder nicht, ich hörte das heisere Gekrächz eines Rabenvogels und sah einen dunklen Schatten in dem Baum sitzen, der bisher den Eulen vorbehalten war.

„Was ist mit dem 'Bienenkorb'?", klopfte ich nach einem Moment des gemeinsamen Schweigens auf den Busch.

„Ein ländlicher Sexschuppen, Dietrich ging da ein und aus. Britta hat dort früher gearbeitet."

„Als Künstlerin?"

„So würde ich es nicht bezeichnen, aber vielleicht hat sie auch ... gemalt." Inge hatte Taktgefühl, alle Achtung.

„Glaubst du, dass sie und dein Mann ...?"

„Ein Verhältnis hatten? Und wenn schon, wie ich sagte, er neigte zum Wildwechsel." Inge wirkte unruhig, schien noch auf etwas zu warten.

„Möchtest du hereinkommen?", schlug ich halbherzig vor. Aber sie hörte mir schon nicht mehr zu, ihr Körper war angespannt wie bei einer Katze kurz vor dem Sprung, und dabei schaute sie auf jemanden, der sich hinter mir befand. Ein weiches Lächeln spielte kurz um ihre Lippen, bevor sie wieder den für sie typischen, verhaltenen Gesichtsausdruck zeigte.

„Guten Abend, die schönen Damen." Harald trug eine Art Robin-Hood-Wams und zog mit Schwung einen imaginären Hut. „Stets zu Ihren Diensten."

Inge sagte kein Wort, schaute ihm nur in die Augen, und man musste keine spezielle Ausbildung haben, um hier die prickelnde Spannung zwischen zwei Menschen wahrzunehmen.

Plötzlich fühlte ich mich wie ein Voyeur. „Ich hol die Gänseeier rein", informierte ich die beiden und ließ mir viel Zeit dabei.

Einige Minuten später standen sie immer noch am selben Fleck und schauten sich selbstvergessen an. Harald redete leise aber drängend auf Inge ein, der die Tränen übers Gesicht liefen. Ich schlug einen Bogen und wollte mich taktvoll in die Küche verdrücken, aber Harald hatte mich bemerkt und trat hastig einen Schritt von Inge zurück. „Wir haben noch etwas wegen der Kostümprobe zu besprechen, ich fahre Inge mit ihrem Wagen nach Hause und schau mal bei Karl vorbei."

„Mach das." Ich bewies Taktgefühl.

31.

Regenwolken waren aufgezogen und verhinderten den Blick auf den zunehmenden Mond. Die ersten Eulen hatten sich bereits in ihrem Baum niedergelassen, und ich begrüßte sie wie vertraute Freunde. „Kommt her, ihr Eulen oder Dachse, Schwarzkittel und ..."

„Darf es auch ein armer Hirte sein?" Karl tauchte aus dem Nichts auf. Oder aus der Scheune.

„Du hast mich belauscht", warf ich ihm vor.

„Es war nicht zu vermeiden", stellte er klar. Als er mich an sich ziehen wollte, wehrte ich ihn instinktiv ab, und er zog sich sofort zurück. Wir schwiegen einen Moment, während ich weiter hartnäckig auf den Baum starrte.

„Was ist los?", fragte er ernst.

Ich weiß nicht, ob du ein Mörder bist, mein Freund. „Nichts, ich bin nur müde."

„Ich kenne dich nicht anders als müde", er lachte leise. „Wenn du Sehnsucht nach mir verspürst, ich bin diese Nacht hier."

Gut, ich werde den Schrank vor die Tür schieben.

„Nimm's nicht persönlich, aber ich habe mich heute ersatzweise mit deinem Auto beschäftigt."

„Was hast du ihm getan?", schrie ich los und war sofort bereit, mich furchtlos auf Karl zu stürzen.

„Sachte, sachte", wehrte er mich ab. „Schau ihn dir erst mal an."

Da ich meine letzten Kontaktlinsen verbraucht hatte und ein wenig nachtblind war, irrte ich im Zickzack über den Hof, lehnte aber Karls stützende Hand ab.„Er sieht aus wie immer", ich ging besorgt gleich zweimal um Smartie herum. „Radzierblenden und Nebelscheinwerfer noch vorhanden. Der integrierte Neigungssensor der Alarmanlage Plus hat die Sirene nicht aktiviert, also kann keiner versucht haben, ihn abzuschleppen."

Das Aquagrün schimmerte selbst in der Dunkelheit. „Er ist so sauber. Du hast die Schmierereien entfernt." Gerührt ging ich auf Karl zu, aber diesmal zog er sich zurück.

„Nicht der Rede wert. Ich hab da so ein Mittel, mit dem man auch Schafe waschen kann, das wollte ich immer schon mal an einem Kleinstwagen testen." Das klang ganz ernst, oder bildete ich mir die tanzenden Pünktchen in den Augen wieder nur ein?

„Nimm dir morgen auch den Gänserich vor", empfahl ich und verabschiedete mich.

Vera hatte auf meinen Anrufbeantworter gesprochen und gebeten, unser Treffen auf den nächsten Tag zu verschieben. „Die Luftveränderung, ich bin noch erschöpft, werde im Haus mit einem netten Herrn aus der Gegend einen kleinen Imbiss nehmen, habe ihn gerade kennen gelernt, erzähle dir morgen mehr. Dann mache ich dir auch die Haare ..."

So war sie, meine lebhafte Mutter, genoss das Leben an allen Ecken und wich Stolpersteinen geschickt aus. *Schneid dir ruhig eine Scheibe davon ab, Bea!*

Nachdem ich meine Notizen erledigt hatte, kämpfte ich kurz mit Dusche und Wasserspülung, um dann endlich ins Bett zu sinken. Durch das Fenster zog frische, kühle Nachtluft, und die Eulen oder Käuzchen machten sich mit heiseren Rufen auf die Jagd. Eine Eule rief ganz besonders hartnäckig, hatte Posten unter meinem Schlafzimmer bezogen und warf sogar Steinchen gegen das Fenster.

„Gitti, was machst du hier?“ Eine durchnässte, kleine Gestalt, die mit den Zähnen klapperte und nun schweigend auf dem Küchenstuhl mit den Beinen baumelte – meine Privateule.

„Bist du wieder ausgebüxt, wissen deine Eltern Bescheid?“ Die Antwort erübrigte sich. Erst als ich telefonieren wollte, brach Gitti ihr Schweigen. „Ich konnte nicht einschlafen, da bin ich noch mal mit dem Rad an den See gefahren und habe mir ein Boot genommen, aber es war leck. Meine Eltern werden schimpfen.“

Was trieb dieses Mädchen bloß aus dem Haus? Ich verschob den Anruf, schälte Gitti aus den nassen Klamotten und gab ihr meinen alten Jogginganzug. Ein heißer Tee würde ihr gut tun. Fencheltee im Beutel, ich wollte mit Ullis Mischungen kein Risiko eingehen. Dann griff ich doch zum Hörer, es war kurz nach Mitternacht. Heinrich meldete sich verschlafen.

Ich erklärte ihm, dass Gitti heil bei mir gelandet sei, was er mit einem „so“ quittierte und dann an seine Frau übergab. Ich erwähnte nichts von dem Seeabenteuer, sprach nur davon, dass Gitti mir einen späten Besuch abstatten wollte. Ob sie bei mir übernachten dürfe, nein, es mache mir wirklich nichts aus, und morgen würde man weitersehen. Gisela gab zögernd ihre Zustimmung. „Ich hatte sie eingeschlossen“, meinte sie ratlos, „und das Fenster war verriegelt.“

„Bist du ein Gespenst, das durchs Schlüsselloch kriechen kann?“, fragte ich Gitti später, als wir gemeinsam den Ofen in Gang gebracht hatten und auf die Bratäpfel warteten.

Sie schüttete sich eine ganze Hand Kandiszucker in den Tee und rührte übermäßig lange um.

„Opa lässt mich raus. Er hat einen Extra-Schlüssel.“

Der alte Hansheinrich als netter Opa, das konnte ich mir gut vorstellen, aber warum diese Heimlichtuerei? Na ja, mit seiner Alten war nicht zu spaßen.

„Möchtest du mit bei mir im Zimmer schlafen?", bot ich gähnend an. „In der Ecke steht eine Matratze."

„Gut, dann weck ich dich, wenn du schlechte Träume hast."

„Danke, Gitti, das finde ich sehr nett. In letzter Zeit träume ich öfter von Raben."

„Ich auch, aber die tun uns nichts."

Es dauerte keine fünf Minuten, da krabbelte Gitti von ihrer Matratze hoch an mein Fußende und robbte langsam unter der Decke bis zum Kopfkissen vor. „Hmm, jetzt sind wir beide lebendige Wärmflaschen", sagte sie schläfrig und beanspruchte den größeren Teil der Bettdecke.

Sie schrie wie auf der Insel, tierähnlich und durchdringend. „Nein, lass mich", verstand ich, dann schlug sie mit ihren kleinen Fäusten heftig auf mich ein.

„Gitti, aufwachen, du träumst nur." Ich nahm sie fest in den Arm, was mir einige schmerzhafte Fußtritte einbrachte, bis sie endgültig wach wurde.

„Ich bin's: Bea. Du schläfst auf Besuch bei mir." Ich drückte auf die Nachttischlampe, aber da kreischte Gitti erneut los.

„Mach es aus, ich will kein Licht, du sollst mich nicht sehen!"

„Es ist gut, ich schau dich nicht an", versprach ich erschüttert und strich ihr sanft immer wieder über die vom Schweiß verklebten Haare. Nur langsam beruhigte sie sich, während ich grübelnd wach lag und an meine eigenen Kindheitsgespenster dachte.

32.

Die Morgensonne weckte mich, gefolgt von einer munteren Gitti, die ächzend ein Tablett auf dem Bett absetzte.

„Früüüühstück", gellte es in mein Ohr, aber ich öffnete die Augen erst, als sich eine heiße Flüssigkeit über mich ergoss, die verdächtig nach Schokolade roch.

„Hoppla", nichts schien Gittis gute Laune am Morgen verderben zu können. „Ich hol den Lappen. Du kannst schon mal dein Ei lesen."

„Lesen? Du meinst essen."

„Nein, du musst besser aufpassen. Schau es dir genau an."

Das Ei von Gitti trug in Krakelschrift die Aufforderung „Pflükk den Tag".

„Ich habe für dich auch noch eine Karte auf ein Gänseei abgemalt", erzählte Gitti stolz. „Von Ulli, der Zettel lag nass im Gras, muss ihr aus der Tasche gefallen sein, oder so."

„Oder so?"

„Komm mit, wir suchen es zusammen."

Auf dem Küchenboden waren alte Zeitungen ausgebreitet und die Eier liebevoll nach Motiven geordnet: Tiere, Pflanzen, glückbringende Symbole und abstrakte Muster, aber keine Karte.

„Oh je, es ist wohl das kaputte." Gitti lief rot an und fischte die mit Teeblättern und Bratapfelresten versetzten Schalen aus dem Mülleimer.

„Das ist nicht schlimm, wir setzen es wieder zusammen", tröstete ich sie.

Tatsächlich ergaben die provisorisch geklebten Schalen ein abstraktes Muster, das sich auf den zweiten Blick als Landkarte entpuppte. Deutlich erkannte ich den eingezeichneten See, ein Waldgebiet links davon und eine mit Pfeilen versehene Straße oder ein Weg, der nach mehreren Abzweigungen am Ende ein Kreuz und ein Fragezeichen aufwies. Ullis kleine Rätselstunde, was ließe sich daraus machen?

„Ich werde mir das mal aus der Nähe anschauen."

„Nimmst du mich mit?“ Flehentlich schaute Gitti mich an und hatte vor Anspannung hektische Flecken auf ihrem Gesicht. „Ich bin ein guter Pfadfinder, du findest keinen besseren.“

Das mochte sein, aber konnte ich diesem Kind weitere Aufregungen zumuten? „Wir fragen deine Eltern“, wählte ich einen Kompromiss. Doch da klingelte schon das Telefon.

„Hier Inge, guten Morgen.“ Sie hörte sich atemlos an und sprach im Tonfall einer gestressten Geschäftsfrau, die keine Zeit zu verlieren hatte.

„Ich ziehe den Auftrag zurück. Bitte keine privaten Ermittlungen mehr. Den Vorschuss kannst du natürlich behalten.“

„Aber ich verfolge aktuell mehrere Spuren“, sagte ich verblüfft.

„Nicht nötig. Ich habe nachgedacht, nichts kann Dietrich zurückholen. Ob die Polizei auf den Täter stößt oder du, für mich ändert sich nichts. Also, es bleibt dabei. Keine weiteren Nachforschungen.“

„Hat man dir ... die Raben ... ist es deine eigene Entscheidung?“ Sie schwieg für einen Moment, nahm vermutlich einen tiefen Zug aus ihrem Zigarillo.

„Wofür hältst du mich? Die alten Hexen haben nichts damit zu tun! Das ist meine persönliche Entscheidung, die ich auch nicht diskutieren möchte.“ Ungeduld und Frust klangen in ihrer Stimme, sogar eine leichte Aggression.

„Also dann.“ Wir schwiegen beide, und ich wartete, bis sie als Erste auflegte.

„Alle Erwachsenen streiten sich heute“, meinte Gitti altklug. „Erst Harald und Karl, und jetzt du. Wer war denn dran?“ Noch ehe ich mir eine Antwort zurechtlegen konnte, klingelte das Telefon erneut.

„Mit Gitti alles in Ordnung, ist sie auch brav?“, wollte Gisela wissen, um gleich ohne Antwort fortzufahren. „Mein Schwiegervater ist verschwunden, Heinrich kümmert sich drum, ich muss in den Laden. Kann Gitti noch ein bisschen bei dir bleiben?“

„Natürlich, gerne. Was heißt das, er ist verschwunden?“

„Er ist weg.“

Bea, bedenke, man ist hier nicht so redselig wie in der Stadt.

„Seit wann denn?“, hakte ich nach, während Gitti fast in mich hineinkroch, um besser mithören zu können.

„Über Nacht. Vorher hat er über Bauchschmerzen geklagt. Ich muss jetzt Schluss machen, Heinrich kommt. Danke für deine Hilfe.“

„Wer ist verschwunden?“, wollte Gitti begierig wissen.

„Dein Opa hat einen weiten Spaziergang gemacht. Vielleicht hat er dabei nicht auf die Uhr geschaut“, versuchte ich mich in einer entschärften, kindgerechten Variante.

„Verarschen kann ich mich selbst. Opa ist also abgehauen. Na und? Vielleicht liegt er schon tot auf der Rabeninsel.“ Herzlos und gleichgültig klang Gitti, ich verstand nicht genau, was in ihr vorging, aber in einem hatte sie Recht: Kindern etwas vorzumachen, führte meistens zu nichts.

„Komm, wir sagen Smartie guten Morgen“, lenkte ich ab.

„Er ist über Nacht gewachsen, das hab ich dir schon erzählt, aber da hast du ja noch geschlafen.“

Alarmiert eilte ich zu meinem Lebens- und Geschäftspartner, der hilflos aufgebockt auf vier Kisten stand.

33.

„Diese Vandalen, der Teufel soll sie holen“, sagte Harald in gespielter Empörung und konnte ein Grinsen nicht ganz unterdrücken.

„Wieso, er macht sich doch ganz gut auf dem Sockel“, gab Karl seinen Senf dazu.

„Er ist noch zu jung, um unter Denkmalschutz zu stehen“, konterte ich wütend und gab genaue Anweisungen, wie man mein Schmuckstück auf die Erde gleiten lassen sollte.

„Vorsicht beim Absenken, er ächzt schon.“

„Das sind die Bandscheiben von zwei müden, alten Männern“, behauptete Harald stöhnend. „Als kleinen Ausgleich erwarte ich, dass du ihn bei der Aufführung als Kutsche zur Verfügung stellst. Oder als zünftige Grille verkleidest.

Der Grill schrill durch die Stille zirpt,
wenn liebend er um Weibchen wirbt.

Wieder einmal Eugen Roth.“

„Mein Smart geht nicht auf die Balz und damit basta!“

„Temperament steht dir gut, Bea, du bekommst davon rote Bäckchen“, lachte Karl, und nichts erinnerte mehr an die Spannungen vom vergangenen Abend.

Was hatte er mit der blutverschmierten Flöte gemacht? Steckten die zwei unter einer Decke?

„Habt ihr euch wieder vertragen?“, schaltete Gitti sich in das Gespräch ein und blickte abwechselnd auf die beiden Männer.

„Der Lauscher an der Wand ... und kleine Mädchen, die morgens krähen, frisst am Abend die Katze“, drohte ihr Harald.

„Das glaube ich nicht.“

Harald ging ganz dicht an Gitti heran und beugte sich zu ihrem Ohr. „Denk an das Fernglas“, sagte er leise, nur für sie bestimmt, aber Detektive haben ein geschultes Gehör.

Auch mir war aufgefallen, dass die Männer trotz ihrer Scherze kaum miteinander sprachen, aber das konnte viele Gründe haben.
„So, jetzt ist der Kleine wieder frei. Das kostet dich was, wie wäre es mit einem ordentlichen Menü?“

„Einverstanden“, sagte ich schnell. „Ihr kommt heute Abend zum Essen.“

Karl nickte, während Harald zögerte.

„Die letzten Vorbereitungen, du weißt schon, Kostümprobe, Chor und so.“

„Mach keinen Scheiß, Harald“, sagte Karl warnend, und ich spürte die Spannung wieder ansteigen. Aber Harald ging schweigend ins Haus.

„Also dann bis heute Abend“, ich ließ Gitti in den Wagen einsteigen, als Karl plötzlich meinen Arm ergriff.

„Warum stellst du mir keine Fragen?“

„Vielleicht habe ich Angst vor den Antworten“, ich blieb stocksteif stehen und wagte es endlich, ihm voll in die Augen zu schauen.

„Es ist nicht so, wie du denkst“, er schüttelte mich leicht, und ich spürte dahinter den Wunsch, mit mir auf andere Art in Kontakt zu treten.

„Ich möchte jetzt nicht darüber sprechen, bitte“, ich strich mit den Fingerspitzen über seinen Arm. „Hansheinrich Breezel ist verschwunden“, sagte ich leise, um nicht Gittis Aufmerksamkeit zu wecken, aber sie untersuchte gerade die Gepäckablage.

„Das passiert schon mal. Er geht ganz gerne einen trinken, der Alte. Hat zu Hause nicht viel zu melden, vielleicht brauchte er ein bisschen Abwechslung.“

„Hat er Feinde?“

„Hansheinrich doch nicht, der ist eine Seele von Mensch! Nur mit dem Sohn gibt es Zoff um den Betrieb, aber das ist hier normal. Und seine Frau hält den Daumen auf das Geld.“

„Meine Mutter ist gestern angekommen“, wechselte ich unmotiviert das Thema.

„Fein, willst du mich ihr vorstellen?“ Wir hatten zu unserem harmlosen Plauderton zurückgefunden, und irgendwie fühlte ich mich auf einmal viel besser.

Gitti hielt das geflickte Gänseei auf dem Schoß. „Jetzt links, dann kommt ein Wald. Wenn der zu Ende ist, kommen – Pünktchen.“

„Das könnten die Felder sein.“

„Wollt ich gerade sagen. Beim Fünften ist eine gestrichelte Linie.“

Es half nichts, wir mussten uns zu Fuß einen Weg durch die Felder bahnen. Den Kürbissen folgten Rüben, oder was ich dafür hielt.

„Noch acht Pünktchen“, forderte Gitti, und ich geriet allmählich ins Schwitzen. „Warum bauen die keine ordentlichen Wege in der Flur?“

„Weil sonst noch mehr kommen und alles kaputt trampeln. Die Natur ernährt uns, man muss sie manchmal in Ruhe lassen“, klärte sie mich mit ihrem einfachen Schulwissen auf, und ich schämte mich.

Den Feldern folgte ein weiteres Waldgebiet und schließlich ein Stück Heide. Wir gingen querfeldein, und ich war mir sicher, die Orientierung verloren zu haben, aber endlich zeigte Gitti vor uns auf ein grünes Meer mit wogenden, hohen Stängeln.

„Das ist Mais, auf der Karte gibt es eine gestrichelte Linie, am Ende ist das Kreuz."

Die Maisstauden waren höher als ich und standen dicht in stummer Abwehr. Nirgendwo ein Pfad zu erkennen, keine Lücke öffnete sich wie durch Zauberhand.

„Probier doch mal." Gitti pflückte uns zwei Maiskolben und knabberte mir vergnügt etwas vor. „Erst die Blätter abschälen, wie bei einer Banane. Und jetzt suchen wir den Schatz und spielen dabei Verstecken." Sie verschwand im Mais, der sich hinter ihr wie von Geisterhand wieder schloss und mich aussperrte.

„Warte", rief ich beunruhigt und zwängte mich zwischen die Stauden, die sich wehrten und warnend raschelten. *Bea, Mais kann dich nicht beißen!*

„Hier bin ich", tönte es vor mir, und ich tappte in die Richtung, aus der die Stimme kam. Vor langer Zeit hatte Vera mich einmal auf dem Jahrmarkt in einen gläsernen Irrgarten geschickt, während sie mit ihrem aktuellen Freund draußen herumschäkerte und mir den Rücken zuwandte. Ich hatte mich prompt verlaufen und klopfte ewig lange an die Scheibe, bis man mich erlöste.

Ja, Panikattacken haben meistens ihre Wurzeln in der Kindheit, und sie erwischen einen immer kalt. Ich ruderte hektisch mit den Armen durch die Luft, brach mir blindlings Bahn zwischen den Maispflanzen und kam irgendwann an meinen Ausgangspunkt zurück. Dann plötzlich stand Gitti vor mir.

„Warum kommst du nicht?"

„Weil ich mich verlaufen habe."

„Aber du bist doch schon groß", sagte sie missbilligend.

„Das ist es ja gerade, ich hab trotzdem nicht immer den Durchblick."

Gitti schaute mich grübelnd an. „Du brauchst eine Brille."

Am Ende des Feldes gab es eine doppelte Buschreihe und – ein neues Maisfeld. „Gleich kommt das Puppenhaus."

In der Tat, mitten in diesem letzten Feld war eine ovale, nicht bepflanzte Stelle, auf der eine Art Schuppen mit Gewächshaus stand. Eigenartig, man musste den Mais rund um die Hütte gesät haben.

„Hexe und Zauberer sind nicht zu Hause, du kannst näher kommen."

Vor der Hütte standen roh gezimmert Tisch und Bank, auf denen zerbrochene Gänseeier lagen.

„Lässt man denn die Gänse im Feld frei herumlaufen?" *Bea, dümmer als ein Landei.*

„Hier doch nicht, die Eier hat jemand mitgebracht. Vielleicht zum Basteln." Gitti hielt einen einfachen Schlüssel hoch. „Der hing am Haken neben der Tür, kannst reinkommen, aber es riecht komisch."

Süßlich und herb zugleich, ein unverkennbarer Geruch, harzähnliche Substanzen lagerten auf einem hohen Tisch zwischen getrockneten Pflanzen, und man musste kein Drogenexperte sein, um den Stoff als Marihuana zu identifizieren. Irgendwo gab es in dem Mais-Irrgarten eine lukrative, vom Gesetz verbotene Hanfanpflanzung. Sollte das Ullis *Schatz* sein? Sorgfältig untersuchte ich den Raum. Regale aus Sperrholz, in denen Schuhkartons standen, die mit weichem Füllmaterial ausgepolstert waren. Maiskörner auf Blechen, wie man sie zum Dörren von Obst verwandte, ein Paar alte Gummistiefel, nichts Auffälliges. Ich ging wieder nach draußen zum Gewächshaus und wunderte mich über dessen Inhalt: Harmloser Mais statt des erwarteten Hanfs. „Guck mal, sie passen mir fast." Gitti war in die gammeligen Gummistiefel geschlüpft und schlurfte mit den Händen hinter den Rücken zu mir hin.

„Wollen wir ein neues Spiel machen?"

„Jetzt nicht", antwortete ich zerstreut und wollte lieber noch einmal gründlich suchen.

„Wetten, dass dir mein Spiel gefällt? Es heißt Trari Trara, die Post ist da. Bitte sehr, der Brief ist für dich, er lag heute morgen unter der Tür, macht 50 Cent Finderlohn. Dein Name steht drauf."

Endlich!! Der Brief in Ullis kühn geschwungener Handschrift teilte mir mit:

Bea, beste und verständnisvollste aller Freundinnen,
inzwischen wirst du ahnen, dass ich dir einiges verschwiegen habe, aber ich will dich nicht mit reinreißen. Bin zur Zeit inkognito unterwegs, denn der Boden im Wendland wurde mir zu heiß, die „Raben", du weißt schon! Vera und ich sind Elli auf der Spur, für ihre Informationen musste ich aber deiner Mutter schwören, dich da rauszuhalten. Gut, ist nicht meine Vergangenheit. Bin inzwischen jedenfalls ein wenig klüger, muss aber auch noch eine wichtige geschäftliche Transaktion abwickeln. Also dann, diesmal sage ich auf Wiedersehen und hinterlasse eine Telefonnummer,

deine Ulli

Immer wieder die Raben, aber nach der Frauensitzung verstand ich Ulli inzwischen besser. Vielleicht hatte sie versucht, gegen den Strom zu schwimmen. Offensichtlich liefen auch einige der Fäden bei Vera zusammen, und die würde ich mir als Nächstes vorknöpfen, bevor ich mit Ulli telefonisch in Kontakt trat.

„Was ist mit dem Schatz?" Gitti wurde ungeduldig.

„Es gibt keinen, wir müssen zurück. Ohne dich hätte ich den Weg bestimmt nicht geschafft."

„Amanda ist gar nicht in Amerika. Ich habe sie neulich mit Karl am See gesehen."

„Wann war das?", fragte ich verblüfft.

„Weiß ich nicht mehr. Vielleicht fällt es mir wieder ein, wenn ich nicht mehr so durstig bin", fügte sie diplomatisch hinzu.

Bevor wir uns auf den Rückweg machten, steckte ich einige der Harzklumpen ein und stellte die Gummistiefel wieder an ihren alten Platz. Diesmal versuchte ich, mir die Strecke durch den Mais genau einzuprägen, aber ohne Wegweiser oder Kompass war es ein hoffnungsloser Fall.

Quatsch, Bea, du bist der hoffnungslose Fall.

Gitti stürzte sich gierig auf eine Flasche Sprudel, die im Smart lagerte, aber zu Ulli fiel ihr trotzdem nichts mehr ein. Nun gut, bekanntlich machten Kinder in ihrer Altersgruppe sich gerne mal wichtig. Aber doch kein Kind wie Gitti.

Als ich in meiner Handtasche nach ein paar Bonbons kramte, um Gittis „schlimmen" Hunger zu stillen, zog ich in einer spontanen Eingebung das Rabenbuch heraus und zeigte es ihr. „Hast du das schon mal gesehen?"

„Klar doch", sie zog mit dem Finger die Kontur des Vogels nach. „Erst bei meiner Mutter, und dann hat Oma es sich ausgeliehen."

34.

Ich setzte Gitti bei Breezels ab und erfuhr, dass der alte Breezel wieder aufgetaucht war. „Er war auf dem Jagdstand", erklärte mir seine Frau unwirsch, und auch Gisela hatte es eilig, mich zu verabschieden.

Die Sterne standen günstig, hätte meine Mutter gesagt, jedenfalls konnte ich ohne großen Aufwand oder überflüssige Zeugen die Unterlagen von Clemens Busch wieder an ihren alten Platz zurückschaffen. Der Mann lernte einfach nicht dazu, wenn es um die Sicherung von Staatseigentum ging.

Im „Seehof" entdeckte ich in der hintersten Ecke des Clubraums meine Mutter in illustrer Gesellschaft: Eingerahmt am Tisch von Dorfsheriff Busch und dem stets schießbereiten Oskar Fuchs. Eine Lampe mit einem Hirschgeweih als Ständer verbreitete schmeichelndes Schummerlicht trotz der späten Mittagsstunde, und die Herren überboten sich in charmantem Kavaliersgeplauder. Vera nippte an einem Piccolo, während sie sich an kühlem Blonden labten. Die wenigen Mittagsgäste hatten längst das Lokal verlassen, aber das tat dem Vergnügen des Trios keinen Abbruch.

„Bea-Mäusel, du kannst dir nicht vorstellen, wie wir gelacht haben."

Und ob ich mir das vorstellen konnte!

„Diese Jagdgeschichten, köstlich. Und ich wusste ja gar nicht, was man als Hüter des Gesetzes auf dem Land für eine große Verantwortung hat. Immer einsatzbereit, ob beschmierte Wagen oder Mord. Von Herrn Busch kannst du bestimmt noch etwas lernen."

Vera sprach nicht, sie gurrte. Der Dorfsheriff schaute sie nicht an, er glotzte. „Bitte nicht die förmliche Anrede, wir hatten uns doch auf Clemens geeinigt." Mich bedachte er mit einem schiefen Lächeln, das ich mir eindeutig nur durch meine verwandtschaftlichen Beziehungen verdient hatte. Ich deutete das als Waffenstillstand und nutzte die Gunst der Stunde.

„Sagen Sie mal, Herr Busch, hat man Sie schon über das Ergebnis der Obduktion informiert?" *Gut formuliert, Bea, nun muss er antworten oder zugeben, dass man ihn nicht benachrichtigt hat!*

„Das ist alles streng geheim, die Presse darf es noch nicht erfahren." Er warf einen verschwörerischen Blick in die Runde. „Nur unter Freunden", dabei schaute er ausschließlich Vera an, „auf natürliche Art ist er nicht gestorben."

„Wie entsetzlich." Meine Mutter schüttelte sich mit gespieltem Grauen und glitzernden Augen, dabei rückte sie zur Abwechslung dichter an Oskar Fuchs, der beruhigend ihren Arm drückte.

„Ich habe seinen eingeschlagenen Schädel gesehen, und Mord ist nie natürlich", erlaubte ich mir, ins Gespräch einzubringen, was sofort als vorlaut interpretiert wurde.

„Wie kann eine so reizende Dame wie du eine solche Tochter haben."

„Bea ist noch jung", entschuldigte mich meine Mutter. „Außerdem ledig."

„Kein Wunder", knurrte Clemens leise in meine Richtung.

„Vom Aussehen her könntet ihr Schwestern sein", jetzt lief er zur Hochform auf.

„Das sagt man mir ständig, danke für das Kompliment", ich konnte es nicht lassen, wandte mich aber dann lieber an den Jäger. „Ich habe Ihren Sohn kennen gelernt."

„Was hat er wieder ausgefressen?" Oskar war sofort in Alarmbereitschaft. „Der Bengel ist völlig verwildert, seit seine Mutter auf dem Egotrip ist. Erst hat sie den Führerschein gemacht, dann jobbte sie in einem Bioladen, und jetzt ist sie ganz weg."

„Tüchtig, tüchtig."

„Ja, ich versuche mein Bestes." Es war zwecklos, das Missverständnis aufzuklären, hier herrschten andere Vorstellungen von einer geordneten Welt.

„Er hat meinen Wagen und eine Gans beschmiert, dafür gibt es Zeugen. Wahrscheinlich hat er ihn letzte Nacht auch aufgebockt."

Oskar mahlte mit den Zähnen. Einen Moment sah es so aus, als ob er sich zu dem unangenehmen Thema äußern wollte, aber dann winkte er dem Kellner zu und bestellte durch Handzeichen eine neue Runde. „Mögen Sie Sekt, Kaffee, oder kann ich Ihnen sonst etwas Gutes tun?"

„Ich nehme einen King-Size-Eisbecher mit doppelter Sahne." Das war mein Friedensangebot, denn der Mann war gradlinig und konnte mir noch nützlich sein. Für missratene Kinder zeichneten nicht immer die Eltern verantwortlich, auch Langeweile oder schlechte Gesellschaft spielten eine Rolle. Eben der Zeitgeist.

„Reden Sie mit ihm. Er quält mit seinen Kumpeln das Mädchen von den Breezels, das ist wesentlich schlimmer, als einen Smart zu quälen."

Oskar rang sich zu einer Entscheidung durch. „Und ob ich mit ihm reden werde, der bekommt was zu hören! Ihren finanziellen Schaden übernehme natürlich ich, aber mein Sohn wird sich bei Ihnen noch ganz persönlich entschuldigen."

Vera schätzte keine Seitengespräche. „Lieber Oskar, erzähl uns doch noch mehr von diesen köstlichen Jagdgeschichten. Kommt es auch schon mal vor, dass ihr über das Ziel hinausschießt?" Sie strahlte ihre Begleiter abwechselnd an. „Einen Bock schießt, nennt man das wohl?"

„Nicht alles, was sich bewegt, muss ein Bock sein." Oskar zupfte an seinem Schnäuzer und schaute tiefsinnig ins Bierglas. „Wenn die Treiber durchs Dickicht gehen, sieht der Jäger zuerst nur eine Bewegung. Wer dann sofort schießt, liegt falsch."

„Pech für den Treiber", ergänzte Clemens. „Wenn er Glück hat, bekommt er nur eine Ladung Schrot ab. Aber bei Hochwild wird mit anderem Kaliber geschossen." Er zeigte mit dem Daumen nach unten. „Kann üble Folgen haben. Für den Treiber. Einen haben sie nicht wiedergefunden, das war bei der Jagd auf den 14-Ender. Oskar war auch dabei."

„Was willst du damit sagen?", brauste der Jäger auf. „Wir wissen bis heute nicht, ob es einen Unfall gab oder nicht. Der Treiber wurde als vermisst gemeldet und tauchte nie wieder auf."

„Wann war das?" *Bea, du hast Jagdinstinkt.*

„Am Hubertustag vor drei Jahren. Aber es war kein Treiber von hier."

„Eben", meinte Clemens, „hätte schlimmer kommen können. Der Wald ist kein Freizeitpark für schießwütige Städter. Das muss den Leuten gesagt werden. Waidmannsheil!" Er prostete uns zu.

„Und du? Was tönst du hier rum? Erzähl lieber, was aus deiner Dienstpistole geworden ist."

Oha, Oskar blies zum verbalen Halali. Die beiden hatten wohl noch eine kleine Rechnung offen.

„Die Waffe wurde mir von unbekannt entwendet." Clemens pumpte Luft in seinen Oberkörper und hob die Stimme. „Ist damals alles ordnungsgemäß gemeldet worden. Ich habe mir nichts vorzuwerfen."

„Soll im Bienenkorb passiert sein", sagte Oskar lauernd.

„Hast du nicht selbst Dreck am Stecken? Schon mal was von Schonzeiten gehört, oder warum ist die Truhe bei dir immer voll?"

„Bist immer ein guter Kunde gewesen, Clemens. Es reicht jetzt. Von einem wie dir lass ich mir nichts sagen."

„Aber meine Herren", Vera schaltete sich als Vermittlerin ein. „Warum nicht einfach leben und leben lassen?"

An einem Tag, so wunderschön wie heute, gleich, gleich würde sie diese Plattitüde bringen!

„An solch einem ..."

„Vera, wir müssen los." Ich sprang auf und bot ihr töchterlich den Arm. Na ja, ich zerrte sie mit.

„Vertragen geht immer vor Schlagen", scherzte Vera und warf den Herren eine neckische Kusshand zu.

„Warum wollten Sie mich eigentlich sprechen?", fragte ich den Hüter des Gesetzes von der sicheren Tür aus.

„Man hat mir wichtige Unterlagen gestohlen. Ich dachte, Sie wüßten was darüber, wo Sie doch überall in der Gegend rumstreichen. Sie wollten mir doch zuarbeiten, und das wäre mal was!"

„Sie sind der Erste, dem ich es erzählen werde", auch ich konnte charmant sein, „aber suchen Sie noch mal gründlich nach, zur Not auch im Bienenkorb."

„Männer mögen keine spitzen Bemerkungen, Bea." Vera nutzte unsere kurze Fahrt für verspätete, mütterliche Ratschläge. „Man muss ihnen Honig um den Bart streichen, dann fressen sie dir aus der Hand."

„Aber doch nicht jedem, der Hosen trägt."

„Es kostet nichts, ein wenig nett zu sein. Das und eine gut sitzende Frisur ..."

„... bringt im Leben weiter, ich weiß. Warte bitte einen Moment, ich muss noch zum Schlachter rein."

„Heute Abend koch ich richtig, was empfehlen Sie mir?" Heinrich Breezel konnte oder wollte mir nicht in die Augen schauen. „Rouladen sind im Angebot."

„Wie gut, dass Ihr Vater wieder aufgetaucht ist."

Keine Reaktion. Start einer neuen Variante.

„Ich glaube, ich habe das Rezept für Ihren Schlaftee gefunden. Brauchen Sie den noch?"

„Der ist für den Vadder." Eine schlaflose Familie, selbst das jüngste Mitglied strolchte ja nachts über Land. Ich musterte die Auslagen und verweilte beim gespickten Rehrücken.

„Schießen Sie auch schon mal selbst Ihr Wild?"

„Nein! Nicht mehr." Heinrich schmiss sein großes Fleischermesser knallend auf die Unterlage und flüchtete in Richtung Kühlraum.

„Mudder, Kundschaft!"

35.

Vera begutachtete meine neue Umgebung gründlich. „Hübsch ländlich, wenn man so was mag. Diese vielen Teesorten, wie bei mir früher, als ich ein kleines Mädchen war, aber das ist lange her." Sie zog den unvermeidlichen Taschenspiegel hervor. „Wenn ich's recht bedenke, so lange auch wieder nicht. Gerade noch hat man uns für Schwestern gehalten", sie schenkte ihrem Spiegelbild ein selbstverliebtes Lächeln. „Schieß los, Bea, ich weiß, dass du was auf dem Herzen hast. Du kannst deine Mutter alles fragen."

„Wer ist Elli Behncke?"

„Eine nette, alte Dame, nicht? Ich freue mich, dass sie noch so rüstig ist, aber kein Wunder, ihr Sternzeichen ist der Löwe. Sprechen wir lieber über dich, Bea-Mäusel. Zufrieden als Landei?"

Ich kannte meine Mutter, so würde sie über Stunden weiter plappern, ohne mir eine einzige wichtige Information zu liefern. Doch dagegen war ein Kraut gewachsen. Die Absinthflasche schillerte grün auf dem Schrank. *Bea, man setzt die eigene Mutter nicht unter Drogen. Doch, es handelt sich hier um eine Sonderform der verdeckten Ermittlung ohne Beschneidung des Persönlichkeitsrechts.*

„Führst du immer noch deine Selbstgespräche?"

„Ab und zu mit meinem Über-Ich, hör einfach nicht hin." Ich schenkte ihr einen ordentlichen Absinth ein. „Von Ulli gebraut, ist gut für die Gesundheit und soll Falten glätten, Prösterchen."

„Aber nur einen." Sie kostete mit sichtbarem Vergnügen und entspannte sich. „Ich wünschte, du hättest damals den Salon übernommen."

„Vera, wir wissen beide, dass ich dafür nicht geeignet bin." Ich schenkte beiläufig nach.

„Stimmt, aber vielleicht hättest du dann einen Mann gefunden, der in den Salon einheiraten möchte."

„Warum suchst du dir nicht selbst einen Mann fürs Geschäft – und alles sonst?"

„Deine Mutter ist für die Ehe nicht geschaffen, und vergiss nicht, ich hatte ein Kind großzuziehen."

Starker Tobak, aber ich stimmte ihr friedlich zu und zog die Daumenschrauben ein wenig fester an. Nach einem weiteren Gläschen, ich selbst nippte nur.

„Musstest du lange nach Elli suchen?“ Treffer, sie wurde unruhig.

„Ich hatte nie vor, nach ihr zu suchen, wollte lieber in der Gegenwart leben, wie es meine Art ist. Erst durch Ullis Anruf habe ich von ihr erfahren. Elli hatte ihr aus der Vergangenheit erzählt, und von da ab machte sich Ulli eben wegen dieser ganzen Rabengeschichte Sorgen. Aber da habe ich sie beruhigt, Elli hat alles von der Pike auf gelernt, sie saß ja direkt an der Quelle und konnte die Substanzen in der Apotheke viel besser auseinanderhalten als ich.“

„Also mein Großvater und Elli.“ Das war keine Frage mehr. Elli, die in der Stadt einen mutterlosen Haushalt führte und sich brennend für die Arbeit des Dienstherrn interessierte. Elli, die heute über eine eigene Fachbibliothek verfügte und mystische Gemälde besaß. Eine Koryphäe auf dem Gebiet der Gift- und Heilpflanzen.

Veras Maske wurde brüchig. „Bea-Mäusel, du musst das verstehen. Ich wollte dich da raushalten, diese alten Familiengeschichten sind nur Ballast.“

„Wirf ihn endlich ab“, bat ich leise.

Diesmal schenkte sich Vera selbst nach, trank aber nicht. „Elli kam gleich nach dem Tod meiner Mutter zu uns ins Haus, ich war erst acht Jahre alt. Mein Vater interessierte sich schon immer für Volksmedizin aus exotischen Ländern, er war ein fanatischer Sammler, also gab es in der Apotheke ständig wechselnde Vertretungen, während er ausgedehnte Reisen unternahm. Von diesen Reisen brachte er auch Kräuter, Gifte und scheußliche Bilder von magischen Ritualen mit.“

„Ich kenne die Bilder“, gab ich zu, was Vera nicht überraschte.

„Elli tat ihr Bestes, aber in Wirklichkeit interessierte sie sich mehr für die Apotheke als für mich. Erst später, als mein Vater wieder ständig mit uns lebte, wurde alles anders.“

„Was hatte sich geändert?“

„Er war da und vermisste meine Mutter immer noch."

„Dann haben er und Elli ein Verhältnis gehabt?"

Vera schüttelte den Kopf und griff zum Glas. „Ganz sicher nicht, sie war ihm auf andere Art nützlich, aber nicht auf diese. Ich habe ihn gehasst", setzte sie beiläufig hinzu, als wäre das die normalste Sache der Welt.

„Erst hast du deine Mutter verloren, und dann hat er dich durch seine Reisen im Stich gelassen", fasste ich es erklärend in Worte. *Bea, hier kommst du nur mit deiner Psychologie weiter.* „Nach seinem Tod hinterließ mein Großvater Elli für ihre treuen Dienste seine Kuriositäten-Sammlung. War es so?"

Aber Vera sagte nichts mehr zu dem Thema, sondern bat um einen Kaffee.

„Schluss mit den trüben Gesprächen. Ich habe allen versprochen, noch bis zu eurer Aufführung zu bleiben."

„Noch eine letzte Frage. Wie kam es, dass du Elli, deine Ersatzmutter, später ganz aus den Augen verloren hast?"

„Wie das eben so läuft, ich musste mich um mein Kind und den Salon kümmern, und Elli führte ihr eigenes Leben."

Das Bündnis zwischen Ulli und Vera war bisher mit keinem Wort erwähnt worden, und ich war mir sicher, dass meine Mutter noch einen anderen Grund für ihren Besuch im Wendland haben musste, der im Zusammenhang mit den Raben stand. Wir plauderten noch eine Weile über alte Zeiten, und kurz bevor uns der Gesprächsstoff ausging, gab sie sich noch einmal einen Ruck.

„Habe ich viel verkehrt gemacht? Denkst du schlecht über mich?"

Absinthkatzenjammer, mehr war es nicht, redete ich mir ein.

„Du wirst es nicht glauben, aber wenn dir jemand zu nahe getreten wäre, hätte er es tief bereut."

„Weiß ich doch, Vera, willst du mit uns essen?"

„Uns?" Richtig, ich hatte Karl noch nicht erwähnt, nur Harald war ihr bereits über den Weg gelaufen.

„Er ist ein Schäfer", fing ich an, und da stand er auch schon leibhaftig in der Tür.

„Sie müssen Karl May sein.“ Vera taxierte ihn vom Scheitel bis zur Sohle, und was sie sah, ließ sie zu meinem Erstaunen lächeln. „Genauso sind Sie mir beschrieben worden.“

„Kein Wort hab ich über ihn gesagt“, protestierte ich.

„Es war dieser Harald, er hat Sie als seinen besten Freund bezeichnet. Auch Ulli hat mir von Ihren gemeinsamen, geschäftlichen Erfolgen berichtet.“

„Sie handeln mit Rauschgift“, ließ ich mich spontan hinreißen und verletzte damit eine der Grundregeln des Detektivgewerbes, mit neugewonnenen Informationen nicht hausieren zu gehen.

„Ich habe mit Rauschgift nichts zu tun“, erklärte Karl bestimmt, und ich wollte nicht glauben, dass er log.

„Was soll ich alte Frau mit euch Jungen den Abend verbringen“, Vera betrieb fishing for compliments, nahm aber mein Angebot, sie zu Elli Behncke zu fahren, gerne an.

„Ich mach das schon“, entschied Karl. „Dann hast du Zeit zum Garnieren.“

Tja, vorm Garnieren kam leider noch das Kochen, das hatte ich verdrängt.

36.

„Harald hat noch zu tun, er lässt grüßen. Hmm, das riecht aber gut!“ *Verlogener Heuchler!*

„Das sind hart gekochte Eier und Gurkenbrote mit Senf, Dosenkekse aus unbekannter Quelle und ausgetriebene Karotten, die wie Alraunen aussehen.“

„Kreative Küche, die liebe ich besonders.“ Karl blieb todernst. „Darf ich die Getränke beisteuern und dich zu einer romantischen Spazierfahrt bei Mondlicht einladen?“

„Wenn mein Smartie nicht wieder über Stock und Stein muss.“

„Gönnen wir ihm seinen Feierabend und nehmen meinen Pick-up. Ich habe ihn frisch gewaschen und mit Fellen ausgelegt."

„Nimmst du dein Didgeridoo mit?" *Bea, plumper geht's nicht, soll er noch vor dem Essen ein Geständnis ablegen?*

„Frag mich direkt, dann erreichst du mehr bei mir."

Wortlos packten wir unser Picknick in den Wagen, und Karl brach das Schweigen erst kurz vor Woltersdorf, um mir von einem im Moor versunkenen Hochzeitszug zu erzählen.

„Siehst du dort drüben den Stein? Hunderte von Jahren ist es her. – Wenn ein Wende damals aus der Stadt heimkehrte und noch auf eigenen Füßen laufen konnte, musste das Bier schlecht gewesen sein. – Genau an dieser Stelle trotzte ein Brautzug in feuchtfröhlicher Stimmung den Sturmrössern und zuckenden Blitzen, ohne ein Gebet zu verrichten, wie es Anstand und Respekt vor den Naturgewalten erfordert hätten. Da tat sich der Boden auf und riss die Hochzeitsgesellschaft mit Mann und Maus und Wagen in die Tiefe. Keiner kehrte je zurück."

Ich rutschte ein bisschen dichter, denn auch die folgenden Geschichten über „Unnererdsche" und „Duwwelsüger", bei denen noch auf dem Totenbett die Lippen blutig frisch blieben, erhöhten mein Anlehnungsbedürfnis.

„Horch, das ist er, der Heljäger. Mach schnell das Fenster hoch.Er reitet bei Sturm durch die Luft und wird von sieben wilden Hunden mit glühenden Augen begleitet. Hörst du sie bellen und winseln? Wer jetzt nicht die Tür verriegelt ... Willst du noch die Geschichte von der Frau hören, die in Köhlen umgeht, weil sie einst ihr uneheliches Enkelkind den Schweinen zum Fraß vorgeworfen hat?"

„Bitte nicht", ich überprüfte noch einmal heimlich die Türverriegelung.

„Du als Detektivin musst dich doch brennend für solche Fälle interessieren. Ich schlage vor, wir machen einen Halt im Jammerholz.

Im Wendenland bei Grabow,
da ruft es hohl und dumpf.
Im alten Eichenwalde und ächzt im nahen Sumpf.

Es geht um eine ungewöhnliche Schandtat, Interesse?"

Ich spürte ein Prickeln auf der Haut, als Karl den Wagen auf einem schmalen Wirtschaftsweg in den Wald lenkte. Es würde lange dauern, bis man mich hier fand, falls ich erst erschlagen und dann verscharrt werden sollte.

„Es ist eine besonders schaurige Legende. Stell dir vor, du begegnest im Wald einem weißhaarigen Greis, der auf dem Boden kniet. Über ihm ein junger Mann, sein Sohn, der mit einer rostigen Streitaxt zum tödlichen Schlag ausholt. Was würdest du denken?"

„Eine Beziehungstat. Vatermord." *Und nichts wie weg.*

„Du fragst den Sohn, warum er seinen Vater meucheln möchte, und er gibt dir folgende Erklärung: ‚Mein alter Vater siecht dahin, und da will ich ihm die ewige Jugend im Reich der Götter verschaffen.' Was tust du?"

„Ich versuche, ihn von seinem Vorhaben abzubringen."

„Also gut, du verstrickst ihn in eine Diskussion über ethische Werte, aber hör hier seine Argumente: ‚Der Rost an dieser Axt stammt vom Blut meines Großvaters, dessen Sohn, mein Vater, ihn einst ebenfalls an dieser Stelle erschlug, wie es Brauch und Sitte ist.' Was denkst du?"

„Dass es sich dabei um einen barbarischen Brauch handelt."

„Aus heutiger Sicht, ja. Aber die Tat entbehrt nicht einer gewissen Logik, das muss man zugeben. So ist es auch heute noch im Wendland."

„Elternmord im Jammerholz?" Ich hatte keine klare Vorstellung, worauf Karl hinauswollte.

„Sie haben ihre eigene Art, in der Dorfgemeinschaft etwas zu regeln. Man schweigt über manche Dinge, weil sie schon immer so waren und sein werden. Es ist eine Frage der Moral, wie ein Gesetz angewandt wird."

„Willst du damit sagen, dass Elli Behncke mit ihrer Rabengruppe eigene Gesetze aufstellen darf?"

„Wenn sie dem Wohl der Gemeinschaft dienen."

Dagegen protestierte ich energisch. „Karl, sie sprechen über Gifte wie andere über Backzutaten. Es hat einen Mord gegeben ..."

„... den du mir als Mittäter in die Schuhe schieben willst, ich weiß. Ich vermute, du hast meinen Wohnwagen und den Müll durchsucht, die vermeintliche Tatwaffe gefunden, warst aber zu feige, mich anzusprechen."

Leugnen war zwecklos, besser bei der schlichten Wahrheit bleiben. „Ich hatte Angst."

„Vor mir? Das brauchst du nicht. Er zog mich dichter zu sich heran. „Ich beiße keine Puvögel. Wusstest du, dass der Puvogel die plattdeutsche Bezeichnung für einen Pfau ist?"

Wir verzehrten unser Picknick auf der offenen Ladefläche und streckten uns dann auf den Fellen aus.

„Sternenmeditation, wir verbringen nachts mehr Zeit zusammen als am Tage", sagte ich nachdenklich, „dabei kenne ich dich gar nicht. Aber du kannst kein Mörder sein, hast als Einziger kein Motiv."

„Sei dir nicht zu sicher. Ich hatte allen Grund, Rache an Dietrich zu nehmen. Er hat unsere Umweltgruppe gelinkt, wo er nur konnte. Ich vermute, dass er die Sprengung des Funkmastes selbst initiiert hat."

„Um euch die Sache in die Schuhe zu schieben. Die mit den Baseballknüppeln, waren das die Guten oder die Bösen?"

„An sich die Guten, aber als ich dort auftauchte, dachten sie, ich hätte ohne Rücksprache im Alleingang gehandelt. Da haben sie etwas – überreagiert. Aber ich habe einen harten Schädel."

„Einen Dickschädel?"

„Den auch. Ich bin sicher, dass Dietrich hinter der Sprengung gesteckt hat. Er muss einen miesen Plan gehabt haben, bei dem er viel Geld verdienen konnte."

„Was würdest du für mich tun, wenn ich dir Beweise für seine üblen Machenschaften liefern könnte?" Karl stützte sich auf den Ellenbogen und wirkte hellwach und angespannt, auch wenn er mit mir in leichtem Plauderton sprach.

„Du hättest einen Wunsch frei."

„Mir sind durch Zufall Unterlagen von Behncke in die Hände gefallen. Zeichnungen und Kopien von Anträgen auf Änderungen von Flächennutzungsplänen. Das Gebiet, auf dem der Mast errichtet war, sollte demnächst als Baugebiet ausgewiesen werden."

„Diese Saubande! Deshalb musste der Mast weg. Aber erst mal errichten lassen und dann einen neuen Platz suchen und so zweimal bei der Mobilfunkgesellschaft kassieren. Kann ich die Unterlagen sehen?"

„Ich habe Kopien davon. Welches Interesse könnte zum Beispiel Clemens Busch an diesen Unterlagen haben?"

„Er ist im Gemeinderat, die müssen alle davon gewusst haben."

„Steckt auch Oskar mit ihnen unter einer Decke?"

„Nein. Er lehnt solche Machenschaften ab. Auf ihn kann man sich verlassen."

„Sein Sohn ist schwierig."

„Ein Flegel, das gibt sich."

Da war ich ganz anderer Meinung. Als es kälter wurde, machten wir uns auf den Heimweg, schweigend wie auf der Hinfahrt, jeder hing seinen eigenen Gedanken nach, und ich schaffte es noch immer nicht, nach dem Didgeridoo zu fragen. Gut, Inge hatte mich von meinem Auftrag entbunden, aber musste ich nicht trotzdem mit dem, was ich entdeckt hatte, zu der Aufklärung des Verbrechens beitragen?

„Was ist zwischen Harald und dir vorgefallen?", tastete ich mich langsam an das schwierige Thema heran. Es dauerte lange, bis Karl mir antwortete.

„Wir haben gemeinsame Projekte." Mit ähnlichen Worten hatte auch Harald mir vor wenigen Tagen ihre Beziehung erklärt.

„Ich weiß, hier gilt ein bisschen Hanfanbau als Kavaliersdelikt, ich habe das besagte Feld im Mais entdeckt, da will ich mich nicht einmischen, Ulli wird schon wissen, was sie tut."

„Hoffentlich." Er fuhr langsamer, als ob er seine volle Konzentration für die folgenden Worte benötigte. „Das eine hat mit dem anderen nichts zu tun." *Bea, streng deine grauen Zellen an, was will er dir damit sagen oder nicht sagen?*

„Meine Menschenkenntnis sagt mir, dass man dir vertrauen kann." Zwei Dörfer Pause. Ich atmete flach und dachte an rostige Streitäxte und das Jammerholz, an die Schilfinsel und die übel zugerichtete Leiche von Behncke, bei dessen Anblick ein kleines Mädchen nicht aufhören konnte zu schreien.

„Ich rede nicht gerne über private Angelegenheiten von Freunden. Aber in diesem Fall ist es nötig, damit du nicht auf eine falsche Spur gerätst oder die falschen Menschen verdächtigst. Außerdem hast du etwas gesehen, was dich zu verkehrten Schlüssen veranlassen könnte."

„War Haralds Instrument die Tatwaffe?" Ich hielt die Luft an, wollte nicht hören, was jetzt kam, nicht in die Rolle des Mitwissers schlüpfen.

„Ja und nein." *Bea, mach den Mund auf, ein bisschen Morden gibt es nicht.*

„Totschlag, fahrlässige Tötung oder Körperverletzung mit Todesfolge", schnarrte ich herunter, „im schlimmsten Fall gilt er nach § 211, Absatz 2 des Strafgesetzbuchs als Mörder, wenn ..."

„Stopp. Harald ist kein Mörder. Er wollte nur Inge decken."

Also ein Gattenmord. Das überraschte mich, ich hätte es Inge nicht zugetraut, aber im Affekt war alles drin, da konnte theoretisch jeder jeden töten, wenn die Emotionen Wellen schlugen. Inge hatte mit Dietrich viel durchgemacht, ja, in gewisser Weise konnte ich ihre Motive nachvollziehen.

„Aber ich kann mir nicht vorstellen, dass Inge zu einer solchen Tat fähig wäre", meinte Karl.

Nicht Harald, nicht Inge, wer dann? Der Mann sprach in Rätseln. Ich konnte nur meinen eigenen Augen trauen, und da gab es eine blutverschmierte Waffe hinter Karls Wohnwagen.

„Harald hat Dietrich tot in dessen eigenen Garten gefunden."

„Aber ich habe ihn bei Elli entdeckt."

„Warte ab. Harald fand also den Toten und glaubte an eine Verzweiflungstat von Inge. Du weißt von dem Verhältnis der beiden?"

„Liebe strahlt aus allen Knopflöchern", sagte ich unwirsch, weil ich endlich den Rest der Geschichte hören wollte. *Ist es nur eine Geschichte wie die vom Elternmord im Jammerholz?*

„Harald konnte unter Schock keinen klaren Gedanken mehr fassen. Er tippte auf Giftmord. Inge hatte ihm erst kürzlich erzählt, dass die Milch von Schafen, die auf der Weide Herbstzeitlose gefressen haben, für den Menschen tödlich sein kann."

Ein weiterer Geheimtipp der Raben, da bestand für mich kein Zweifel.

„Der eingeschlagene Schädel", mahnte ich. An diesem Punkt seines Berichts tat Karl sich schwer.

„Mir wäre es lieber, wenn du das von Harald persönlich hören würdest."

„Vielleicht ist er schon beim Haftrichter."

„Hast du kein Herz, kleiner Puvogel?" Diese Masche zog bei mir nicht, wo käme man denn da hin, wenn man für jeden Mörder ein Herz hätte?

„Du bist doch Psychologin. Stell dir Harald vor, in Panik und Sorge um seine Geliebte. Ihm fiel als Lösung nur ein, den Verdacht auf unbekannte Täter zu lenken. Raubmord oder Racheakt, Feinde hatte er ja genügend, der Behncke. Aber erst mal die Leiche aus Inges Nähe fortschaffen. Dazu legte er sie in den Kahn, wo du ihn gefunden hast, während er sein Didgeridoo aus dem Wagen holte. Als er zurückkam, hatte Elli dich schon ins Haus geschafft. Da schlug er mit seinem Instrument kurz und kräftig zu, glaubte in seiner Panik, so einen eventuellen Giftmord seiner Inge vertuschen zu können."

„Und ich schlief inzwischen selig auf Ellis Couch."

„Bevor Harald Behncke fortschaffen konnte, kam Inge zurück und sah ihn in Ellis Garten. Sie war entsetzt. Dann hatte sie die Idee mit der Rabeninsel. Harald fuhr zum Schein für zwei Tage weg und schaffte in der nächsten Nacht den Toten rüber, und Inge versteckte das Instrument bei mir."

„Ziemlich fies, wollte sie den Verdacht auf dich lenken?"

„Es war ebenfalls eine Kurzschlusshandlung. Sie dachte wohl, ich würde als Haralds Freund irgendwie helfen, vielleicht das Instrument besser entsorgen können als sie. Sie wollte mit mir darüber sprechen. Aber zu dem Zeitpunkt hatte ich Damenbesuch, falls du dich erinnerst."

Die aufgeschreckten Vögel, das Anschlagen der Hunde, ja, so konnte es gewesen sein. Inge, die mich vorher eiskalt beauftragt hatte, nach dem Mörder ihres Gatten zu suchen, um zu demonstrieren, dass sie mit dem Mord rein gar nichts zu tun hatte; die ganz besonders starke Nerven hatte, als trauernde Witwe bei dem Rabentreffen zu sitzen, und sich nichts anmerken zu lassen, oder steckten sie alle unter einer Decke? – Und Harald, der sich von mir als Anhalter mitnehmen ließ, der so gerne scherzte und stets einen Reim auf den Lippen hatte.

„Wie kannst du dir sicher sein, dass sich alles so abgespielt hat? Ich weiß, dass ihr euch gestritten habt."

„Natürlich habe ich Harald, nachdem er mich ins Vertrauen gezogen hatte ..."

„Das musste er", warf ich ein.

„Ich habe ihn aufgefordert, sich zu stellen. Aber er argumentierte, dass er keinen Mord begangen habe, und dass er mit Rücksicht auf Inge erst mal die Ermittlungen abwarten wollte, denn irgendjemand würde sich als wahrer Mörder verraten. Ich habe ihm ein Ultimatum gestellt bis nach der Aufführung. Er wird es einhalten."

Ich konnte keinen klaren Gedanken mehr fassen. *Verschieben wir es auf morgen*, beschloss ich wie Scarlett O'Hara in ‚Vom Winde verweht'.

„Möchtest du die Nacht bei mir verbringen?" Karl bog nach Rienswalde ab. So verlockend die Aussicht war, sich mit Körper und Seele für ein paar Stunden ins Vergessen zu flüchten, ich musste jetzt alleine sein.

„Vergiss nicht, du hast trotzdem einen Wunsch frei", sagte Karl, während ich ausstieg.

„Ich möchte mit dir in den Bienenkorb gehen."

Falls er überrascht war, ließ er es sich nicht anmerken.

Wieder war es ein Rabe, der irgenwo da draußen im Dunkeln einen klagenden Schrei ausstieß. Die Geschichte vom Jammerholz, ich blätterte in meinem Wendländischen Sagenbuch, das ich in Dannenberg erstanden hatte, und stieß auf eine Version der Hubertus-Legende. Mein Jagdinstinkt erwachte zu später Stunde. Ich schloss den Laptop an und stöberte im Internetarchiv der regionalen Zeitungen nach dem Hubertustag vor drei Jahren. Verschwundener Treiber, das stimmte, aber die gleichfalls verschwundene

Büchse vom Kaliber 30/06 hatten mir die galanten Herren aus Veras Mittagsrunde glatt verschwiegen. Gerüchte und Verdächtigungen hatte es damals genug gegeben - aber keine Leiche. Ich machte mir meinen eigenen Reim darauf. Logisches Kombinationsvermögen, ein wenig weibliche Intuition und viel psychologischer Scharfblick - *Heinrich, morgen wirst du Bea Puvogels einzigartige Ermittlungsmethode kennen lernen.*

Als Einschlaflektüre nahm ich die beiden Bücher aus Dannenberg mit ins Bett und las in der Sage über das Jammerholz, was der Vatermörder einer vorbeikommenden Zeugin angeblich gesagt hatte: *Geht, schaut nicht zurück, ein schwaches Weiberherz ist nicht geladen, an unseren Opfern teilzuhaben.*

Warum glaubten die Leute hier, mich mit Einzelheiten schonen zu müssen? Man traute mir noch lange nicht, und die eigene Mutter ging mit schlechtem Beispiel voran. Veras spontane Ohnmacht beim Rabentreffen, sie hatte immer eine Pferdenatur gehabt, daher vermutete ich einen Zusammenhang mit meiner Erwähnung von Arsen.

Arsenik kennt keinen Geschmack, toxisch auch in geringen Dosen, wird im Organismus gespeichert, bis die tödliche Dosis erreicht ist. Der Hofarzt von Karl IV lagerte Arsenik mehrere Monate im Magen eines geschlachteten Schweins ... Wow! Gähnend blätterte ich in meinem Giftbuch, man sollte mich als Fachfrau ernst nehmen, so oder so.

37.

„Bitte verbinden Sie mich mit Hauptkommissar Schmitter."

Ich hatte mich am frühen Morgen für eine Strategie entschieden, bei der ein Austausch von Informationen für beide Seiten von Vorteil wäre. Meine Empfehlung, eine toxologische Untersuchung des Toten zu veranlassen, quittierte der Kommissar mit einem 'hmm', das mich fatal an meinen alten Psychiater erinnerte. Ich nannte keine Namen, wies allgemein auf die Kräuterkundigkeit von Dorfbewohnern hin und fragte nach Todesursache und Ermittlung der Todeszeit.

„Unser Gutachten wird an die Staatsanwaltschaft geschickt", Herr Schmitter klang müde und verwies auf demnächst folgende Veröffentlichungen der Pressestelle, und aus internen Ermittlungsgründen könne er leider nicht ...

Unter Ullis angegebener Telefonnummer kam es zu keiner Verbindung. Mein nächster telefonischer Versuch galt dem eigenen Fleisch und Blut.

„Bea, es ist 8 Uhr, ich bin weder frisiert, noch habe ich eine Tasse Kaffee gehabt. – Doch, es kann schon sein, dass ich mich mit dem netten Herrn Clemens noch einmal treffe. – Die Todesursache für dich herausfinden? Mach ich gerne, wenn es dir hilft. Mit ein bisschen mehr weiblichem Charme könntest auch du ..."

„Frag ihn durch die Blume, welche Rolle ein tätowiertes Glied bei den Ermittlungen spielt." Vera schnappte nach Luft. „Deine Mutter ist eine anständige Frau. Es gibt Themen, die man besser nicht in Herrengesellschaft anschneidet. Weißt du, es jagt den Männern Angst ein."

Mit meiner Mutter über Männer zu diskutieren, war zwecklos. „Wie war dein Abend mit Elli?"

„Wir haben über alte Zeiten geredet." Ich drückte den Hörer fester ans Ohr, als wenn ich damit meine Konzentration steigern könnte. Aber Vera blieb zurückhaltend.

„Worüber habt ihr geredet?"

„Über deine Mutter, als sie ein kleines Mädchen war."

„Wie alt war ich eigentlich, als mein Großvater starb?"

Vera schwieg, und ich musste die Frage noch einmal wiederholen.

„Du warst schon im Kindergarten, aber dort wolltest du nicht bleiben, und da habe ich mir gesagt, Vera, was soll's, ein Salon ist nicht der schlechteste Platz für ein Mädchen zum Spielen. Die bunten Lockenwickler, und du hast damals auch so gerne mit den Perücken gespielt, weißt du noch?"

Das Kaninchen, ich hatte nur gerne mit dem Kaninchen gespielt, aber das hast du mir weggenommen, als es kaputt war. „Wie alt war ich, als er starb?"

„Lass mich überlegen, vielleicht vier. Und ich war erst 24, mein Gott, wie jung, und dann diese ganze Verantwortung."

„Was ist aus der Apotheke geworden?"

„Verkauft. Das hat Elli in die Hand genommen. Ich hab ihr gesagt, Elli, nimm dir, was du willst und verkaufe den Rest. Pack seine scheußliche Sammlung ein oder vernichte das Zeug. Ich wollte nichts davon haben."

„Erinnerst du dich an das Notizbuch im Ledereinband mit dem Raben drauf?"

„Sicher, das gehörte dazu. Elli hat es noch mit ihrem angelesenen Wissen ergänzt. Aber dann ist es ihr abhanden gekommen, sagt sie. Vielleicht ist sie auch nur vergesslich geworden." Vera zögerte. „Sie ist in ihren Ansichten starrer als früher. Hält mir Vorträge über die Verbrechen an der Natur." *Zeit, das Thema zu wechseln.*

„Komm einfach rüber, wenn du soweit bist. Falls ich unterwegs bin, mach es dir gemütlich, die Haustüren stehen hier offen."

Harald steckte auf mein Klopfen hin verschlafen den Kopf aus der Tür. „Für dich." Ich hielt ihm meine kommentierte Ausgabe des Strafgesetzbuches entgegen. „Das Nichtanzeigen einer Straftat ist nicht strafbar, und Verschleierung gilt nur in Zusammenhang mit unrechtmäßigen Vermögenswerten. Störung der Totenruhe kommt nicht in Frage, bleibt nur Leichenschändung, aber da habe ich keinen passenden Paragrafen gefunden."

„Guten Morgen", sagte Harald und zog seine Schlafanzughose in Richtung Kinn. „Karl hat also mit dir gesprochen. Was willst du tun? Mich opfern, während der echte Täter frei herumläuft?"

„Du und Inge, ihr habt mich nach Strich und Faden belogen."

„Mich hast du nichts Konkretes zur Sache gefragt. Und lass Inge aus dem Spiel! Natürlich wollte sie von mir ablenken, aber mit dem Auftrag hat sie es am Anfang ernst gemeint. Erst später bekam sie Angst, du könntest zu gewitzt sein und dich voreilig an die Polizei wenden."

„Das könnte ich immer noch tun."

„Bea, sag bloß, du willst mich erpressen? Das passt doch nicht zu dir. Aber wenn, kein Problem, Inge hat genug Geld."

„Ist es wegen ihres Geldes, dass du und sie ...?"

„Danke, aber ich bin weder von Natur aus ein Totschläger noch ein Charakterschwein. Sie liebt mich. Gegen ihr Geld hab ich nichts. Wir werden zusammen weggehen, wenn alles vorbei ist. Aber noch gibt es viel zu klären, und damit meine ich nicht nur den Mord. Hat Amanda sich gemeldet?"

„Ja, wir haben miteinander gesprochen", log ich aus ermittlungstechnischen Gründen.

„Dann weißt du also über unsere Geschäfte Bescheid. Was hat sie wegen der Unterlagen herausgefunden?"

„Das will sie lieber persönlich berichten."

Welche Unterlagen? Vorsicht, Bea, Glatteis! Und wer führt hier eigentlich das Verhör?

„Ich wäre bereit, die Aufführung noch abzuwarten. Wenn du jetzt gleich meine Fragen beantwortest."

Harald stöhnte. „Mach keinen Psychoterror. Ich fühle mich schon beschissen genug. Als Dietrich da lag, habe ich nur an Inge gedacht und wie ein Zombie gehandelt. Es ist die absolute Scheiße, was ich da verbockt habe, aber er war tot, verstehst du? Tot, tot, tot."

„Welche Rolle spielt Gitti?"

Harald kniff die Augen zusammen und war auf der Hut.

„Sie hat uns belauert. Manchmal stand sie noch spät vor meinem Fenster, wenn Inge auf eine Stunde rüberkam. Irgendwann sind wir dann auf die Schilfinsel gekommen, aber selbst da tauchte sie auf. Ich habe ihr ein bisschen Geld geschenkt, damit sie den Mund hält. Inge hatte große Angst vor einer Entdeckung, bevor alles mit der Scheidung geklärt war."

„Gitti mag dich nicht nur wegen der Geschenke." Haralds Augenlid zeigte ein nervöses Zucken.

„Ich habe sogar kurze Zeit geglaubt, du könntest ihr Vater sein." Nanu, Volltreffer, dem Faun standen kleine Schweißperlchen auf der Stirn.

„Es interessiert mich nicht, was du glaubst, ich bin es nicht", sagte er maulig und machte Anstalten, wieder in seiner Schlafhöhle zu verschwinden.

„Wir wissen beide, dass Behncke der Vater war", beruhigte ich ihn, „Gisela hat es mir erzählt, und ich nehme an, das ganze Dorf weiß darüber Bescheid."

„Stimmt. Aber anders, als du denkst. Alle außer dir wissen nämlich, dass Dietrich Behncke zeugungsunfähig war."

38.

Ein Auto bog auf den Hof ein und unterbrach unser Gespräch. „Oskar", Harald hob grüßend die Hand und zog sich schnell zurück. „Diese Gitti bringt noch das ganze Dorf in Schwierigkeiten", hörte ich ihn von drinnen brummeln.

„Ich weiß, es ist früh", Oskar Fuchs zerrte seinen Bengel in meine Richtung. „Er sagt, er war nicht dabei, aber das glaube ich ihm nicht. Wird schon was ausgefressen haben. Los, nimm die Zähne auseinander."

„Sie kann mir nix beweisen", behauptete der Junge verstockt.

Zeit für eine pädagogisch sinnvolle Demonstration unserer gesetzlichen Rechtsgrundlagen. Ich winkte Otto näher und drückte ihm mein Strafgesetzbuch in die Hand. „Da, lies laut vor, § 303."

Erst nach einer Kopfnuss durch den Vater kam Otto widerwillig der Aufforderung nach. „Sachbeschädigung. Wer rechtswidrig eine fremde Sache beschädigt oder zerstört, wird mit Freiheitsstrafe bis zu zwei Jahren oder mit Geldstrafe bestraft", las er stockend.

„So, und jetzt kommen wir zu den Beweisen", sagte ich fröhlich und schlug das Kriminalistische Lehrbuch der Polizei auf. „Ich habe einen Abdruck deines Reifens. Los, was steht hier über Driftspur?"

Otto las mehrmals stumm und gab dann das Buch an seinen Vater weiter. „Das kann ich nicht."

„Die Driftspur ist das Ergebnis des Widerstandes des Sohlenprofils eines Reifens gegen die bei einer Bogenfahrt auf das Fahrzeug nach außen wirkende Zentrifugalkraft", trug Oskar langsam vor und zog dabei die einzelnen Zeilen mit dem Finger nach.

„Na also, damit ist ja alles bewiesen", behauptete ich forsch und warf Vater und Sohn einen *Friss es oder stirb*-Blick zu. Mir war zwar selbst schleierhaft, was man unter einer Driftspur verstand, aber die Rechnung ging auf.

„Entschuldigung", nuschelte der Junge in Richtung Fußboden, um sich dann anklagend an seinen Erzeuger zu wenden. „Du sagst doch immer, die Städter sollen mit ihren aufgemotzten Spielzeugkarren nicht den Wald verpesten."

Hört, hört. Ich blätterte anzüglich im Strafgesetzbuch, es musste doch so etwas wie üble Nachrede gegen Kleinwagen geben, aber dann entschloss ich mich für psychologische Überzeugungsarbeit in Form von Fakten. „Wenn alle Autos in der Stadt nur 2,5 m lang wären, dann könnte man auf jedem Parkplatz einen zusätzlichen Baum pflanzen. Bei 400.000 Einwohnern macht das 50.000 Bäume." Diesen Satz hatte ich mal auswendig gelernt und bei Grundsatzdiskussionen über meinen Smartie stets parat.

Mit offenen Mündern staunten sie mich an, Vater und Sohn, Oskar fing sich als Erster. „Ich habe da noch ein gutes Stück Wildbret im Wagen. Aus einem Unfall", fügte er schnell hinzu, „bitte nehmen Sie das als Wiedergutmachung an. Und Otto wird von jetzt an regelmäßig Ihren Wagen waschen, wie finden Sie das?"

Otto warf mir einen derartig hasserfüllten Blick zu, wie ich es bei einem Jugendlichen noch nicht erlebt hatte. Sollte er mir eines Tages alleine auflauern, käme ich mit Worten als Waffen nicht mehr aus, und meinen Wagen würde ich von nun an besonders gründlich auf Sabotageakte untersuchen.

39.

Ich packte das halbe Reh in die Truhe zu den Rouladen und wunderte mich, wo mein toter Zwillingsdachs geblieben war. Nachdem ich Einbruchswerkzeug, meine schlauen Bücher und weiteres individuelles Zubehör einer „privaten Ermittlerin auf psychologischer Basis" verstaut hatte, lenkte ich meine kein bisschen aufgemotzte Spielzeugkarre zunächst an den See. Ein langbeiniger Vogel stolzierte am Ufer, ob Kranich oder Reiher, ich erkannte nur meine schrill klagenden Blesshühner wieder, sog die frische Luft ein und spürte den Geschmack von Melancholie auf den Lippen. Melancholie schmeckt bittersüß, ein wenig wie Absinth. Aktuell kam noch ein Duft nach Vergänglichkeit hinzu, eine Mischung aus stehendem Gewässer und Nebel, der sich wie ein dünnes, zerschlissenes Leinentuch über den See breitete und die Welt um mich herum ein wenig schrumpfen ließ.

Die Ruhe auf dem Lande ist oft stille Wut, dieses Zitat, an dessen Quelle ich mich nicht mehr erinnerte, ging mir durch Kopf und Herz. Eine nach außen ruhige Dorfgemeinschaft, die unbeirrt von Demonstrationen und gewalttätigen Auseinandersetzungen ihr Leben führte. Das tat, was getan werden musste. Von wem hatte ich das gleich noch gehört?

In der Schlachterei Breezel bestückte der alte Hansheinrich gerade die Fleischtheke.

„Guten Morgen, wie geht es Ihnen?", versprühte ich meinen Tagesvorrat an Charme.

„Es muss." Der Alte war noch wortkarger als sein Sohn.

„Haben Sie Ihre Damen und den Sohn zu Hause gelassen?"

„Heinrich ist zur Kuh hin, un sin un min Fru, die Frauensleut, die haben wieder Versammlung."

„Wo bleibt dann die Enkelin?" Sollte es sich um ein außerordentliches Treffen der Raben handeln, würde man sie sicher nicht mitnehmen.

„Die ist in ihrem Zimmer und schläft. War wieder nachts unterwegs, sie darf heute nicht mehr raus." Die letzten Worte klangen sehr bestimmt und zeigten mir, was man von meinem Umgang mit Gitti hielt. – ‚Sie bringt noch das ganze Dorf in Schwierigkeiten', hatte Harald gemeint. Gitti, die sich wie ein Indianer anschlich, ihr Gesicht im Dunkeln gegen Fensterscheiben presste und nachts aus Albträumen hochschreckte.

„Sie braucht Hilfe", meinte ich nachdenklich, aber Hansheinrich zog nur den Kopf ein.

„Das geht keinen was an, Gitti bleibt in der Familie."

Seine Worte überraschten mich, denn wo sollte seine Enkelin sonst leben? Egal, wer der Vater war, sie hatte ein intaktes Zuhause, wenn man von den allgemeinen Lebensumständen im Dorf mal absah.

Als Inge den Laden betrat, spürte ich ihre Unsicherheit und schlug vor, zusammen einen Kaffee trinken zu gehen. Wir waren die ersten Kunden im Café der Bäckerei und setzten uns in die hinterste Nische.

„Er hat mir immer zugehört." Ich wusste, dass sie von Harald sprach. „Die Frauen haben nur gesagt, tu was, tu was, Harald hat das nie gefordert. Am Anfang wollte ich mich nur für Dietrichs Eskapaden rächen, aber dann ist mehr draus geworden. Keiner hat davon gewusst."

„Doch, ein kleines Mädchen."

„Gitti, der Bankert", Inge zündete ihren Zigarillo an, „sie ist eine richtige Erpresserin, hat sich bezahlen lassen. In der Beziehung hätte sie wirklich Dietrichs Kind sein können."

„Er hat ... ihr habt keine eigenen Kinder bekommen können?"

„Dietrich wollte keine. Er hat sich sterilisieren lassen, um ohne Folgen rumhuren zu können, an mich hat er dabei nicht gedacht. Im Bienenkorb war er Stammkunde, da konnte er das Angenehme mit dem Nützlichen verbinden."

Ich wartete geduldig ab, bis Inge nach einem tiefen Zug fortfuhr. „Einen nach dem anderen hat er dort hingelockt, großzügig die Getränke übernommen, und wenn die Männer in Fahrt waren, hat er sie mit einem Mädel hochgeschickt und heimlich Fotos machen lassen. Ein simpler, schmutziger Erpressertrick. Die meisten sind drauf reingefallen und haben gezahlt."

Das erklärte die aufbewahrten Rechnungen, die ich in seinem Schreibtisch gefunden hatte, und sicher auch so manche Stimmenmehrheit bei Ratsbeschlüssen.

„Dietrich hat viel Geld gebraucht, war wie ein Fass ohne Boden. Er hat irre Summen in der Spielbank von Hittfeld verzockt, immer auf einen großen Gewinn gehofft. Es war eine Sucht, aber für mich bedeutete es die Chance, ein paar Stunden mit Harald zu verbringen."

„Harald und du, ihr werdet trotzdem zur Polizei gehen müssen."

„§ 258, Strafvereitelung, Geldstrafe, ich werde den besten Anwalt nehmen." Es klang gleichgültig, Inge interessierte sich nur noch für ihr neues Leben, das mit dem Todestag von Behncke begonnen hatte.

„Diese Papiere, die er mitgenommen hat, was weißt du darüber?"

„Es waren die Erpresserfotos. Ich habe alles darüber der Polizei erzählt."

„Auch über die Raben?"

Inge wirkte konsterniert. „Bin ich lebensmüde? Was wäre, wenn sie alle Leichen exhumieren und auf Giftspuren untersuchen würden? Wer will das schon wissen?

„Inge, warum treffen sich die Frauen gerade heute?"

Inge rückte dichter an mich heran, obwohl wir immer noch die einzigen Gäste waren. „Sie wollen Elli absetzen. Sie trauen ihr nicht mehr."

Britta. Ich hatte bisher verdrängt, was die Raben mit ihr gemacht hatten und wollte mich mit eigenen Augen davon überzeugen, dass es ihr gut ging. Die Tür zu ihrem Atelier stand offen, Britta verpackte gerade Bilder zum Versand und schien über meinen Besuch nicht erfreut zu sein. Sie hatte sich einen Seidenschal wie einen Turban um den Kopf geschlungen und schaute mich herausfordernd an.

„Was willst du, wer schickt dich?" Meine hilfsbereite Bekannte, die mir den Einstieg ins Wendland erleichtert hatte, behandelte mich wie ihre Feindin.

„Ich hab mir Sorgen um dich gemacht."

„Ach was, sogar deine Mutter gehört zu den Raben. Du warst es, die das Notizbuch hatte."

„Woher willst du das so genau wissen?"

„Weil ich es bei Ulli gesehen habe. Das Buch lag in ihrer Praxis an dem Tag, als ich dich kennen lernte. Kannst du das abstreiten?"

„Nein, aber dafür bin ich nicht verantwortlich. Genauso wenig wie für alles, was die Raben mit dir gemacht haben. Bist du zu irgendetwas gezwungen worden?"

„Du willst wirklich wissen, was sie mir angetan haben? Schau genau hin!" Mit einem Ruck zog Britta sich das Tuch vom Kopf. Klägliche, kurze Haarbüschel standen kreuz und quer vom Kopf ab, als ob ein Kind Friseur gespielt hatte.

„Sie haben dich geschoren", fasste ich die Tatsache in überflüssige Worte.

„Verrätern schert man den Kopf", haben sie gesagt, die alten Weiber, und das sei erst der Anfang."

„Willst du etwas gegen sie unternehmen?"

„Eine Anzeige lohnt nicht, Aussage gegen Aussage, außerdem lebe ich hier."

„Die Sache mit Behncke, stecken die Frauen dahinter?"

„Am ehesten traue ich es Elli zu, aber der Schlag über den Kopf, das wär nicht ihr Ding."

Also war Britta nicht von Harald und Inge ins Vertrauen gezogen worden.

„Haare wachsen nach", tröstete ich sie lahm. „Sehen wir uns morgen bei der Generalprobe?"

„Das lasse ich mir nicht nehmen, nun gerade. Aber vorher muss ich noch nach Hamburg, ich komme dann direkt von da zum Hexentanzplatz. So, jetzt möchte ich weiterpacken."

Das war deutlich, und ich verkniff mir weitere Fragen.

Bevor ich zu Breezels fuhr, wählte ich noch einmal Ullis Nummer. Diesmal war die Mailbox eingeschaltet, und ich sprach nonstop, bis der Speicher voll war. Wüste Beschimpfungen, Anklagen und verzweifelte Bitten, sollte sie sich etwas rauspicken, Hauptsache, sie war unterwegs ins Wendland.

40.

„Guten Tag, Herr Breezel, oder darf ich Heinrich sagen?“ Hoffentlich legte er mir das nicht als sexuelle Belästigung aus, aber schon Gittis wegen wollte ich mich mit ihrem Stiefvater gutstellen. Er zählte gerade seine Schweine, jedenfalls schaute er stur zu den Boxen und hakte etwas auf seiner Liste ab. „Wie geht es Gitti, schläft sie noch?“

„Ich hab sie rausgelassen. Einsperren nützt nix.“ Gitti oder die Schweine? Heinrich sprach zu seinem Zuchteber. Nach einer zähen, langen Pause versuchte ich es mit dem Lieblingsthema auf dem Lande. *Stell keine Fragen, Bea, lass ihn kommen.*

„Schönes Wetter heute.“

Heinrich blinzelte in den Himmel und rückte seine Mütze von rechts nach links. Schweigen.

„Ich bekomme da immer Lust, auf die Jagd zu gehen, vielleicht nimmt mich mal jemand mit. Soll aber gefährlich sein.“ Heinrich nickte. Es half nichts, ich musste zu stärkerem Kaliber greifen.

„Auf der Pirsch ist mal einer verschwunden, heißt es. Damals, bei der Treibjagd am Hubertustag. Sie waren ja auch dabei.“

„Wer sagt das?“ Heinrich erwachte.

„Im Grünen Jäger wird viel gemunkelt, wenn man zusammensitzt. Die haben den nie gefunden, und bei der Waffenkontrolle hat eine Büchse mit dem Kaliber 30/06 gefehlt. Schlimme Sache.“ Heinrich bewegte sich einen Schritt von mir fort. Ich rückte nach.

„Mir können Sie es ja sagen, ich stehe unter Schweigepflicht, habe sogar ein Diplom dafür. Ich denke, es war so: Sie hatten vorher einen gepichelt, dann hat es im Busch geraschelt, einer der Treiber hatte seine orangefarbene Schutzweste nicht getragen und puff – schon war's passiert, ist tragisch, aber doch menschlich. Wirklich, ich verstehe das. Wo haben Sie ihn eingegraben?“

„Jetzt langt's.“ Heinrich kam freiwillig näher. „Das sind Lügen. Wenn er nicht tot wär, würde ich sagen, Dietrich hat sein Maul einmal zu viel aufgerissen, aber jetzt schickt sich das nicht mehr.“

Heinrich nahm seine Mütze ab, als ob er am offenen Grab eines Jagdgenossen stünde.

„Im Dorf sagt man, Behncke hat Ihnen dabei geholfen, die Sache zu vertuschen, aber das hat seinen Preis gehabt. Ich schätze mal, Sie mussten ganz schön blechen." Treibjagd eröffnet, wer mit dem Rücken zur Wand steht, muss sich wehren. Heinrich bildete keine Ausnahme.

„Alles Schandmäuler, umgekehrt wird ein Ding draus. Dietrich war stramm, hatte schon am Vortag gesoffen, wir gingen zusammen, und als er mit geladener Waffe über den Zaun kletterte, blieb er an einem Ast hängen, da hat sich der Schuss gelöst. Ich stand daneben, es war ein Unfall."

„Den Sie gedeckt haben", stellte ich klar. „Wie haben Sie den Mann verschwinden lassen?"

„Man kennt die Plätze, wo die Wildschweine sind. Und er wurde nicht sofort vermisst. Nach einiger Zeit bleiben da nur blanke Knochen, und die werden auch noch verschleppt. Was sollte ich tun? Es war einer von den Hamburger Pfeffersäcken, denen Dietrich Geld schuldete, das hätte blöd ausgesehen, meinte er. Und tot war tot", schloss Heinrich seine Beichte.

„Bleiben wir beim Geld. Was hat er ihnen fürs Schweigen gezahlt?"

„Nix wollt ich haben, aber die Frau ..."

„Sie hat das in die Hand genommen." Wir schauten uns an, bis Heinrich den Blick senkte. Nun musste ich sortieren: Angeblich hatte Behncke für seine geheime Vaterschaft gezahlt. Aber da er zeugungsunfähig war, musste Gisela mich belogen haben. Die Sache mit dem Treiber, daher rührte das Geld, aber sie hatte es doch umgekehrt dargestellt: ‚Er setzt Heinrich unter Druck.'

„Dietrich hat also einmalig zahlen müssen, aber dann ist etwas passiert, und er drehte den Spieß um. Heinrich, womit konnte er Sie erpressen?" Ich war an meine Grenzen gestoßen, Heinrich klappte zu wie eine Auster und flüchtete in den Stall.

„Die Frau ist bald zurück."

41.

Von Gitti war nichts zu sehen, ich spielte ein wenig mit den Kätzchen und stellte mir dabei vor, wie groß der Druck sein musste, dem die Breezels ausgesetzt waren, allen voran Gisela, die zwischen den Generationen stand und auch noch ihrem schwachen Mann unter die Arme greifen musste. Oder war Heinrich kein Weichei sondern ein Schlitzohr?

Gisela wirkte erschöpft. „Ich habe meine Schwiegermutter im Laden abgesetzt, wartest du schon lange?"

„Dein Heinrich und ich, wir haben uns unterhalten."

„Du hast ihm doch nichts von meinem alten Auftrag gesagt?"

„Nein, er hat erzählt. Von der Sache mit dem Treiber. Du brauchst keine Angst zu haben, ich mische mich da nicht ein. Wenn das alles war", fügte ich hinzu, weil Gisela mit ihren Geschichten nicht einfach so davonkommen sollte. „Manchmal ist es unbequem, die Wahrheit zu sagen, aber man fühlt sich dann besser, mir geht das auch so", versuchte ich es mit psychologischen Grundlagen.

Gisela zeigte sich wenig überrascht. „Ich wusste, dass du es herausfindest, du warst nur schneller, als ich dachte. Lass mich erst einen Tee aufgießen." *Bea, schau dir die Mischung genau an!*

„Vor drei Jahren hatten wir die Schweinepest, und sofort zog die Abdeckerei mit ihren Preisen gewaltig an, das konnten wir nicht mehr bezahlen. Da hat Heinrich einen Weg gesucht, die Tiere ... anders zu entsorgen."

Nicht jeder bleiche Knochen im Jammerholz musste vom Elternmord stammen ...

„Ist er erwischt worden?"

„Gleich beim ersten Versuch. Von da an setzte Dietrich uns unter Druck, er kam immer mit neuen Forderungen, mal eine kleine Gefälligkeit, mal eine Auskunft, du kennst ihn ja."

„Nein, ich kannte ihn nicht! Aber sein Name ist in aller Munde. Übrigens, ein Gerücht sagt, er konnte keine Kinder zeugen."

Gisela sackte in sich zusammen wie eine Aufziehpuppe, die noch einmal heftig zuckte, bevor ihr Mechanismus den Geist aufgab. „Ich schäme mich so“, schluchzte sie. „Was wirst du jetzt über mich denken?“

Ich griff beruhigend nach ihrer Hand. „Du wirst deine Gründe gehabt haben. Warum auch immer du den Vater decken möchtest, ich akzeptiere das.“

„Wir leben hier alle so dicht beisammen, Gitti wird ständig gehänselt, ich will nicht, dass es noch mehr Gerede gibt. Wenn Martha, meine Schwiegermutter, das wüsste, nicht auszudenken! Sie brach erneut in Tränen aus. „Und Heinrich schlägt ihn tot.“ Das hatte sie damals auch über Dietrich gesagt.

„Kennt Gitti ihren richtigen Vater?“, wagte ich mich vor.

„Das hat noch Zeit.“ In dem Moment erinnerte mich Gisela an ihren Mann. Wendländische Sturköpfe hinter einer Mauer des Schweigens.

„Ich komme gerade von Britta“, wich ich auf ein anderes Thema aus. „Sie sieht schlimm aus. Musste das sein?“

„Die Regeln sind nicht von mir. Man hat sich zu fügen, wenn man in der Gemeinschaft bleiben will. Trotzdem, ich glaube, Ellis Tage sind gezählt, sie hat sich in letzter Zeit verändert, ist viel rigoroser als früher. Das macht einigen von uns Sorge.“

„Dieses Notizbuch, wir wissen beide, dass es nicht Britta war. Wer es genommen hat, wollte sicher nur Schlimmeres verhindern.“ *Sehr geschickt, Bea.*

„Falls du es noch nicht erraten hast, ich habe es während der Rabensitzung bei Elli eingesteckt. Die Vorstellung, dass sie alle vermeintlichen Vergehen im Landkreis in ihr Buch eintrug, um sie dann auf ihre Art streng zu ahnden, hat mir nicht behagt. Ich wollte es nur lesen, um zu prüfen, ob etwas über uns darinstand, und stieß dabei auf genaue Anleitungen für Gifttränke, das hat mich nachts nicht mehr schlafen lassen. Ich hab die übelsten Seiten einfach rausgerissen und vernichtet, aber dann entdeckte Schwiegermutter das Buch und nahm es mir fort. Keine Ahnung, was sie damit getan hat.“

Heinrich tauchte am Küchenfenster auf. „Sie ist mit dem Rad weg. Ihre Mutter hat angerufen.“ Er sprach nur zu seiner Frau, aber inzwischen konnte ich ganz gut dolmetschen: Gitti war bei Vera.

„Soll sie doch bei Tage tun, was sie will, es sind Ferien", sagte Gisela verteidigend.

„Ich mein man bloß." Heinrich hatte gesagt, was er sagen musste, und verschwand wieder zu seinen Schweinen.

Die Vorstellung, wie meine Mutter und Gitti sich gegenseitig nerven würden, trieb mich zum Aufbruch. Erst im letzten Moment fiel mir noch ein wichtiges Anliegen ein.

„Muss ich morgen bei der Generalprobe für die große Aufführung schon ein Kostüm tragen?"

„Unbedingt." Bei Problemen der harmlosen Art war Gisela in ihrem Element. „Warte auf mich, ich steig schnell mal auf den Boden und hol dir was runter. Gehörst du zu den Nymphen? Dann kannst du mein Kostüm vom letzten Jahr haben, ich war die Weiße Dame, eine Nebelhexe, aber eine gute."

Während Gisela die Sachen holte, schlenderte ich zum Wohnzimmer und schaute mir die gerahmten Familienbilder auf dem Büffet an. Hochzeitsbild, Gitti im gestärkten Taufkleid und weiter hinten ein Gruppenbild vor dem Hof. Aus einer spontanen Eingebung heraus steckte ich dieses letzte Bild schnell ein, um später in Ruhe aus der Aufstellung der Familienmitglieder psychologische Rückschlüsse auf die familiären Strukturen zu ziehen. Ein wichtiger Bestandteil der Bea Puvogel-Ermittlungsmethode.

42.

„Ich habe meinen Beruf verfehlt, Bea. So viel Spaß hatte ich schon lange nicht mehr." Veras freiwilliger Einsatz in der esoterischen Sprechstunde musste ein voller Erfolg gewesen sein, denn sie meldete mir neue Teebestellungen, zwei gebuchte Einsätze gegen ‚Rumpeln in der Scheune' und sie hatte sich sogar beim Kartenlegen versucht.

„Es ist ganz einfach, man lässt die Leute erzählen und dann selbst interpretieren. Zu der einen Frau habe ich nur gesagt: ‚Nimm doch den älteren Bewerber, einen jungen Liebhaber kannst du dir immer noch halten.' Und stell dir vor, was sie mir aus Dankbarkeit für diesen Rat geschenkt hat. Du wirst es nicht glauben."

„Ein Suppenhuhn."

„Ja, stimmt." Ich stieg in Veras Achtung.

„Dem netten Herrn Busch, also Clemens, habe ich das Horoskop gestellt, und willst du wissen, warum er einen potenzstärkenden Tee braucht?"

„Vera, bitte!"

„Sei nicht so prüde, Bea-Mäusel. Ich habe auch nicht vergessen, was ich aus ihm rausquetschen sollte. Hab's sogar notiert." Sie zog triumphierend einen Zettel aus der Tasche und wedelte damit vor meiner Nase herum. „Na, wer hat die beste Mami der Welt?"

„Vergiss nicht, es geht um Mord."

„Das kann man wohl sagen. Die erste toxikologische Untersuchung ergab bisher ein Vorkommen von, Moment mal ...", sie setzte umständlich ihre Lesebrille auf, die die Form eines Schmetterlings hatte und mit Strasssteinchen geschmückt war, „Colchizin, Glykoside, Atropin, Belladonna, Spuren von Solanin, reicht dir das?"

„Herbstzeitlose, Tollkirsche, Stechapfel und die Frucht von Bittersüß, aparte Mischung. Man wird schnell auf Elli kommen, aber alle Frauen wussten darüber Bescheid und hatten Zugang zu den Pflanzen", grübelte ich.

„Sei nicht so pessimistisch, man nutzt sie auch als Heilpflanzen, und gestorben ist er daran nicht."

„Dann war es also doch der Schlag mit dem ... mit dem stumpfen Gegenstand?" Das hätte natürlich fatale Folgen für Harald, und mich konnte man der Strafvereitelung bezichtigen, wenn ich den Schnellkurs im Strafrecht richtig in Erinnerung hatte. *Bea, warst wieder mal zu gutgläubig.*

„Der Schlag hat nur verdeckt, was auf den ersten Blick für Laien nicht zu sehen war. Eine unauffällige, kleine Einschussplatzwunde im behaarten Kopfbereich, absoluter Nahschuss."

Diese Wunde hatte auch ich übersehen, kein Wunder, bei der ersten Begegnung schenkte ich dem tätowierten Glied die größte Aufmerksamkeit und war dann aus den Latschen in Ellis Arme gekippt. Und später auf der Rabeninsel sah Behncke nicht mehr ganz salonfähig aus.

„Was ist mit seinem Glied passiert?“

„Aber Bea, das habe ich nicht zu fragen gewagt.“

„Wer ist hier prüde?“

„Wir wollen uns nicht streiten, warte ab, ich habe noch ein Bonbon für dich. Der Tote aus Prisser, willst du die Wahrheit hören?“

„Ich bitte darum.“

„Er ist eines natürlichen Todes gestorben. Magendurchbruch, man hat ihn sogar obduziert. Ich hab's von dem lieben Oskar, der hat beim Schützenfest neben dem Schwager des Arztes gestanden und es mit eigenen Ohren gehört. Na, wenn das keine gute Nachricht ist. So, und jetzt erzähle mir lieber von diesem entzückenden Mädchen.“

Gitti als entzückend zu bezeichnen, wäre mir nicht im Traum eingefallen. Fantasievoll, sensibel oder auch kindlich berechnend – aber nicht entzückend, sprachen wir vom selben Kind?

„Sie hat mir ein Gedicht aufgesagt, etwas vorgesungen und ein lustiges Spiel beigebracht.“

„Indianerschleichen.“

„Diesmal liegst du falsch. Das Spiel heißt ‚Geheimnisse tauschen'. Einer fängt an und verrät sein Geheimnis, dann ist der andere dran.“ Veras Gesichtszüge wirkten weich und jung, als sie von diesem Spiel berichtete.

„Ich gebe Beispiele. Meine Färbeprobleme am Haaransatz gegen Gittis kleine Räubereien, bei denen sie die Beute im See versenkt. Sie hat keinen Vater, ich habe keinen Vater. Sie mag keine Männer, ich mag welche. Mehr darf ich dir nicht verraten, sonst gelte ich als Spielverderber.“

„Wo ist sie jetzt?“

„Sie bewacht dein Wägelchen.“

„Er ist kein Wägelchen, sondern ein Auto. Zu 95% recycelbar, falls ich es dir noch nicht gesagt habe.“

„Schon gut, wenn du eines Tages einen netten Herrn ...“

„Dann werde ich weder für diesen Herrn noch für seine Prunkkutsche ...“ Ich war im Begriff in alte Verhaltensweisen zurückzufallen, einen jener Mutter/Tochter-Dialoge zu führen, die am Ende zu nichts führten. „Komm, lass uns ‚Geheimnisse tauschen‘ spielen“, schlug ich lachend vor, „wen hast du dir als deinen Schwiegersohn ausgeguckt?“

„Ich bin noch nicht fündig geworden, werde es dich aber wissen lassen“, wich Vera aus. „Vielleicht bitte ich Elli um einen Traumtrunk, der mir deine und meine Zukunft zeigt. Sie experimentiert gerade mit einem neuen Pilz, der eine halluzinogene Wirkung hat.“

„Einige der Frauen halten Elli für gefährlich, du weißt schon, ihr Fanatismus.“ Noch konnte ich nicht einschätzen, auf wessen Seite meine Mutter stand, war es nur die alte Verbundenheit, oder hatte man sie zu einem bestimmten Zweck herbestellt?

„Elli war schon immer dominant. Aber ich lege meine Hand dafür ins Feuer, dass sie nicht aus niederer Gesinnung handelt. Sie denkt immer ans Gemeinwohl und kann keiner Fliege was zu Leide tun, es sei denn, sie hätte es verdient. Eine naturbelassene Umwelt und die ursprünglichen Wurzeln der Frau, das sind ihre Themen.“

„Nicht zu vergessen die Schlechtigkeit der Männer“, ergänzte ich. „Ein Wunder, dass ihr Erziehungsstil nicht auf dich abgefärbt hat.“

„Da war nicht viel zu erziehen. Aber eins muss man ihr zu Gute halten, wenn Not am Mann war, konnte man sich auf Elli verlassen. Schau dir diese Gitti an, sie hat keinen, dem sie vertrauen kann.“

Meine Mutter überraschte mich immer wieder. Kinderpsychologie war niemals ihre Stärke gewesen, woher auch, aber irgendetwas an Gitti hatte bei ihr eine neue Saite zum Schwingen gebracht.

„Gitti hat Eltern und Großeltern, lebt mit Tieren und wächst auf dem Lande auf, anderen geht es schlechter.“

„Sei nicht albern, Bea, du willst mich provozieren. Dieses Kind hat Schlimmes erlebt und schleppt ein Geheimnis mit sich rum.

Ich weiß aus eigener Erfahrung, wie man sich unter diesen Umständen fühlt."

Vera stand auf und reckte sich. „Zeit für ein bisschen Bewegung, ich vertrete mir die Beine, und dann können wir deine Haarspitzen schneiden." Nachfragen zwecklos, Vera war wieder im Hier und Jetzt angekommen.

„Ehe ich es vergesse, dieser Dietrich, der Neffe von Elli, hat sie kurz vor seinem Verschwinden noch besucht. Er wollte sich Geld pumpen, der Filou. Hat wieder mal gedroht, sie entmündigen zu lassen. Wenig später bekam er Bauchschmerzen und ging. Vorher nannte er Elli noch eine krankhafte Giftmischerin. Deshalb hat er auch ihren Heiltee nicht angerührt."

Gitti war dabei, einen Kreis aus Gänseeiern um meinen Smart zu legen. „Schade, dass nicht Ostern ist. Hast du wieder von Raben geträumt?"

„Nein, Gitti, keine Albträume, und du?"

„Ich bin ein bisschen spazieren gegangen, da hatte ich keine Zeit für Träume. Du hast eine tolle Mutter."

Vera schmolz dahin und packte Gitti an ihren Rattenschwänzen. „Weißt du, was wir jetzt machen? Ich verzaubere dich in eine wunderschöne Prinzessin. Die ollen Zöpfe machen wir auf, Prinzessinnen von heute tragen die Haare kürzer. "

Gitti zögerte keinen Moment. „Ich hol dir deine Schere." Dann wandte sie sich entschuldigend an mich. „Heute bin ich Prinzessin und kein Indianer, da können wir nicht spielen. Aber deine Freundin ist letzte Nacht angekommen, vielleicht hat Amanda Zeit für dich."

„Wo steckt sie?" Ich schrie es fast.

„Bei Karl und den Schafen. Harald war auch da, nur seine Inge nicht. Keiner hat mich gesehen, also nicht verraten."

„Na komm, hilf mir mit den Eiern." In Windeseile räumten wir das Auto frei.

„Bei dir darf ich immer mit den Eiern spielen, du bist nett. Britta ist gemein, sie hat mich geschlagen, nur weil ich eins ihrer Eier genommen habe. Jetzt hat sie einen Platten."

„Später Gitti, erzähl es mir später“, sagte ich zerstreut und bürstete Smartie mit quietschenden Reifen vom Hof.

43.

Sie saßen zu dritt vor dem Wohnwagen, einen Stapel Papiere vor sich auf dem Campingtisch, und waren so in ihr Gespräch vertieft, dass mich nur der Hund begrüßte.

„Da bist du ja“, Ulli lächelte zu mir hoch, „ich wollte dich gerade anrufen.“ Mir fehlten die Worte. Zunächst.

„Schau, Bea, einiges habe ich dir schon erzählt“, Karl stellte mir einen Hocker hin, „mit dem Rest wollte ich noch warten, bis Amanda grünes Licht gibt.“

Ich sah kein grünes Licht, ich sah Rot, und alle Zeichen standen auf Sturm. Ich glaubte es nicht: Karl, ein Mitwisser!

„Nimm's nicht tragisch, Mädel“, gab nun auch noch Harald seinen Senf dazu, „wir konnten dich nicht einweihen.“

„Ihr miesen Scheißkerle. Lügner. Feiglinge!“ Ich bezog zwar alle mit ein, schaute dabei aber Ulli an. Meine Ex-Ex-Exfreundin! „Haust einfach ab ohne mich aufzuklären, in welchen Sumpf ich hier geraten bin, und benutzt mich, um eure schäbigen eigenen Interessen zu verfolgen.“

Ulli stand auf und ging auf mich zu. „Lass dir doch erst mal alles erklären.“

„Das kannst du schriftlich machen. Ich packe und reise noch heute ab.“ Damit drehte ich mich um und ging stur geradeaus den Deich entlang, ließ mich weder von den Schafen stören noch von Ulli, die mir folgte und auf mich einredete.

„Schau, Bea, dieser Tote in Prisser, seine Frau hatte bei mir ein Teerezept geholt, das ganz harmlos war. Aber dann war sie auch noch bei Elli. Ich wusste nicht mehr, was ich machen sollte. Einerseits stand ich selbst unter Verdacht, auf der anderen Seite wuchs mein Misstrauen gegen die Raben,vor allem nach dem, was Elli mir über ihre Vergangenheit erzählt hatte. Ich hoffe, Vera hat mit dir gesprochen?"

„Mir wirft man immer nur ein paar Brocken vor", beschwerte ich mich wütend. „Aber die gute alte, naive Bea gibt es nicht mehr, da musst du dir was Besseres einfallen lassen. Warum habt ihr euch alle drei gegen mich verschworen?" *Mit deiner Mutter zusammen sogar vier, Bea-Mäusel.* „Haltet ihr mich wirklich für so treu-doof?"

„Hör mir doch erst mal zu, Bea, und versuch, mich zu verstehen! Unser gemeinsames Projekt droht gerade den Bach runterzugehen, weil ich mir die Hälfte der Ware habe klauen lassen."

„Pfui Teufel, und das alles nur wegen Rauschgift, wie tief bist du gesunken."

Ich verbiss mir weitere Vorwürfe und stapfte tränenblind weiter. Gleich drei Verräter, das ging auf keine Kuhhaut. Und auf Schaffellen wollte ich auch nie wieder liegen, schon gar nicht mit einem verlogenen Mistkerl. Schluss mit dem Marionettenspiel, ab sofort nahm ich die Fäden wieder selbst in die Hand. *Tja, Bea, aber deine alte Wohnung ist weg, musst deinen Smart zum Wohnmobil umbauen.*

„Bea, du spinnst." Ulli sagte es unverblümt und zerrte an meinem Ärmel. „Was soll ich denn mit Rauschgift?"

„Reich werden auf Kosten anderer", ich riss mich los.

„Aber doch nicht auf Kosten anderer! Ganz im Gegenteil, zum allgemeinen Nutzen. Wir haben hart gearbeitet, und jetzt stehen wir kurz vor dem Ziel, und es geht um eine große Summe. Apomixis ist DAS Forschungsgebiet."

Da war es wieder, das komische Wort. Karl hatte mich damit zugedröhnt, und im Internet wurde die Apomixis als ‚heißestes Forschungsgebiet der Gegenwart' bezeichnet.

„Ich gebe dir fünf Minuten", sagte ich kalt.

Uli holte tief Luft und sprudelte los. „Es geht um die Erzeugung neuer Nutzpflanzenrassen. Wenn es eines Tages gelingt, ohne Befruchtung eine schnellere Samenproduktion zu erzielen, wäre das von Vorteil für zum Beispiel alle Länder der Dritten Welt."

„Seit wann liegen dir die Bewohner der Dritten Welt am Herzen?"

„Unter uns, Karl bedeutet das am meisten, während ich auch ein kleines bisschen an den Gewinn denke. Wir haben seit zwei Jahren mit Mais und Hanf experimentiert und sind dabei auf sensationelle Forschungsergebnisse gestoßen, wie man den Steuerungsmechanismen dieser Pflanzen schneller als bisher auf die Spur kommen kann."

„Hat das was mit Gentechnologie zu tun?"

„Nur indirekt. Ich erklär's mal für Lieschen Müller."

„Ich kenne kein Lieschen Müller!" *Gut so Bea, bleib ein Eisblock!*

„Dann eben für beschränkte Puvögel. Es geht dabei nicht um die Erzeugung quadratischer, wässriger Monstertomaten durch Veränderung des Erbgutes, sondern um eine besondere Art der Fortpflanzung und Vermehrung, bei der auf eine Befruchtung verzichtet werden kann. Das kommt in der Natur sowohl bei Pflanzen als auch bei Tieren sowieso schon vor, z.B. bei einigen Farnen und bei Würmern, sogar bei der Stabheuschrecke. In der Landwirtschaft eingesetzt bringt das eine große Ertragssteigerung. Jede Pflanze trägt Frucht, man müsste nie mehr Saatgut kaufen."

„Warum dann diese Geheimnistuerei?"

„Das hat zwei Gründe. Wer als Erster handfeste Ergebnisse vorweisen kann, macht natürlich den großen Reibach. Wir hier im Wendland sind ein Mini-Forschungsteam, nur drei Leute, Karl, Harald und ich. Karl ist der große Praktiker, Harald hat das Labor in Hamburg und ich kümmere mich um den Rest. Ursprünglich gehörte noch Britta dazu, sie sollte sich mit mir zusammen um das Marketing kümmern, aber das hat nicht funktioniert, sie hat das Ganze nicht ernst genommen, war mehr an der Haschischernte interessiert."

„Der zweite Grund?"

„Die Bauern könnten Amok laufen. Sie bezeichnen Apomixis als Inzucht, woanders wurden schon Versuchsfelder abgefackelt. Denk mal an Ellis Einstellung zur Natur."

„Du als Maisforscherin auf dem Lande, wer hätte das gedacht", ganz langsam verzog sich meine Wut und wich einer ehrlichen Bewunderung.

„Nun ja, ich bin vor allem für das Marketing zuständig. Die Männer kümmerten sich um die Pflanzen, und ich sollte Käufer für unsere Ergebnisse auftun. Es ist leider nur ein winziger Baustein, den wir entdeckt haben, aber in den richtigen Händen könnte er Gold wert sein. Wir brauchen nun dringend einen finanzkräftigen Kooperationspartner, mit dem wir unsere Ergebnisse im großen Stil weiterentwickeln und kommerzialisieren können."

„Deine angebliche Fortbildung in Kalifornien ..."

„... war ein Spezialkongress über Apomixis, aber ohne die vollständigen Unterlagen wollte keiner anbeißen. Wir hatten alle Ergebnisse auf Disketten gespeichert und dann die wichtigsten Dateien aus Sicherheitsgründen gelöscht. Jeder von uns erhielt ein Drittel der Daten. Kurz vor meiner Abreise stellten wir fest, dass Haralds und meine Disketten gestohlen worden waren. Aus die Maus. Ich kehrte heimlich zurück und stöberte ein wenig in der Nachbarschaft herum, bisher ohne Erfolg."

Dann war Ulli also die ganze Zeit in meiner Nähe gewesen, um ihren Disketten hinterherzujagen, doch das erklärte noch nicht die Anwesenheit meiner Mutter.

„Zuerst hatte ich Behncke in Verdacht, aber Britta, die das alte Stinktier von der Arbeit im „Seehof" am besten kennt, pardon, kannte, war sich sicher, dass er von nichts weiß. Wusste", korrigierte sie sich noch einmal. „Aber ich habe da meine Zweifel."

„Dann dachte ich an Elli. Sie hat uns am Anfang sogar Geld zur Verfügung gestellt, weil ich sie auf die mögliche Vermeidung von Hungersnöten hingewiesen hatte. Aber dann kam sie darauf, dass ohne Bestäubung die meisten Insekten überflüssig wären, das hat ihr überhaupt nicht gefallen. Von da ab war Apomixis für sie ein Reizwort. Ich musste ständig damit rechnen, dass sie mir die Raben auf den Hals hetzt. Verstehst du jetzt, warum ich nur verdeckt ermitteln konnte?"

Wir wendeten und gingen langsam zu den Männern zurück. Zaghaft stieß Ulli mich in die Seite. „Wieder Freunde?"

„Mal sehen", knurrte ich, aber bei meinem spärlichen Potenzial an Freunden konnte ich mir keinen leichtsinnigen Verzicht erlauben.

„Was willst du jetzt unternehmen, bleibst du offiziell noch verschwunden?“, erkundigte ich mich.

„Ich möchte noch bis zur Aufführung abwarten, zur Not flüchte ich in Karls Wohnwagen, hierher verirrt sich so schnell keiner.“ Sie grinste. „Die Ausnahme bestätigt die Regel.“

Ich hielt mich vornehm zurück, konnte mir aber eine Frage nicht verkneifen. „Was hält dich im Wendland?“

Ulli wurde wieder ernst. „Karl ist es bestimmt nicht, der ist nicht von dieser Welt. Ein Romantiker mit Idealen, keinen irdischen Genüssen verfallen wie normale Sterbliche.“

Ich dachte, dass sie mit einigen der irdischen Genüsse falsch lag, aber Ulli und ich hatten nie große Worte über unser Privatleben gemacht.

„Es ist die Zähigkeit der Menschen hier, die ich mag“, fuhr Ulli fort. „Sie halten zusammen wie Pech und Schwefel, kämpfen auf ihre Art gegen die Willkür von oben, haben ihre eigenen Gesetze.“

„Wie die der Raben?“, empörte ich mich.

„Ich hoffe, mit Elli sterben sie aus. Man muss ihr ein bisschen auf die Finger schauen, das ist alles. Ihr Neffe, das traue ich ihr nicht zu.“

„Ich weiß aus sicherer Quelle, das er unter anderem vergiftet worden ist“, klärte ich Ulli auf.

„Das überrascht mich, wodurch denn, etwa Arsenik?“

„Kann sein“, gab ich vor.

„Weiß es deine Mutter?“ Da war es wieder, das Geheimnis um meine Mutter und das Gift Arsen.

„Sie will sich da nicht einmischen“, log ich.

Ulli war betroffen. „Genau das hatte ich befürchtet. Elli muss noch Reste haben. Aber ich kann es nicht glauben, dass sie mit Vorsatz – nein, das ist unmöglich.“

Für mich war es an der Zeit, alles auf eine Karte zu setzen, sorgfältig formulierte ich die Frage aller Fragen. „Vera hat mir alles erzählt, wie denkst du denn über die ganze Angelegenheit?“ Ulli blieb abrupt stehen.

„Puh, bin ich erleichtert. Dieses Versprechen, den Mund zu halten, habe ich äußerst ungern gegeben. Als Elli mir damals ihre alte Geschichte erzählte, hielt ich es zunächst für Prahlerei oder wirre Erinnerungen einer alten Frau. Von wegen! Deine Mutter hat es mir bestätigt. Elli hat aus Apothekentagen so viel Arsen mitgehen lassen, dass sie den ganzen Landkreis vergiften könnte."

„Man kann es in der Forstwirtschaft als Schädlingsbekämpfungsmittel einsetzen. Früher wurde es auch genommen, um Häute zu konservieren", dachte ich laut.

„He, du hast dich also schon sachkundig gemacht."

„Es geht. Die Giftmischer von früher waren besonders raffiniert. Sie bestrichen nur die eine Seite eines Messers mit Arsenik und boten dann kalt lächelnd ihrem ungeliebten Gast die passende Apfelhälfte an."

Bevor wir zu den wartenden Männern am Wohnwagen stießen, erlaubte ich Ulli, mich in den Arm zu nehmen.

„Weißt du, Bea, deine Mutter hat dir nichts gesagt, denn sie hielt dich für zu gesetzestreu und naiv und wollte allen Beteiligten weitere Schwierigkeiten ersparen. Manche Gespenster aus der Vergangenheit ruft man besser nicht zurück. Es war ihre Entscheidung, die ich respektiert habe."

„Alles klar!" *Nichts ist klar, man gönnt mir die nackte Wahrheit nur häppchenweise.*

„Der idealistische Faun ist also Besitzer eines produktiven Forschungslabors. Kann es sein, dass demnächst ein Teil von Inges Vermögen dort eingebracht wird?" Diesen Seitenhieb gegen Harald konnte ich mir nicht verkneifen.

„Die Kunst steht mir näher, dann kommt die Liebe, und über allem schwebt der Gott des Mammons", gab er freiwillig zu.

„Wie hast du deinen Dachs präpariert? Und du, Karl, womit konservierst du deine Felle?" Spielten sie nur die Überraschten, oder hatte Elli ihr Arsenik längst unter die Leute gebracht?

„Sie hat das alles noch nicht verkraftet", klärte Harald die anderen über meinen Geisteszustand auf.

„Bea hat uns sehr geholfen", verteidigte mich Karl. „Ohne sie hätten wir Behncke wieder nichts nachweisen können. Aus den

Unterlagen geht hervor, dass er erst das Land billig von Elli gekauft hat, und dann teuer an die Mobilfunkgesellschaft verkauft. Jetzt, nach dem Attentat, wollte er das alte Gebiet spottbillig übernehmen und es demnächst als Bauland ausweisen lassen, und der Gesellschaft bietet man zum überhöhten Preis neues Land an. Klüngeln, bis die Kassen klingeln. Vielleicht können wir wenigstens den anderen Ratsbrüdern das Handwerk legen."

„Wenn er vor seinem Tod die Apomixis-Unterlagen in die Finger bekommen hat, wäre das ein Grund, ihn umzubringen?", überlegte Harald. Keiner riskierte eine Antwort.

„Unsere Nerven liegen blank, lasst uns zusammenhalten." Karl fasste es in einfache Worte. Ich beschloss, ihnen zu trauen.

44.

„Ulli hat mir alles erzählt", probierte ich meinen bewährten Psychotrick bei Vera aus.

„Über diese sexlosen Gemüsegeschichten? Das ist ja fein."

„Nein, wir sprachen von der Vergangenheit. Über Arsenik und so." Vera hatte die besseren Nerven. Sie klappte seelenruhig ihre Illustrierte zu und nahm die Füße vom Sofa. Dann streckte sie sich wie eine Katze und trat ans Fenster. Der Himmel war verhangen, und der Wind trieb tanzende Blätter vor sich her. Meine Mutter studierte dieses Naturphänomen, als sähe sie es zum allerersten Mal.

„Dann weißt du jetzt, warum ich hier bin. Ich will mich vergewissern, dass Elli das Zeug vernichtet hat. Falls nicht, werde ich einen Weg finden, es ihr wegzunehmen. Hilfst du mir?"

„Ich werde darüber nachdenken. Wo steckt Gitti?"

„Ach, das arme Kind. Sie sah entzückend aus mit dem neuen Haarschnitt, wir haben ihn beide bewundert, aber dann verschwand sie plötzlich im Bad. Als sie wieder rauskam, hatte sie ihre Haare radikal abgeschnitten, als wenn die Motten über sie hergefallen wären! ‚Ich will lieber hässlich sein', gab sie mir als Erklärung und fuhr mit ihrem Rad davon. Was werden die Breezels von mir denken?"

„Das weiß ich nicht, warten wir es ab. Vera, ich habe eine große Bitte. Kannst du mir heute Abend helfen, mich ausgehfein zu machen?" Nichts tat meine Mutter lieber. „Haargel, Ohrringe und was kleines Schwarzes. Zum Glück hast du meine Schuhgröße. Fahren wir einkaufen?" Mit Mühe konnte ich sie überzeugen, dass sie das auch alleine bewerkstelligen konnte, setzte sie in Lüchow ab und versprach, pünktlich am Abend zur Verschönerungsaktion zurück zu sein.

Ich hatte Glück. Kommissar Schmitter war noch im Dienst und räumte mir eine halbe Stunde seiner kostbaren Amtszeit ein, in der er von mir alles über die Raben, „eine große Portion Arsen aus unbekannter Quelle" und den Hintergrund zu dem gesprengten Sendemast erfuhr. Im Gegenzug verriet er mir, dass bei Behnckes Tod mit Sicherheit Arsenik keine Rolle gespielt hätte. Ein tätowierter Penis? Da müsse ich mich geirrt haben. Quid pro quo, wir würden in Verbindung bleiben.

Ulli und ich hatten uns vor Brittas Atelier verabredet. Da Britta nach Hamburg gefahren war, wollten wir gemeinsam eine Inspektion vornehmen. Ulli, mit Sonnenbrille und Kopftuch perfekt getarnt, hatte keine Skrupel.

„Ich weiß, dass sie etwas zu verbergen hat. Wer sich als Frau mit Dietrich näher abgibt, muss entweder blind verliebt oder knallhart geschäftstüchtig sein. Harald und mir war sie immer suspekt."

„Aber Karl ist mit ihr befreundet", bemerkte ich.

„Karl, Karl – hältst du ihn für einen Menschenkenner? Der schwebt doch in anderen Sphären mit seinem Glauben an das Gute im Menschen. Britta hat ihn eingewickelt, weil sie sich in verschiedene Umweltinitiativen reingeschmuggelt hat, dabei spioniert sie nur rum. Würde mich nicht wundern, wenn sie alles Mögliche an Dietrich ausposaunt hat."

Ich dachte an Brittas flammende Rede damals bei der Bürgerversammlung, die bei mir den Eindruck erweckt hatte, auswendig gelernt worden zu sein.

Die Hintertür ließ sich mit meinem gebogenen Draht ohne Probleme öffnen. Britta hatte Ordnung in ihre Bilder gebracht, sie lehnten nach Motiven und Techniken geordnet an den Wänden. „Ein grässlicher Stil", Ulli schüttelte sich, „schau mal, hier auf der Staffelei steht ihr jüngstes Werk." Es zeigte eine alte Frau im Nebel, die mit angstverzerrtem Gesicht mit dem Finger auf ein unsichtbares Gegenüber wies, während von oben ein schwarzer Vogel auf sie niederstieß.

„Sie sieht aus wie Elli", ich flüsterte unwillkürlich.

„Kann sein, kann nicht sein." Ulli hatte etwas Neues entdeckt. „Schau, sie hat körbeweise Gänseeier gehamstert. So gut gehen die Dinger doch gar nicht! Lass uns jetzt oben weitersuchen."

Auch hier war alles penibel aufgeräumt.

„Mist, wahrscheinlich hat sie ihre privaten Sachen in diesen Schrank eingeschlossen", meine Freundin rüttelte vergeblich an dem massiven Stück. „Du bist die Detektivin, mach was."

„Bei einem Sicherheitsschloss muss ich passen, es sei denn, man nimmt eine Brechstange, aber die habe ich nicht ständig dabei."

„Ach was, ich dachte, die gehört wie ein Büchsenöffner standardmäßig zu deinem Auto, falls die Batterie des Zündschlüssels mal versagt."

Gerade, als ich diese unqualifizierte Bemerkung mit einem messerscharfen Kommentar ahnden wollte, hörte ich zögernde Schritte auf der Holztreppe. Vorsichtig gesetzt, eher tappend, Schritt für Schritt, als wäre sich diese Person bewusst, dass sie nicht alleine im Haus war. Von unserem Platz aus hatten wir keinen Ausblick auf die Wendeltreppe.

„Schnell, ins Schlafzimmer, wir gehen unters Bett." Ich schubste die zögernde Ulli in unser Versteck und fühlte einen Moment lang das Prickeln aus meiner Kindheit, wenn ich mich in dem fensterlosen Nebenraum des Salons Véronique unter einer hochbeinigen, durchgesessenen Couch versteckt hatte, um die Lehrmädchen während ihrer Pausen zu belauschen.

Britta, oder wer auch immer es war, hatte inzwischen die obere Etage erreicht. Das Tappen war in ein Schlurfen übergegangen und verstummte vor dem Schlafzimmer. Nach einem Moment, in dem ich vor Konzentration den Atem anhielt und mir die physischen Folgen einer Panikattacke ausmalte, ertönte ein Geräusch, das mich vor Überraschung zusammenfahren ließ.

„Was ist das, ein Pfau?“, zischte Ulli.

„Nein, nur ein Kind, das auf einem Grashalm Trompete spielt.“ Zwei sommersprossige Beine guckten aus Hochwasserhosen, näherten sich auf Zehenspitzen dem Bett. Als ich mehr schlecht als recht einen Eulenruf produzierte, knallte Ulli vor Schreck mit dem Kopf gegen den Bettrahmen, und Gitti ging in die Hocke. „Habt ihr mich gehört?“

„Du warst nicht schlecht“, gab ich zu.

„Was macht ihr hier?“

„Schnüffeln“, sagte Ulli unverblümt, kroch unter dem Bett vor und strich Gitti über die schief stehenden Haarbüschel.

„Willkommen in unserer Detektivbande.“

„Ihr braucht mich, ich habe den Schlüssel für den Schrank. Britta hat zwei, sie denkt, sie hat diesen hier verschlampt. Kennt ihr Indianertauschhandel?“

„Man gibt etwas und bekommt was dafür zurück“, riet ich.

„Oder man nimmt etwas und lässt etwas anderes da“, erläuterte Gitti ihre persönlichen Spielregeln.

„Britta hat das Spiel aber nicht begriffen. Ich hatte mir ein Ei genommen, sie hat ja genug. Auf einmal ist sie stinkig geworden und wollte das Ei wiederhaben.“

„Weißt du denn, was im Schrank ist?“

„Na klar, die Eier, sag ich doch.“ Gitti zog einen losen Schlüssel aus der Jeanstasche und hielt ihn mir hin.

„Du brauchst dich nicht zu bedanken, deine nette Mutter hat mir schon deinen Lippenstift geschenkt. Sie sagt, der taugt bei dir nur als Kriegsbemalung im Dunkeln, und du sollst hübschere Sachen anziehen, damit ...“

„Mach mal ’ne Sabbelpause“, forderte Ulli und schloss den Schrank auf. Dann pfiff sie anerkennend durch die Zähne und reichte mir eines der verdächtig schweren Eier, das sie vorher angeknickt hatte.

„Das muss man Britta lassen, wenn es um Raffinesse geht, ist sie spitze. Bis oben gefüllt mit Hasch, und ich hab mich gewundert, warum sie so gerne unseren Straßenverkauf übernimmt. Geschickt präpariert, man sieht nur ein winziges Loch, auf den ersten Blick sind die Gänseeier ein typisches Souvenir, aber sieh mal, hier hat sie einen kleinen Raben als Markierung angebracht."

So, Schluss mit lustig, ich fühlte mich nach Strich und Faden an der Nase herumgeführt. „Ulli, ich werde meinen Mund halten, aber mach mir bitte nichts vor. Ich weiß, dass der Stoff von eurem Versuchsfeld stammt, habe sogar die Abfüllstation gefunden, das zähflüssige Harz, aus dem Marihuana gewonnen wird."

„Wovon sprichst du? Wir haben als Versuchspflanze eine Hanfart genommen, aus dem du unbesorgt einen Säuglingstee machen kannst."

„Es gab sogar gepolsterte Schachteln für die Eier."

Wir schauten uns ratlos an.

„Wenn jemand denkt, dass jemand denken soll, dass ein anderer was tut", startete Gitti und blieb dann stecken.

„Danke, was wären wir ohne dich!" Ulli schnallte es als Nächste. „Man hat alles so hergerichtet, damit man uns im Zweifelsfall etwas anhängen kann. Britta hat den Gewinn, und wir wandern in den Knast. Sie weiß genau, wer hier im Landkreis für den Eigenbedarf anbaut oder Wiederverkäufer ist, hat ja genügend Gelegenheit, im ‚Seehof' lange Ohren zu machen. Wahrscheinlich streicht sie ein Schweigegeld in Form von Ware ein."

Außer den Eiern und weiteren Quittungen aus dem Bienenkorb entdeckten wir noch Farbtuben, feine Pinsel und Tontiegel mit bräunlichem Pulver. Ich leckte meinen Zeigefinger an und tauchte ihn mit der Spitze in eines der Töpfchen, sofort nahm der Finger die Farbe von frischem Blut an.

„Hier sind noch Schablonen, es ist harmloses Zeug." Ulli kannte sich aus. „Britta entwirft Tattoos aus Henna, die einer Tätowierung täuschend ähnlich sehen. Es handelt sich dabei um das neueste Projekt der ehrenwerten Rabengesellschaft. He, dein Mund steht offen, was ist los?"

Ein blutverkrustetes Glied mit frischer Tätowierung, die sich im Laufe von 24 Stunden in Luft aufgelöst hatte. Dietrich Behncke war mit harmlosem Henna gebrandmarkt worden!

„Was bedeutet bei den Damen des Vereins zur Pflege weiblichen Brauchtums ein Rabentattoo am Schniedelwutz?", fragte ich mit Seitenblick auf Gitti, die nur noch aus Augen und Ohren bestand.

Ulli hüstelte. „Da die echten Raben in strikter Einehe leben, sollten mit dieser - ich nenne es mal Markierung - Ehebrecher gekennzeichnet werden. Das sei schon bei den Amazonen üblich gewesen, sagt Elli. Es galt als erste Verwarnung für Wiederholungstäter. Britta hatte damals das Tattoo in Form eines Abziehbilds entworfen. Ich habe keine Ahnung, wie die Damen es an den dafür vorgesehenen Stellen platziert haben. Elli hatte darauf bestanden, alle Materialien und Muster für die Tattoos ausgehändigt zu bekommen. Britta muss welche behalten haben." Mit Rücksicht auf Gitti erörterten wir das Problem nicht näher.

Unser Besuch hatte sich gelohnt, von wegen harmlose Freundin, die liebe Britta. Eine feine Dealerin! Nicht zu reden von ihrer Doppelrolle bei den Raben!

45.

Der nächste Teil unseres Plans bestand darin, dass Ulli mit Hilfe meiner Mutter ein wenig bei Elli recherchieren sollte, während ich im Bienenkorb Erkundigungen einzog. Später wollten wir uns dann treffen. Gitti schickten wir hartherzig nach Hause.

„Morgen ist Generalprobe, da bist du besser ausgeschlafen und übst noch einmal deinen Text", riet ich ihr.

„Nie im Leben werde ich das blöde Gedicht aufsagen", erklärte sie bestimmt. „Ich will Detektivin werden und kein Waldschrat." Gitti in der Rolle eines Waldschrats, das schien mir auch keine glückliche Rollenbesetzung zu sein.

„Ich werde mit Harald reden, vielleicht lässt sich da noch was ändern" versprach ich. „Was möchtest du denn gerne spielen?"

„Eine Amazone", kam es wie aus der Pistole geschossen.

Vera hatte mir die volle Montur aufs Bett gelegt: Einen ihrer engen, schwarzen Röcke, dazu ein neues, silbernes Paillettenshirt, glänzende Strumpfhosen und eine höchst überflüssige Haarspange in Form einer voluminösen Samtschleife.

„Das macht dich jünger", behauptete Vera kühn. „Männer mögen kindliche Schleifen, dann schlüpfen sie besonders gerne in die Rolle des starken Beschützers."

„Dir würde sie noch besser stehen", protestierte ich.

„Kann schon sein", Vera kokettierte mit ihrem Spiegelbild, „aber ich alte Frau werde den Abend brav mit meiner Ziehmutter verbringen, während mein Töchterchen auf die Jagd geht. Wer ist denn der Kavalier des Abends? Dieser schmucke Jäger mit dem Rotzbengel? Er hat gerade die Scheidung eingereicht, auf mich wirkt er grundsolide, und als Besitzer von Haus und Land ..."

„Tut mir Leid, wenn ich einfach so reinplatze", Karl stand in der Schlafzimmertür, unter dem Arm einen präparierten Dachs. Aber das war nicht der Grund, warum wir ihn fasziniert anstarrten, meine Mutter mit offenem Mund und ich mit dem Gefühl, auf dem falschen Dampfer zu sein.

Karl trug eine rehbraune Samtkombination, aus der ein rüschenbesetztes Hemd hervorschaute, dessen Ärmel mit üppigen Volants geschmückt waren. Auf dem Kopf einen breitkrempigen Schlapphut in Förstergrün mit verwegen wippender Feder.

„Friedrich Gottlieb Klopstock. Er weilte einst als Gast auf dem Gartower Schloss. Es ist mein Kostüm für morgen. Ich wollte dich in standesgemäßer Kleidung begleiten, meine anderen Klamotten riechen ein wenig nach Schaf."

Ich grinste meine Mutter an. „Wie gut, dass du für mich das passende Outfit in die Hand genommen hast. Karl und ich, wir werden im Bienenkorb Furore machen, gib mir sofort die Samtschleife zurück." Vera zauberte ein Erfrischungstüchlein herbei und betupfte ihre Schläfen. „Oh, ich glaube, meine Migräne kehrt zurück. Elli muss mir gleich einen Tee machen."

„Sehr gut", Karl drückte meiner Mutter den Dachs in die Arme. „Wenn Sie den bitte Elli geben, sie hat ihn Harald abgekauft."

„Hübsch siehst du aus, um Jahre älter", meinte Klopstock alias May alias Karl, nicht geübt im Austausch von Komplimenten.

„Ich habe mich für eine apomiktische Zukunft entschieden", erwiderte ich bissig, „da ist die Kleidung ganz egal."

Wir standen in der Einfahrt zum Bienenkorb und ließen uns durch eine Kamera begutachten.

„Auf wessen Empfehlung kommen Sie?", wollte eine quäkende Stimme wissen.

„Dietrich Behnckes", erwiderte ich prompt, denn nach all den Scherereien konnte mir der Mann posthum ruhig einen kleinen Gefallen tun. Bingo, der Türsummer ertönte.

„Den Gästen vom Besten", begrüßte uns eine Art Hausmutter im Freizeitlook und starrte fasziniert auf unsere Kleider.

„New look, wir haben noch was Kleines mit Spitze drunter", legte ich dar und ließ Karl das Eintrittsgeld von 50 Euro blechen. Pro Kopf, versteht sich.

„Was ist denn im Preis mit drin?", wollte mein sparsamer Begleiter wissen.

„Ein Softdrink nach Wahl an der Hausbar, abgeschlossene Garderobe im Swingerraum und Handtücher, falls Sie unseren Whirlpool oder die Aromaduschen in Anspruch nehmen möchten." Die Dame musterte uns noch einmal unverhohlen. „Spezielle Wünsche gehen extra."

„Aber sicher", ich stieß Karl meinen Ellenbogen in die Rippen, „wegen der Extras sind wir doch gekommen."

„Möchten Sie sich Ihre Wünsche gemeinsam erfüllen oder lieber getrennt?"

„Wie wäre es mit einem Rundgang, bevor wir uns entscheiden?“, schlug ich als Zwischenlösung vor.

„Sehr gerne, ich gehe voraus.“ Wir durchquerten den „Roten Salon“, sahen das „Spiegelkabinett“, warfen einen Blick in die „medizinische Abteilung“, den „Schul- und Züchtigungsraum“ und stoppten bei „Only for guys“.

„Die Damen-Verwöhnabteilung ist eine Etage höher“, die Hausdame zwinkerte mir zu. „Wenn Sie nur allgemeine Geselligkeit suchen, empfehle ich als Einstieg unser „Bauernstübel“ im Keller, da sind lauter nette Menschen, die es gerne lustig haben. Das Leben ist hart genug, nicht wahr?“

Karl stimmte erleichtert zu und weidete sich unterwegs an dem Anblick der spärlich bekleideten Damen, die ihn geschäftstüchtig anlächelten. „Wir sind nicht zum Spaß hier“, erinnerte ich ihn böse und nickte aus purer Höflichkeit einem blutarmen Jüngling zu, an dessen Tangaslip vorne eine Hasenpfote baumelte.

Schließlich wurden wir an einen lederbehosten Mitarbeiter übergeben, der uns mit einem herzhaften „Grüezi“ in Richtung einer langen Biertheke bugsierte. „Wollt ihr was ablegen?“ Nur Hut und Haarschleife.

Die männlichen Gäste sahen enttäuschend normal aus, wir hätten auch im „Grünen Jäger“ sein können. Die Herren waren in der Überzahl, die Damen trugen kurze Dirndl und viel Schminke, wanderten von Schoß zu Schoß und brachen im Minutentakt in kreischendes Gelächter aus.

„Bei uns geht es noch richtig zünftig zu“, erzählte Mister Lederhose, während er Bier zapfte. „Nicht jeder mag diesen neumodischen, perversen Schnickschnack von oben. Habt ihr ein Abo, ihr Zwei?“ Wir verneinten. „Ein Bier, ein Köm, ein Bad, eine Intimrasur oder Handmassage, das gibt es noch bis Ende des Monats im Angebot.“

„Wir nehmen den kostenlosen Softdrink“, bestimmte Karl.

„Also, eigentlich suche ich einen Job.“ *Bea, jetzt schnappst du über!*

„Wir stellen nur noch zeigefreudige Paare für die private Mitternachtsshow ein“, meinte der Barkeeper, „habt ihr die Gesundheitspässe dabei?“

„Den Bockschein hat sie“, Karl distanzierte sich unkollegial von mir. „Sie ist auch für alles Geschäftliche zuständig.“ So sprach Klopstock-May und verzog sich an einen der Tische. Verräter, Spielverderber, das sollst du mir büßen!

„Komischer Typ, bist du auf den fixiert? Wir haben hier einen tüchtigen, gut bestückten Neger ...“

„Einen Farbigen“, korrigierte ich automatisch.

„Sag ich doch, einen Swatten. Kommt aus der Prignitz, merkt aber keiner, wenn er den Mund nicht aufmacht.“

„Dietrich Behncke meinte, ich könnte so ähnlich wie seine Bekannte Britta arbeiten.“

„Bitte nicht schon wieder ein Sozialfall aus Hittfeld“, stöhnte der Mann. „Diese Britta, nix als Schulden gehabt, dann noch als Falschspielerin erwischt worden, Dietrich musste sie auslösen, sonst hätte man sie gelyncht. Wer bescheißt, ist dran, kapiert?“

„Ich hab gehört, sie hat alles abgearbeitet“, wagte ich mich vor.

„Womit denn? Sie hat Dietrich Informationen geliefert, das stimmt. Dazu noch ihre Abziehtattoos und ein paar Fotos gemacht, aber dann ist sie immer seltener hier aufgetaucht, war angeblich mit Dietrich an ’ner großen Sache dran. Haben sich oft gestritten, jeder wusste vom anderen, wo die Kacke am Dampfen war. Nicht gut fürs Geschäft!“

„Wird wohl so sein“, stimmte ich zu und traf damit die richtige Antwort.

„Soll ich bei der Chefin ein gutes Wort für dich einlegen?“ Mein neuer Kumpel griff um den Gratisdrink herum nach meinen baumelnden Ohrringen, die, wenn ich mich recht erinnerte, aus einem Kaugummiautomaten stammten.

„Zeig mal, was ist denn alles echt an dir?“ Der nächste Griff zielte handfest auf meinen Ausschnitt, aber bevor ich noch meine Hände und Füße in die WenDo-Grundposition zur Abwehr unerwünschter Aufmerksamkeiten bringen konnte, erhob sich Karl von seinem Stuhl. *Mein Retter, mein Held,* ich schmolz schon im voraus dahin, aber Karl ging ungerührt an mir vorbei auf einen neuen Besucher zu.

„Mensch Heinrich, du hier?“

„Der Schlaftee hilft nicht. Vadder is wieder weg. Ich will ihn nur heimholen."

„Mach man, bevor Martha was merkt." Ich spielte unsichtbar, aber Heinrich hatte mich bereits gesehen und schnappte nach Luft.

„Sie sagt nix", Karl bescheinigte mir einen guten Leumund. Wenn Heinrich Zweifel hatte, ließ er es sich nicht anmerken. „Wir wollten nur unsere Kostüme testen." Starker Tobak, aber auch das wurde geschluckt.

Während die beiden Männer sich auf die Suche machten, entzog ich mich mit einer geschickten Drehung der weiter nach Echtheit grapschenden Hand. Dann nahm ich das Familienbild der Breezels aus meiner Handtasche und zeigte auf Hansheinrich. „Sag mal, taucht der Alte hier regelmäßig auf?"

Mein Gegenüber zuckte die Achseln. „Die Alten haben doch kaum Kohle. Aber der da, das ist ein geiler Bock. Je öller, je döller. Den findest du einmal im Monat in der Schulmädchenabteilung."

„Und seinen Jungen?"

„Anständiger Kerl. Tut alles für seine Familie."

„So, ich geh mal die Chefin suchen." Indirekte Zeugenbefragung beendet.

Karl hatte bereits Vater und Sohn auf den Weg gebracht. „Du kannst mitkommen oder bleiben", ließ er mich kurz wissen und forderte von der Hausdame, die anscheinend die Chefin war, das Eintrittsgeld zurück.

„Bedaure, Sie haben diese Schwelle freiwillig überschritten."

„Aber wir haben keine Leistung in Anspruch genommen", argumentierte Karl. Das sah nach einer längeren Diskussion aus. *Aber heute nicht mehr mit Bea Puvogel!*

„Hör mal, Schätzchen, diese Gänseeier mit der pikanten Füllung, die du hier im Auftrag vertrieben hast", ich näherte mich der Dame auf Nasenlänge, „die reichen schon aus. Beihilfe zur Erpressung von Kunden, einige deiner Mädels sind minderjährig, andere illegal eingereist, und auf behördlich unerlaubte Veranstaltung von Glücksspielen in Hinterräumen steht nach § 284 sogar Freiheitsstrafe, was sagst du nun?"

Nichts sagte die Dame, sondern gab uns schweigend das Eintrittsgeld zurück.

46.

„Du bist nicht so hilfsbedürftig, wie du manchmal wirkst“, teilte mir Karl seine Gedanken auf der Rückfahrt mit.

„Ich kann durchaus über mich hinaus wachsen“, sagte ich mit bescheidenem Stolz. „Setz mich bei Elli Behncke am Deich ab“. Ich lehnte mich dichter an ihn, nur so. Auch für mich gab es Momente, in denen ich weder grübeln noch diskutieren mochte. „Ich möchte heute Nacht nicht alleine schlafen.“ Karl verstand sofort, wie es gemeint war. „In Ordnung, ich komme dich später holen.“

Bei Elli brannte Licht. Es war kurz vor zehn, wie viele alte Menschen ging sie erst spät zu Bett. Ich verweilte noch einen Moment am Deich, schaute zur dunklen Silhouette der Rabeninsel hinüber, die Liebe und Tod gesehen hatte, und deren gefiederte Bewohner sich dennoch durch nichts hatten vertreiben lassen.

Zu meiner Überraschung war die Vordertür verschlossen. Als keiner auf mein Klopfen reagierte, beschlich mich ein ungutes Gefühl, und ich schlug schnell den Weg ums Haus herum zur Terrasse ein. *Sei nicht so überspannt, Bea, alles Einbildung, die Tür ist angelehnt, ein Vorhang weht, und Elli plaudert mit ihren Gästen.*

„Darf man eintreten?“ Ich schob den Vorhang zur Seite und sah mich einer heimeligen, ländlichen Idylle gegenüber. Elli, meine Mutter und sogar Ulli saßen gemütlich um den Tisch herum, zwischen sich eine bauchige Teekanne auf einem Stövchen, Kerzen brannten, ein Teller mit Gebäck stand bereit, und auf einem Tablett waren bereits vier Gläser Likör oder etwas Ähnliches eingeschenkt. Vier? Als ob sie auf mich gewartet hätten. Fast wäre ich über den ausgestopften Dachs gestolpert, der umgekippt auf dem

Teppich lag und alle viere steif nach oben streckte. *Nein, Bea, das ist kein schlechtes Vorzeichen, auch wenn du diesen Dachs noch persönlich gekannt hast.*

„Ach du, Bea", begrüßte mich meine Mutter wenig freundlich.

„Setz dich zu uns, Kindchen, wenn du schon mal da bist", schlug die Gastgeberin lustlos vor.

Ulli starrte mich nur drohend an. „Hau ab", empfahl sie mir leise aber eindringlich. *Aber nicht mit Bea, jetzt gerade nicht.* Vielleicht setzte Elli die beiden unter Druck, und in den Likörgläsern befand sich ein Giftcocktail nach Art des Hauses?

Ich machte einen Bogen um den Dachs und setzte mich zu ihnen. „Wollt ihr hören, was ich über Brittas Vergangenheit herausgefunden habe?", eröffnete ich das Gespräch, als mir das sture Schweigen langsam auf die Nerven ging.

„Nicht nötig", lehnte Ulli ab und schaute demonstrativ auf die Gläser.

„Ja dann ...", hilflos griff ich nach dem Tablett und hielt es den anderen hin, „wollen wir zusammen ‚Prost' sagen?" Automatisch wartete ich auf Veras üblichen Kommentar, denn das wäre ihr Stichwort für ‚so jung kommen wir nicht mehr zusammen' gewesen, mit dem ich groß geworden war. Aber Vera enttäuschte mich, sie lehnte das Glas strikt ab, nur Elli griff zu.

„Man sollte meinen, ihr setzt kein Vertrauen in die Natur", sagte sie ärgerlich. „Hat nicht schon Sokrates ohne Klagen den Schierlingsbecher genommen und auf Gerechtigkeit im Jenseits gehofft? Hängt ihr so sehr an eurer alten, irdischen Hülle, dass ihr nicht in Würde annehmen könnt, was das Schicksal für euch bereithält? Jede Uhr läuft einmal ab."

Was war denn hier los? Elli wollte alle vergiften? Warum? Fühlte sie sich durchschaut? Was hatte sich hier heute Abend abgespielt?

„Es ist Flecken-Schierling", Ulli sprach ohne Betonung, eher gleichgültig, aber ich spürte die volle Konzentration, die dahintersteckte, nein, sie hatte noch lange nicht aufgegeben.

„Wir müssen den Schierlingsbecher nicht trinken, Elli kann uns unmöglich dazu zwingen. Du bist eine böse, alte Frau", bei diesen Worten schaute ich Elli furchtlos in die Augen. „Sind dir Ulli und Vera auf die Schliche gekommen, willst du deshalb alle Zeugen beseitigen? Hast du auf die gleiche Art deinen Neffen umgebracht? Ihn auch noch erschossen, um ganz sicher zu gehen? Er war kein guter Mensch, gewiss, aber was du tust, ist verboten! Sie werden dich für immer einsperren, und das ist gut so."

Ellis Blick schien bis in meine Seele zu dringen, und einen kurzen Moment meinte ich, mit ihr zu verschmelzen. Ich spürte bei ihr Kraft und starke Gefühle, gepaart mit einem Hauch von Trauer. Hatte ich mich bei ihrer Einschätzung geirrt?

„Sie ist es nicht gewesen", Vera und ich sprachen es fast gleichzeitig aus.

„Ulli, ich weiß nicht, was hier los ist, aber lass uns das Zeug wegschütten und gehen. Vera kann sich weiter um Elli kümmern."

„Irrtum, Bea, dafür bin ich jetzt zuständig, ich werde mich sogar um euch alle kümmern." Britta lehnte lässig an der Terrassentür, in der Hand eine Schusswaffe mit Schalldämpfer.

47.

„Dietrich hat mir die Pistole besorgt und das Schießen beigebracht, habt ihr das gewusst? Seine Feinde waren eine Zeit lang auch meine Feinde, aber wenn er geahnt hätte, dass der erste Schuss aus dieser Waffe ihn selbst richten würde, wäre er nicht so leichtsinnig gewesen."

Sie kam ein paar Schritte näher und stieß dabei den Dachs achtlos mit dem Fuß zur Seite. „Er hatte die Wahl. Wer nicht teilen will, muss sich nicht wundern."

„Man hat mir erzählt, dass Dietrich dich aus der Spielbank in Hittfeld rausgeholt hat." *Ablenkung lautet die Devise.*

„Na und? Ich bin damals erwischt worden, er nicht. Wir waren schon länger ein Team. Dafür habe ich teuer gezahlt. Wer hat sich denn zu den ganzen Veranstaltungen hingequält, um ihm Bericht zu erstatten? Wer hat seine Kunden in den Bienenkorb gelockt und nette Bildchen gemacht?"

„Britta, ich finde, du bist künstlerisch sehr begabt. Das kannst du doch nicht alles aufgeben", appellierte Ulli.

„Kunst, davon kann ich nicht leben. Gänseeier und Tattoos", sie lachte hart auf, „selbst mit dem Hasch war auf Dauer nichts zu holen, es ist doch nur eine Frage der Zeit, bis das Zeug legalisiert wird. Dann kam die Apomixis-Geschichte, ich wollte endlich auf einen grünen Zweig kommen. Aber Dietrich beschloss, alleine abzusahnen."

„Hat er die Disketten entwendet?"

Britta fuhr zu mir herum. „Tust so, als wenn du kein Wässerchen trüben könntest, du eklige Schnüfflerin. Ja, er hat sie mir gestohlen."

„Nachdem du sie uns gestohlen hattest", warf Ulli ein.

„War nicht in jedem Fall nötig. Die erste, es war deine, brachte mir das blöde Balg von alleine an. Bei dir hat sie als Ausgleich das Rabenbuch versteckt. Indianertauschhandel nennt sie das. Ich sollte ihr was für die Diskette geben, aber mit Schleckerkram war sie nicht zufrieden und hat später versucht, eins der Eier zu stehlen. Haralds Diskette habe ich mir selbst besorgt, sie steckte in seinem Faunskostüm."

„Nur bei Karl hat es nicht geklappt", stellte ich fest.

„Ja, da bist du mir dazwischen gekommen. Alles eine Frage der Zeit. Aber man wird ihn demnächst wegen des Anschlags auf den Mast verhaften, die falschen Zeugen dafür habe ich bereits eingekauft. Es sei denn, er überlässt mir alle Unterlagen."

„Niemals", sagte ich aus Überzeugung.

Sie machte eine Bewegung in Richtung der Gläser. „Ihr werdet das Zeug trinken, oder ich knalle euch ab. Dietrich hat meinen Tee noch freiwillig getrunken, er hatte nicht geahnt, dass ich über seinen geplanten Alleingang Bescheid wusste. Aber es war die falsche Mischung, da musste ich noch ein bisschen nachhelfen."

„Und dann hast du zusätzlich ein dilettantisches Tattoo angebracht, um Elli und die Raben zu belasten."

„Schlau wie ein Fuchs, dieser Puvogel. Diesmal klappt es besser, versprochen. Ich hätte schon eher Schierling nehmen sollen, habe sehr gut bei Ellis Vorträgen aufgepasst. Nach 20 Minuten kommt es zu Brennen in Mund und Rachen, Bauchschmerzen, Herzklopfen, Übelkeit."

„Dann folgen Erbrechen und ein erster, heftiger Krampfanfall, Zähneknirschen, die Augen drehen sich nach innen, röchelnde Atmung", ergänzte Vera lakonisch, die ebenfalls ihre Hausaufgaben gemacht hatte.

„Der Tod tritt nach spätestens zwei Stunden durch Ersticken oder Atemlähmung ein", bestätigte Elli.

„Richtig, und dir wird man ihn in die Schuhe schieben, du hast in deinem Wahn alle mit rübergenommen in eine bessere Welt. Keine Sorge, ich werde mir öffentlich die Augen ausweinen."

„Du kannst uns nicht alle gleichzeitig erschießen", sagte ich scharf und spürte, wie mein Kampfgeist erwachte.

„Richtig, aber ich bin mir sicher, dass ihr brav trinken werdet. Wir haben nur noch auf dich gewartet, extra die Terrassentür offen gelassen. Ach so, du kennst meine Trumpfkarte ja noch nicht. Wer möchte es ihr sagen?" Britta kostete ihren Triumph genüsslich aus.

„Sie hat Gitti", erklärte Vera mir nach kurzem Zögern.

Im Finstern mancher schlägt ein Kreuzchen,
hört klagen er das arme Käuzchen,

wandte sich Ulli beschwörend an mich, und da hörte ich es auch - einen dumpfen, klagenden Eulenruf, wie ihn nur Gitti zu produzieren wusste.

„Ich trinke das Zeug nicht", teilte ich meine Entscheidung mit und fegte das Glas vom Tisch. „Wenn Britta mich erschießt, stürzt ihr euch auf sie."

„So, du willst also die Heldin spielen! Reisende und Selbstmörder soll man nicht aufhalten." Ohne jede Gefühlsregung kam Britta mit erhobener Waffe näher. Als sich der Schuss löste, wunderte ich mich nur kurz, dass ich keinen Schmerz verspürte, machte einen Schritt vorwärts (*Bea, Klaus Störtebeker ist ohne Kopf noch 30 Meter gegangen, das schaffst du auch*), griff mir den präparierten Dachs und schleuderte ihn mit aller Kraft gegen Britta. Die hatte ihre Waffe fallen lassen und hielt sich den blutenden Arm.

„Soll ich nochmal schießen?" fragte Gitti, die in der Tür zum Garten stand, in der Hand eine P6, bei der es sich mit höchster Wahrscheinlichkeit um die entwendete Dienstwaffe von Clemens Busch handelte.

„Sie hatte mich gar nicht geschnappt", erklärte mir Gitti, während die anderen sich um Britta und die Benachrichtigung der Polizei kümmerten. „Alles erlogen, sie lügt ständig, die blöde Britta, ich hab euch von draußen zugehört. Inges Mann konnte die Disketten gar nicht klauen, der hatte ja nicht den Schlüssel zum Schrank."

Ich fasste Gitti an den Schultern und zog sie dicht zu mir heran. „Gitti, du hast uns das Leben gerettet, dafür bin ich dir sehr, sehr dankbar, aber jetzt sag bitte die Wahrheit, hast du mit den Disketten Indianertauschhandel gespielt?" Gitti schaute sich interessiert den Dachs an, als wenn sie ihn im Leben noch nie gesehen hätte.

„Kann sein", teilte sie dem Dachs mit. „Britta war eine Spielverderberin, da habe ich die eine Diskette in den See geschmissen. Die andere habe ich hier versteckt, aber sie ist schon wieder weg. Du kannst Elli fragen."

„Anmaßung, bodenlose Überheblichkeit, der Natur pfuscht man nicht ins Handwerk", grollte Elli.

„Es könnte die Landwirte autonom halten ...", begann Ulli ärgerlich, wurde aber von Vera unterbrochen.

„Elli braucht jetzt Ruhe, lasst sie zufrieden." Ich war mir sicher, dass die Diskette von ihr vernichtet worden war, blieb noch die Pistole.

„Wo hast du sie her?", fragte ich Gitti eindringlich.

„Im Wald gefunden." Gitti schielte wieder fürchterlich, wie immer, wenn sie etwas zu verbergen hatte.

„Gegen was hast du sie getauscht?"

„Otto hatte sie von seinem Freund, das ist der Sohn vom Polizisten, sie haben alle damit gespielt, und dann hatten sie Angst vor Herrn Busch. Ich hab ihnen zuerst zugeguckt und dann gesagt, ich schmeiß das Ding für euch in den See, die Jungs waren zu feige. Komme ich jetzt ins Gefängnis?"

„Nein, aber erzähl das alles am besten Herrn Schmitter."

„Nun, Frau Kollegin, wie ich sehe, haben sich unsere Ermittlungen überschnitten." *Von wegen, das kann ja jeder sagen!*

Der Kommissar tat mit seinen Leuten das, was nötig war, wir gaben Brittas Geständnis zu Protokoll, Gisela, blass und elend, holte Gitti ab, und dann tauchte endlich Karl auf und brachte uns nach Hause.

„Wenn man dich mal allein lässt", ich sah ihm seine echte Sorge an, als wir - viel später - in seinem Wohnwagen nebeneinander lagen.

„Eure Forschungsergebnisse? War jetzt alles vergeblich?", fragte ich verzagt.

„Man kann immer wieder von vorne anfangen", Karl blieb gelassen, „ich mache weiter, auch wenn die anderen aussteigen."

Harald wollte mit Inge weggehen, und Ullis Begeisterungsfähigkeit konzentrierte sich eher auf die ganz praktischen Dinge des Lebens. So würde der einsame Wolf alleine weiterkämpfen und ab und zu den Mond anheulen, es sei denn, er hätte die passende Gefährtin, war mein letzter Gedanke vor dem Einschlafen.

48.

„Es geht ihr nicht so gut, aber sie will trotzdem zur Aufführung", informierte Vera uns über Elli. „Übrigens, das Arsen hat sie angeblich vernichtet."

Wir saßen zu dritt am späten Mittag bei Ulli vorm Haus, hatten uns den Gartentisch aufgebaut und hingen unseren Gedanken an diesem fast unwirklichen Altweibersommertag nach, an dem

Spinnen an langen Fäden durch die Luft schwebten und eine sanfte Brise den Geruch vom See herüberwehte.

„Die Herbstzeitlose blüht", meinte ich verträumt, in Gedanken noch bei den Ereignissen der letzten Tage.

„Die Pflanze der Medea aus dem Lande Kolchis, Ellis Lieblingspflanze."

Wir tranken einen ganz normalen Tee ohne heilwirksame Zusätze. „Ich habe für Harald eine Kaution gestellt, jetzt bin ich pleite", gab Ulli zu. „Zeit, wieder auf Geisterjagd zu gehen und in die Karten zu schauen, das Geschäft wurde ein bisschen vernachlässigt."

„Die alten Breezels glauben fest daran, schaden kann es ihnen nicht", räumte ich ein, „aber was ist bloß mit Gitti los? Sie ist anders als der Rest ihrer Familie, hast du eine Ahnung, wer ihr Vater sein könnte?"

„Das falsche Gerücht über Dietrich hat Gisela bewusst ausgestreut, ich nehme mal an, sie will damit einen aus dem Dorf decken."

„Das Mädchen sollte nicht bei seiner Familie bleiben", erklärte Vera bestimmt. „Aber du, Bea-Mäusel, du solltest dich auf deine Wurzeln besinnen und in der Nähe deines alten Mütterchens leben. Was hast du jetzt vor?"

Der Mord an Behncke war aufgeklärt, mir blieben nur noch die Ermittlungen zum Pfauen-Ripper.

„Bleib, solange du willst. Wir könnten in einer Gemeinschaftspraxis arbeiten. Es sei denn", tastete Ulli sich vor, „du möchtest das romantische Leben eines Schäfers teilen."

„Nein", bekannte ich. „Es wäre nicht von Dauer. Er lebt für seine Ziele, und ich kenne noch nicht mal meine eigenen." *Deine Heimat ist ein Smart, Bea, gib's doch zu!*

„Aber ich bleibe gerne noch ein paar Wochen bei dir."

„Wir werden ein neues Praxisschild entwerfen", freute sich Ulli. „Psychologisch-esoterische Beratungen auf Naturheilbasis zur Erforschung des wahren Ichs und anderer verloren gegangener Elemente."

„Zeit zum Aufbruch. Habt ihr eure Kostüme?" Vera wirkte wieder mal jünger und dynamischer als ihre eigene Tochter. *Auch du bist mir noch ein paar Antworten schuldig, liebe Mutter.*

Der sagenhafte Hexentanzplatz lag mitten im Wald, geschichtsträchtig umgeben von den Resten eines slawischen Kastells und eingerahmt von knorrigen Kiefern und Eichen, durch die sich die goldenen Lichter der tief stehenden Sonne gleißend ihren Weg bahnten. Auf einer Wiese weiter unten hatten die Männer ein Terrain abgesteckt und in kleine, nummerierte Planfelder eingeteilt.

„Schafsköttel-Roulette", jubelte Gitti, die in ihrem zerfetzten Lodenanzug und der wilden Kriegsbemalung wirklich wie ein Waldschrat aussah.

„Du darfst noch wetten", meinte Karl lächelnd, der eins seiner Schafe an einem Strick führte. „Wenn die Glücksköttel auf dein gewähltes Quadrat fallen, gehört dir der ganze Einsatz."

„Im Wendland kann man aus Schiet Geld machen", bestätigte Harald im Vorbeigehen, bevor er wieder zu seinen menschlichen Schäfchen eilte. „Die Kinder für das Singspiel zu mir! Wo bleiben die Jagdhörner?"

„Ich muss jetzt gehen, zuerst spiele ich eine Lauchstange", verabschiedete sich Gitti.

Das halbe Dorf war gekommen, um an der Probe mitzuwirken. Auch etliche Schaulustige nahmen auf den einfachen, gezimmerten Tribünen Platz. Ich wusste noch immer nicht, worin meine aktive Rolle bestand, aber Harald verteilte an jeden von uns ein Textblatt. „Bis morgen bitte auswendig."

Gisela Breezel hatte verweinte Augen und drückte mir fest die Hand. „Es ist alles zu viel", sagte sie nervös, und ich gab ihr innerlich Recht.

„Jetzt kommt Oskar", verkündete Vera, die neben mir Platz nahm. „Er ist Hegeringsleiter, sie spielen bis zu fünfstimmig. Die ‚Hegewaldfanfare' will er ganz persönlich für mich spielen."

In der Tat schaute Oskar, während er mit dicken Backen blies, immer wieder stolz in unsere Richtung. Dem ‚Anblasen des Treibens' folgte noch ‚Hahn in Ruh', bis die aufgeregten Kinder endlich den Platz erobern konnten.

Inge, die sich einen Dreck um konventionelle Trauerkleidung scherte, trug ein wallendes Gewand, durchzogen mit Silberfäden, und brachte jetzt die herumwuselnden Kleinen in Reih und Glied. Nach einigen mehr schlecht als recht vorgetragenen Kinderliedern, die aber von den begeisterten Zuschauern mit überschwänglichem Applaus belohnt wurden, schubste man einen verängstigten, kleinen Jungen im Hasenkostüm in die Mitte. „Ich bi-in der Zeitgeist", begann er und legte dann bei seinem Gedicht von Trakl, wie ich dem Programm entnahm, ein rasantes Tempo vor.

Die Birken dort, der schwarze Dornenstrauch,
auch fliehn im Rauch Gestalten aufgelöst.
Hell Grünes blüht und anderes verwest.
Und Kröten schliefen durch den jungen Lauch.

Kröten- und Lauchkinder krabbelten wild durcheinander, aber bevor ein Chaos ausbrechen konnte, folgte 'Mien Heimatland an Elwestrand', vorgetragen vom gemischten Chor Höhbeck.

Einige der Rabenfrauen stellten sich anschließend zu einer düsteren Runde auf und trugen ein Sonett an die mir unbekannte Eleonore Prochaska vor:

Bleich lag sie, auf das Lager hingetragen,
als sie durchbohrt' ein feindliches Geschoss.
Sie litt so still, als meine Träne floss.
Ich seufzte schwer, ihr Mund war ohne Klagen.

„Pause", dröhnte Haralds Stimme. „Götter, Tauträger und Nymphen umziehen. Saft und Würstchen für die Helfer, letzter Aufruf fürs Schafs-Roulette."

Mit Hilfe des Ex-Nebelhexenkleids und einer Efeuranke verwandelte ich mich aufopfernd in eine tautragende Nymphe.

„Beim ‚wallenden Gewölk' gehst du diagonal über den Platz, das Stichwort lautet ‚Schnatternde Gänse im Nebel'", entzifferte Vera die Regieanweisung, um dann ein honigsüßes Lächeln für Oskar Fuchs aufzusetzen. „Wunderbar, dieser Hörnerklang", schmeichelte sie, aber Oskar wollte zu mir.

„Otto hat eine gehörige Abreibung von mir bekommen. Ich weiß, psychologisch ist das nicht richtig, aber er hatte es verdient. Man lässt kleine Mädchen nicht an Waffen ran."

„Eben und überhaupt. Psychologisch geht das in Ordnung. Das mit der Abreibung", stellte ich klar und beobachtete dabei Gisela und ihre Schwiegermutter, die sich ein Stückchen weiter weg wild gestikulierend ein Wortgefecht lieferten.

„Willst du uns alle ins Unglück stürzen?", hörte ich Martha sagen, die dabei in ihrer schwarzen Rabenkluft dramatisch die Hände rang. Ob das zur Rolle gehörte? Aber nein, Gisela suchte als Nächstes schluchzend ihren Mann auf und verschwand mit ihm hinter einem Felsen. Zögernd ging ich ihnen nach, vielleicht konnte ich vermitteln oder trösten, aber schon rief Harald zur Fortsetzung der Probe auf.

Gittis großer Auftritt stand unmittelbar bevor. Sie trug ein neues Kostüm, das mit spärlichen Federn geschmückt war und mich an einen zerrupften Spatz erinnerte. Lustlos ging sie durch das Spalier der größeren Kinder und fiel noch vor der Bühne zu Boden, als man ihr ein Bein stellte. *Otto Fuchs, deine Abreibung hat noch lange nicht gereicht!*

„Auf dem Zaun ...", flüsterte Inge vernehmlich. Gitti ließ Kopf und Schultern hängen und begann ausdruckslos zu leiern.

Auf dem Zaun mit seiner Frau
sitzt der schöne, stolze Pfau ...

„Wechselbalg", tönte es da aus der Gruppe.

„Bankert.Unglücksrabe."

Ich bewunderte, wie sich Gittis kleine Gestalt straffte, wie sie stolz den Kopf hob und nun mit klarer und deutlicher Stimme laut deklamierte.

„...doch so schmuck auch sein Gefieder,
singen kann er keine Lieder.
Schreit nur hässlich immer ‚Pfau'.
Darum, liebes Kindlein, schlau ..."

„Hässlicher Bastard, verzieh dich." Ein Tannenzapfen flog knapp an Gittis Kopf vorbei, gefolgt von einem ersten Stein. Aber noch ehe einer der Erwachsenen eingreifen konnte, hatte Gitti sich mit einem wilden Schrei von der Bühne aus auf ihre Widersacher gestürzt, riss büschelweise Haare aus und trat dahin, wo es den großen Jungs wehtun musste.

„Sofort aufhören", brüllte Harald und ging mit einigen Helfern dazwischen. „Ihr geht alle auf die Bänke, wir sprechen uns noch. Für euch ist heute Feierabend!"

Gisela und ich wollten zu Gitti eilen, aber sie hatte sich bereits losgerissen und floh wie ein gehetztes Wild in den Wald.

„Lasst sie", sagte Karl, der zu uns getreten war, „das Mädchen kennt sich aus. Hauptsache, sie ist in Sicherheit. Die Bengel werden ihr nicht folgen."

„Es ist alles meine Schuld", murmelte Gisela.

„Komm jetzt, du hast gleich deinen Auftritt", Karl zog mich mit. Er trug sein Klopstock-Kostüm und fluchte über die flatternden Ärmel, mit denen er im Geäst hängenblieb. „Bitte reiß mir später ganz schnell diese Klamotten vom Leib", bat er, aber das konnte mich nicht aufheitern. Während ich im Hintergrund auf meinen Einsatz wartete, gab Vera mir von der Seite aus dringende Handzeichen. *Was ist denn jetzt schon wieder los? Kann man nicht mal in Ruhe seinen Tau tragen?*

In Friedrich Gottliebs, pardon, Karls mit Pathos aufgesagtem Gedicht ging es um den Mond und frühe Gräber.

Willkommen, o silberner Mond,
schöner stiller Gefährt der Nacht!
Du entfliehst? Eile nicht, bleib, Gedankenfreund!
Sehet, er bleibt, das Gewölk wallte nur hin ...

Mein Stichwort! Nie trug eine Nymphe ihren Tau rasanter quer über die Wiese und verschwand dann am Waldsaum.

„Was ist mit deinen ‚Schnatternden Gänsen im Nebel'?", fragte ich Vera, die mich im Laufschritt zu den geparkten Wagen zerrte und auf meine Frage nicht einging.

„Komm, wir haben keine Zeit zu verlieren. Der alte Breezel ist seit zwei Stunden verschwunden.“

Ich drosselte mein Tempo. „Das tut er regelmäßig, kein Grund zur Sorge.“

„Diesmal schon. Heinrich ist ihm mit dem Gewehr hinterhergefahren, und wir fürchten, er will seinem Vater das Lebenslicht auspusten.“

49.

Mein Schlüssel, ich hatte Smarties Schlüssel Ulli zur Aufbewahrung gegeben, weil mein Nymphenkostüm keine Taschen hatte.

„Du wirst doch wohl noch einen Wagen kurzschließen können?“, fuhr Vera mich an. „Was lernt man denn sonst auf der Detektivschule?“ Sie hatte bereits die Tür eines Kleinlasters geöffnet und machte eine einladende Handbewegung. „Los doch, an die Arbeit.“

„Ich hab's von deinem Ex-Schwiegersohn, dem Polizisten, gelernt“, erklärte ich, als wir wenig später über die Landstraße rasten.

„Martha und Gisela sind kurz vor uns aufgebrochen, sie haben auch Harald informiert, die Männer kommen gleich nach.

„Wo sollen wir suchen?“

„Gisela sprach von einem Ort, der sich Jammertal oder so ähnlich nannte.“

Das Jammerholz, der Vatermord als Erlösung! Ich trat das Gaspedal bis zum Anschlag durch.

„Mein Gott, Bea, hier sagen sich doch Fuchs und Hase gute Nacht. Ist das da oben eine Eule?“ Pah, was war schon eine Eule gegen den Heljäger! Wir strichen zu Fuß durch das Unterholz, es war dunkel, und ich war mir nicht sicher, ob ich die richtige Stelle schon gefunden hatte.

„Da schleicht jemand hinter uns." Vera blieb abrupt stehen. „Schau mal nach, Bea!"

„Verdammt noch mal, ich bin nicht deine Mutter."

Doch auch ich hörte brechende Zweige und das zögernde Verhalten von Schritten.

„Willst du meinen Stielkamm haben?", bot meine praktische Mutter an, aber was sollte man mit dieser harmlosen Waffe gegen das Gewehr ausrichten, das im Mondlicht hinter uns aufblitzte?

„Heinrich, machen Sie sich nicht unglücklich", beschwor ich unseren Verfolger, als er aus dem Schatten trat.

„Uns Vadder hat hier früher seine Jagd gehabt", erklärte Heinrich und ließ das Gewehr sinken. „Kann sein, dass er hier rumläuft, ich hab den Wagen weiter oben stehen sehen."

„Diese alte Geschichte vom Jammerholz, das ist doch nur eine dumme Legende", fing ich an, aber er unterbrach mich sofort.

„Keine Zeit für Geschichten, ich fürchte, er will sich was antun."

„So einer ist Ihr Vater nicht", wollte ich ihn beruhigen, aber das ließ Heinrich nicht gelten.

„Ich bin sein Fleisch und Blut. Genau wie die Gitti. Die Frau hat es mir gesagt."

Ich grübelte noch über diese Aussage, als Vera es in andere Worte fasste. „Ihr Vater ist Gittis Vater?"

Heinrich nickte.

Hansheinrich, der eine junge, hübsche Frau verführte und ihr dann bei sich zu Hause eine Stellung verschaffte. Gisela, die den Sohn lieben lernte, einheiratete und aus falscher Rücksicht bis vor kurzem geschwiegen hatte. Martha, sie musste Bescheid wissen, das erklärte auch ihre Verachtung für die Schwiegertochter. Gitti, deren Opa der Vater und deren Vater – nur ein Bruder war. Das alles hinter einer Mauer des Schweigens, mir wurde schwindelig. Egal, wir mussten weiter und bildeten eine Art Treiberkette.

„Da hinten sind die anderen", Vera machte mich durch Rufen auf den Schein einer Taschenlampe aufmerksam. Aber ich erfasste ihre Worte kaum, denn vor mir war ein Hindernis aufgetaucht, schaukelte ein massiger Körper nur wenige Zentimeter über dem Boden, um den Hals einen Doppelstrick, und ich dachte in diesem

Moment automatisch daran, dass bereits ein Zuggewicht von 3,6 kg genügte, um den sicheren Tod herbeizuführen. Es war nicht nötig, die anderen zu rufen, ich setzte mich auf den kühlen Waldboden und wartete, bis Vera, die mein Schweigen beunruhigt hatte, zu mir stieß.

„Ihr habt meinen Großvater aufgehängt“, teilte ich ihr mit.

Wir konnten die Masken fallen lassen, sie wusste, dass ich mich erinnerte. *Eins, zwei, drei, Spuk vorbei.*

„Bea, komm zu dir. Es ist Hansheinrich Breezel, der sich gerichtet hat.“ Meine letzte Ohrfeige hatte ich vor etwa 20 Jahren bekommen, aber diese hier war nicht von schlechten Eltern und brachte mich schnell wieder in die Gegenwart zurück.

Minuten später erreichten uns auch die anderen. Heinrich bemühte sich verzweifelt, den Strick zu lockern, aber es war längst zu spät. Martha stand mit gefalteten Händen vor der Leiche ihres Mannes. „Diese Schande, was hast du uns da angetan“, sagte sie verbittert mit trockenen Augen, um sich dann an ihre Schwiegertochter zu wenden. „Konntest du ihn nicht fernhalten?“

Gisela stand Arm in Arm mit ihrem Mann, als müssten sie einander festhalten. „Von mir schon, aber nicht mehr von Gitti. Du hast es genau gewusst. Der Tee, den du ihm gegeben hast. Der Schlüssel, den er für Gittis Zimmer hatte. Hast nie drüber sprechen wollen. Genau wie ich. Hab weggeschaut, wenn Gitti nachts geflüchtet ist.“

„Ich dachte, es hört von alleine auf“, flüsterte Martha gebrochen und konnte endlich weinen.

„Es hört nie auf“, sagte Vera leise zu mir. „Komm Bea, wir wollen sie alleine lassen.“

50.

Hansheinrich, der sich im Bienenkorb die Allerjüngsten aussuchte, die Finger nicht von seiner Enkelin lassen konnte, die in Wahrheit seine Tochter war. Harald, der von Gisela forderte, *jemandem endlich das Handwerk zu legen*, viele aus dem Dorf mussten es geahnt, wenn nicht gewusst haben. ‚Sie schweigen über Dinge, die schon immer so waren', hatte Karl gesagt.

Aber vor allem Gitti. Unkindlich in ihrem Verhalten, brüchig, hungernd nach Zuwendung und abweisend zugleich, klein und verletzlich, dabei furchtlos und bereit, einen eigenen Weg zu suchen. *Ach Gitti, deine Albträume bei mir, ich hätte schon damals darauf kommen können. Aber hinschauen tut weh, das weiß ich aus meiner eigenen Lebensgeschichte.*

Vera und ich kehrten nicht zum Hexentanzplatz zurück. Es gab genügend Menschen, die sich um Breezels kümmern würden, wir wollten zu Hause auf Ulli und die anderen Mitbewohner warten.

„Einen Moment lang habe ich mir eingebildet, meinen Großvater dort hängen zu sehen“, nahm ich das Gespräch wieder auf. „Dabei habe ich ihn doch gar nicht gekannt.“

„Du hast ihn nur einmal gesehen“, bestätigte Vera in einem neuen Tonfall, der mich aufhorchen ließ.

„Elli war auf Besuch gewesen und hatte ihn gefunden. Du solltest auf dem Flur spielen und tauchtest plötzlich in der Tür auf. Ich hielt es für das Beste, deine Erinnerung auszulöschen, denn was hätte sie dir genutzt?“ Ich hätte weniger Albträume gehabt und müsste seltener in unerwarteten Situationen kotzen, dachte ich zornig, aber damit musste ich alleine fertig werden.

„Hat er sich selbst ...?“

„Ja, zweifellos. Man hat es auf seine Erkrankung zurückgeführt. Er war ... hinfällig geworden. Chronisches Magengeschwür, zeitweise Lähmungen, Schwäche. Ein aktiver Mann wie er fürchtete nichts mehr, als zum Pflegefall zu werden.“

„Arsen.“ Das Wort stand zwischen uns. Meine Mutter hatte die Augen geschlossen.

„Du und Elli? Warum?“ Sie seufzte tief.

„Nicht ich, niemals! Ob Elli – ich weiß es bis heute nicht. Sie war immer für mich da, wenn ich sie brauchte, auch später noch, hat mich beschützt wie ein eigenes Kind.“

„Wovor musste sie dich schützen?“

„Er hat Dinge mit mir gemacht, die ein Vater nicht mit seiner Tochter tun sollte.“

Gitti musste es gespürt haben, vielleicht hatte sie deshalb so schnell Vertrauen zu Vera gefasst, aber die war selbst nur ein Opfer gewesen.

„Man liebt ihn, man hasst ihn, man fühlt sich ohnmächtig“, war das Letzte, was ich von Vera zu ihrer Vergangenheit hören sollte.

Es schien mir überflüssig, ihr einen Vortrag über die Möglichkeit einer kernresonanzspektroskopischen Analyse zu halten, mit deren Hilfe man auch noch nach Jahrzehnten in einer Haarprobe Arsen nachweisen konnte. „Lass uns morgen noch einmal zusammen mit Elli über ihre geheimen Giftvorräte reden“, schlug ich vor, aber Vera war lauschend ans Fenster getreten.

„Die Sirenen, hör doch, sie kommen näher.“

„Wir haben uns ohne Erlaubnis ein Auto geliehen“, fiel es mir wieder ein.

„Quatsch, der See brennt.“

51.

Es musste die Schilfinsel sein, von den Einwohnern unheilsschwanger Rabeninsel genannt. Der geheime Treffpunkt für Liebespärchen, die Entsorgungsstelle für unbequeme Tote. Sollte sie doch brennen und das ganze Wendland gleich mit, ich wollte nur noch weg. *Smartie! Du hast deinen Smartie im Stich gelassen, jetzt kannst Du nur mit einem geklauten Laster weg!*

Ich bat Vera, die Stellung zu halten, und schloss mich den Schaulustigen am See an. Das Ufer war abgesperrt.

„Sie lassen keinen mehr durch. Auf der Insel soll Sprengstoff versteckt sein."

„Nein, sie suchen ein kleines Mädchen."

„Halt, hier dürfen Sie nicht weiter." Ein Feuerwehrmann stieß mich grob zurück. „Bitte behindern Sie nicht unsere Arbeit."

„Gitti", kreischte ich und versuchte mit Gewalt, hinter die Absperrung zu gelangen. Dann ging alles ganz schnell. Eine Lichtfontäne schoss von der Insel aus hoch in den Himmel, versprühte leuchtende Sterne, verpuffte nur, um bunten Raketen Platz zu machen, Kugelblitze zuckten rötlich in der Nacht, bis das Ganze außer Kontrolle geriet und in einer gigantischen Stichflamme unter Donnerhall explodierte.

„Aaah", sagten die Zuschauer im ersten Moment, und auch ich war fasziniert von dem Schauspiel, bis ich dem nächstbesten Nachbarn das Fernglas aus der Hand riss und sah, dass am anderen Ufer ein Krankenwagen stand, umringt von aufgeregten Menschen, die sich um jemanden bemühten, der gerade auf einer Trage in den Wagen geschoben wurde.

Lass es nicht Gitti sein, bat ich stumm alle mir bekannten Mächte und fegte den Mann an der Absperrung mit einem gezielten WenDo-Schlag zur Seite.

Es war Harald, der mir mit angesengten Haaren entgegenkam. „Du kannst nichts mehr machen, es ist alles vorbei."

Was ist vorbei, wollte ich fragen, wagte es aber nicht.

„Karl hat es schwer erwischt, sie bringen ihn gerade ins Krankenhaus, aber was musste er auch noch rauf auf die Insel. He, wehe, du machst jetzt schlapp!" Ich sackte gegen ihn, blieb aber auf den Beinen.

„Hör zu, ich geb dir die Kurzfassung. Otto wollte sich an Gitti rächen, weil sein Vater ihn vermöbelt hatte. Ein Freund hat ihn verpfiffen, aber der weigerte sich, noch mehr zu sagen, und glaub mir, wir haben es handfest versucht. Erst Elli fand den richtigen Dreh. Sie drohte dem Jungen, seine Eier wegzuhexen, er hat jedes Wort geglaubt und uns zähneklappernd was von Sprengstoff auf der Rabeninsel erzählt. Otto soll das Zeug von Dietrich bekommen haben, quasi als Belohnung für seine Beteiligung bei dem Anschlag."

„Gitti, ist sie ...?"

„Sie war überhaupt nicht auf der Insel. Karl hat alles abgesucht, und als er umkehren wollte, wumm ... es war eine Fernzündung. Aber er wird wieder, keine Sorge."

Die Tränen in Haralds Augen straften ihn Lüge. Ich informierte ihn kurz über Hansheinrichs Tod und berichtete ihm, was ich über Gitti erfahren hatte.

„Gib zu, du hast es gewusst."

Harald antwortete nur widerwillig. „Ich hab schon mal mit den Leuten geredet, aber die hielten ja wie Pech und Schwefel zusammen. Ich dachte, das regelt sich, Gitti hat auch nichts Konkretes gesagt." *Ja, damit geht man nicht hausieren.*

Endlich tauchte Ulli neben mir auf, sofort lagen wir uns in den Armen und heulten um die Wette. Ulli hatte bereits von Breezels gehört und wollte jetzt gleich zu ihnen hinfahren, während Harald und Inge dem Krankenwagen folgten.

Um Gitti machten wir uns im Moment keine Sorgen, sie würde wie immer von alleine zurückkommen. Draußen gab es für sie weniger Gefahren als hinter einer verschlossenen Zimmertür.

„Ich will Smartie abholen. Gibst du mir bitte meinen Autoschlüssel?", bat ich Ulli.

„Peinlich, der Schlüssel ist leider weg. Ich hab ihn in meinen Beutel getan, zusammen mit anderem Krimskrams, und später lagen da nur noch Tannenzapfen."

„Sicheres Indiz für Indianertauschhandel."

Der Parkplatz am Höhbeck gähnte leer im Mondlicht, als ich mit dem schwerfälligen Laster einbog. Mein Lebensgefährte stand nicht mehr auf seinem alten Platz, aber eine kleine, vorwitzige Ecke lugte seitlich aus einem Hollerbusch.

Bea, anklopfen nicht vergessen. Quer über den Sitzen, getarnt mit einem Haufen bunter Kostüme, lag Gitti, der Waldschrat, und schlief. Sanft schaukelte ich meinen Wagen hin und her, welches Auto konnte man sonst in eine Wiege verwandeln?

Als Gitti erwachte, schenkte sie mir ein Lächeln. „Ich warte schon die ganze Zeit auf dich.“

Wir kuschelten uns dicht aneinander, und für einen Moment war alles wieder gut.

„Als ob der blöde Otto mich erwischen kann, mich doch nicht! Er ist stärker, aber ich bin gemeiner.“

„Das geht in Ordnung, ich finde dich kein bisschen gemein.“

„Aber ... manchmal nehme ich Leuten was weg und mach es kaputt“, gab Gitti zögernd zu.

„Auch das wird aufhören, ich verspreche es dir.“ Schließlich erzählte ich ihr von dem Feuer auf der Rabeninsel, und dass Karl sich leider dort verletzt hätte. Gitti dachte angestrengt nach. „Dann müssen wir seine Schafe versorgen.“

Ein letztes Thema hatte ich ausgespart, dazu nahm ich Gitti jetzt besonders fest in den Arm. „Es ist noch etwas Schlimmes passiert, dein Opa ist heute im Wald gestorben.“

Ich spürte das krampfhafte Zittern, das durch ihren Körper lief, hörte ihr unkontrolliertes Schlucken und nahm wahr, wie sie sich mit ihren Fingernägeln die Hände blutig kratzte. „Er kann dir nichts mehr tun“, flüsterte ich in ihr schweißnasses Ohr, „nie wieder.“

Ganz langsam entspannte sich Gitti. „Dann kann er nicht mehr meine Kätzchen tot machen.“

Also damit hatte er sie erpresst, mühsam unterdrückte ich meine Übelkeit.

„Wir passen gut auf deine Kätzchen auf.“

„Auch auf die Schafe“, ihre Stimme klang schon fröhlicher, „und die Gänse und ...“, an dieser Stelle brach sie plötzlich ab.

„Ja, Gitti, und worauf noch?“

„Auf den Puvogel“, schniefte sie.

Auf dem Zaun mit seiner Frau, sitzt der stolze, schöne Pfau, zitierte ich. „Warum, was hatte er dir getan?“

„Er hat so angegeben mit seinen Federn und wollte nicht aufhören zu schreien. Da habe ich ein Kissen genommen ...“

52.

Demnach hatte ich meinen ersten Fall doch noch gelöst, wenn auch anders, als erwartet.

In den nächsten Wochen redete ich Breezels ins Gewissen, sowohl für Gitti als auch für den Rest der Familie psychologische Hilfe von auswärts in Anspruch zu nehmen, denn nur so könnte Gitti in der Familie bleiben. Bei der Vermittlung wollte ich gerne behilflich sein. Heinrich, das neue Familienoberhaupt, zeigte sich überraschend offen. „Wat mutt, dat mutt." Dabei hielt er seine Frau im Arm und schaute mir fest in die Augen.

Otto kehrte nicht ins Dorf zurück. Sein Vater gab ihn weit weg auf den bäuerlichen Betrieb eines Verwandten, bei dem er bis zur Verhandlung unter strenger Aufsicht bleiben sollte.

Britta klagte man, wie erwartet, eines Kapitalverbrechens an, Harald kam mit einer Geldstrafe davon, und die Karriere von Clemens Busch wurde durch ein Disziplinarverfahren wegen grober Fahrlässigkeit gebremst.

Ob man den Rat der Raben wegen seiner Machenschaften und Klüngeleien belangen konnte, stand noch in Frage.

Seit Elli Behnckes Tod am Morgen nach dem Brand auf der Schilfinsel kamen die Frauen der Rabengruppe immer seltener zusammen. Elli war friedlich in ihrem Sessel eingeschlafen, das verbrauchte Herz hatte einfach aufgehört zu schlagen, ein gnädiger und vor allem natürlicher Tod. Ihren Grundbesitz hinterließ sie Karls Umweltschutzgruppe mit der Auflage, den Erlös nicht für Forschungszwecke der Gentechnologie zu verwenden, der Rest fiel an Vera. Bevor meine Mutter in ihren Salon zurückkehrte, räumten wir zusammen das Haus leer, vernichteten alles, was uns suspekt erschien, bis auf einen angerosteten Behälter mit porzellanartigem Pulver, der als Mittel gegen Bleichsucht und zur Konservierung von Häuten gekennzeichnet war, Gitti hatte ihn im Pfauengehege versteckt. Nun lagerte er in meinem Smart, das

Problem, wie ich das Arsenik entsorgen sollte, verschob ich auf später.

Karl hatte bei der Explosion einen Fuß und Unterschenkel verloren und trug es mit bewundernswerter Haltung.

„Ich steh mit beiden Beinen fest auf der Erde, auch wenn eins davon eine Prothese ist. Die Welt dreht sich trotzdem weiter, wenn wir sie lassen. Für dich übrigens auch, kleiner Puvogel", hatte er tröstend hinzugesetzt, als ich an seinem Krankenbett meine Tränen nicht länger unterdrücken konnte. Stumm hatten wir Abschied genommen, wussten beide, dass es nur eine kurze aber intensive Begegnung gewesen war, unter dem Sternenhimmel des Wendlands ...

Ulli hatte in Presseinterviews inzwischen kräftig die Werbetrommel gerührt, und so galt ich landesweit als Expertin für besonders verzwickte Fälle, inclusive Puvogelmord. Täglich flatterten mir neue Aufträge ins Haus. Haialarm vor Hallig Hooge oder die rätselhafte Entführung einer frisch gekürten Kartoffelkönigin, ich brauchte nur zu wählen. *Rent a cop, flying pizza oder private Ermittlungen auf psychologischer Basis, schlag zu, Bea, sesshaft kannst du später werden.*

Jetzt, in der Stunde des Abschieds, stand ich ein letztes Mal auf dem Seedeich, die Blesshühner klagten nur leise. So hörte ich deutlich den Schrei einer Eule - am helllichten Tag. Tschüs, tapfere Gitti!

Ich warf noch einmal einen Blick zur verbrannten Schilfinsel, von der nur der nackte, gespenstisch weiße Stumpf der alten Eiche geblieben war, auf dem gerade ein besonders großer Rabe Platz nahm, während ihn andere heiser krächzend umkreisten.

ENDE

Ich möchte mich bei allen Menschen bedanken,
ohne deren tatkräftige Unterstützung
dieses Buch nicht entstanden wäre:
Bei den engagierten Verlegern, dem Ehepaar Wagner,
für ihren Mut, das dünn besiedelte Wendland
in ihr Programm aufzunehmen.
Bei meinem Agenten Dirk Meynecke,
der allen Widrigkeiten zum Trotz
stets an dieses Buch geglaubt hat.
Bei der Biologin Marina Eysholdt
für lange Diskussionen über Apomixis.
Bei Tobias Harbeck,
der mir das Thema Jagdwaffen näher brachte.
Bei Nani G., der Spezialistin für Swinger-Clubs.
Waidmanns Dank an Almut Streitel,
die Schildkröten im Wendland züchtet
und mir glaubhaft versicherte,
dass ein Smart bei der Hirschbrunft
nicht abgeschossen werden darf.
Bei Reiner Sowa für kriminaltechnisches Insider-Wissen.
Beim ‚Alten vom Meer',
sei bedankt für Zuspruch bei Schreib- und anderen Krisen.
Aber mein ganz besonderer Dank
gilt den Menschen des Wendlands –
ob alternativ, konservativ, einheimisch, zugereist
oder ganz normal ... ich liebe euch ALLE.
Meistens.

Anke Cibach, Mai 2004

Von Anke Cibach im Prolibris Verlag

Die schönsten Sagen

Region Hamburg und Niederelbe

ausgewählt und erzählt von Anke Cibach
illustriert mit Scherenschnitten von Veronica Felgentreu
152 Seiten, Geschenkausgabe mit Schutzumschlag
17,50 Euro, ISBN 3-935263-11-2
Im Buchhandel erhältlich

Lesegenuss und Augenschmaus

Aus dem Fundus Hamburger Sagen hat Anke Cibach die besten ausgewählt und die Vorlagen mit viel Erzähllust neu belebt, spannend und detailreich ausgeschmückt. So wurden aus Sagen richtige Geschichten - zum Lesen und Vorlesen!

Illustriert wurden die Sagen mit phantastischen Scherenschnitten von Veronica Felgentreu, die die junge Künstlerin exklusiv für dieses Buch angefertigt hat.

Das HAMBURGER ABENDBLATT urteilte:

Als Krimi-Autorin hat sie sich schon einen Namen gemacht, jetzt erzählt sie Sagen rund um Hamburg ...

Ein gut aufgemachter Band mit Scherenschnitten der jungen Veronica Felgentreu.

Doch es reicht der Stader Autorin nicht, nur bekannte oder weniger bekannte Sagen nachzuerzählen. Sie hat sich versucht, in die Zeit und die Menschen hineinzuversetzen, hat sie mit einer Art erläuterndem Nachwort versehen, sie dadurch oftmals lesenswerter, gehaltvoller und geheimnisvoller gemacht ... *17/12/02*

Weitere Informationen unter www.prolibris-verlag.de